叛獄の王子 2

高貴なる賭け

C・S・パキャット

冬斗亜紀〈訳〉

Captive Prince 2

Prince's Gambit

by C.S.Pacat

translated by Aki Fuyuto

Monochrome Romance

Captive Prince: VOLUME TWO

by C.S.Pacat

This edition published by arrangement with The Berkley Publishing Group,
a member of Penguin Group(USA)LLC, A Penguin Random House Company
through Tuttle Mori Agency, Inc., Tokyo

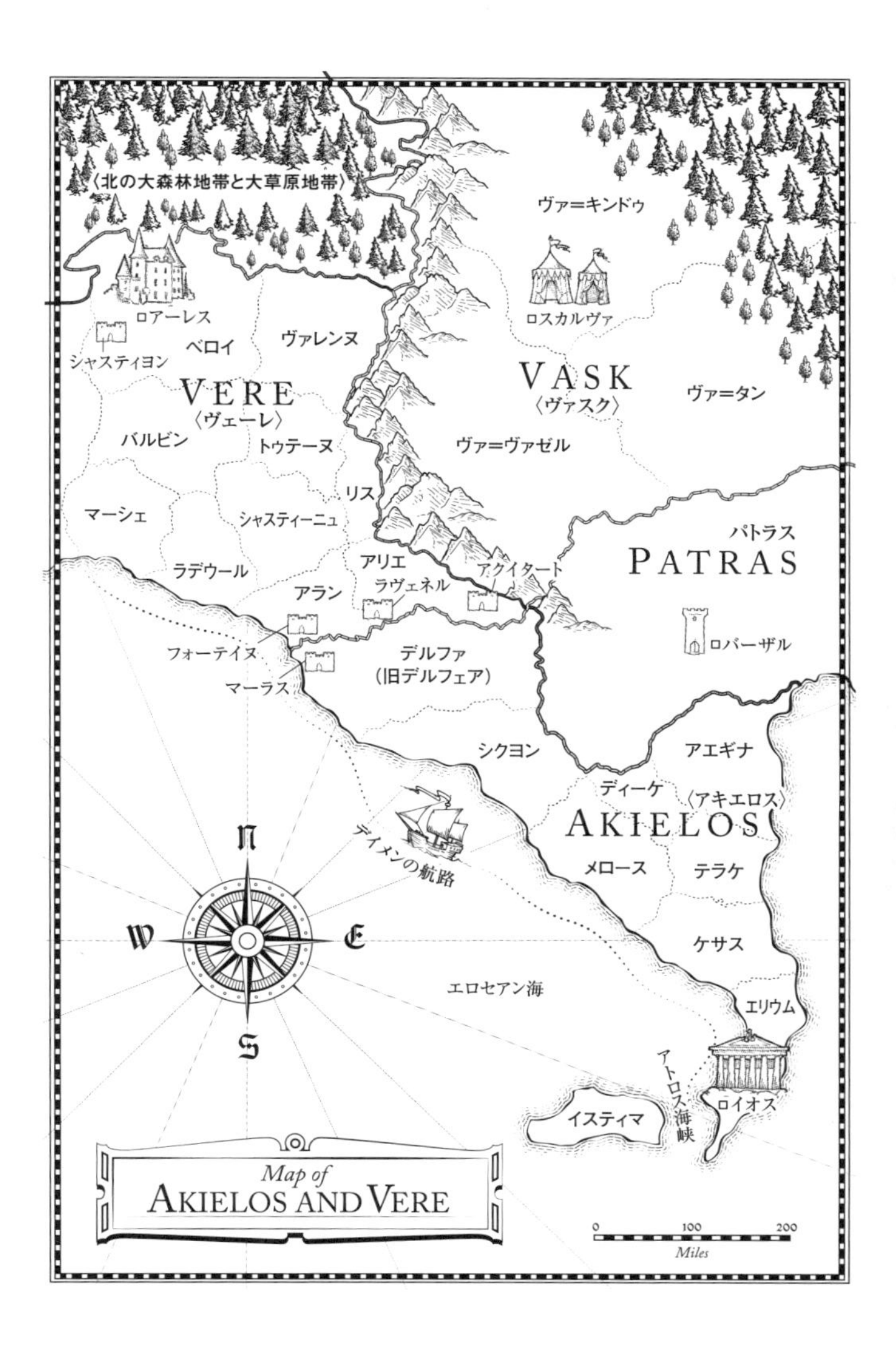
〈北の大森林地帯と大草原地帯〉
ヴァ＝キンドゥ
ロアーレス
ロスカルヴァ
シャスティヨン
ベロイ
ヴァレンヌ
VERE
〈ヴェーレ〉
VASK
〈ヴァスク〉
ヴァ＝タン
バルビン
トゥテーヌ
ヴァ＝ヴァゼル
リス
マーシェ
シャスティーニュ
パトラス
PATRAS
アリエ
ラデウール
アクイタート
アラン
ラヴェネル
ロバーザル
フォーテイヌ
デルファ
（旧デルフェア）
マーラス
シクヨン
アエギナ
ディーケ
〈アキエロス〉
AKIELOS
デイメンの航路
N
メロース
テラケ
W
E
ケサス
エロセアン海
エリウム
S
アトロス海峡
ロイオス
イスティマ
Map of
AKIELOS AND VERE
0
100
200
Miles

ローレント
ヴェーレの王子
デイメン（デイミアノス）
アキエロス王の正嫡

captive prince
character
ジョード
ローレントの近衛兵
アイメリック
元老グイオンの末子

イラスト：倉花千夏

高貴なる賭け

第一章

馬上から臨(のぞ)む夕暮れの影は長く、地平線は赤かった。シャスティヨンは、空にぬっとそびえた黒々とした塊であった。巨大な、年経た城は、南方のラヴェネルやフォーティヌの砦同様、攻城戦を耐えぬくよう築かれたものだ。その姿を見つめてデイメンの胸は騒ぐ。どうしても、近づく城にマーラスを、長い赤土の地に面したあの塔を重ねずにはいられなかった。

「狩りにいい土地だ」デイメンの凝視を誤解したオーラントが言ってきた。「逃げようなんて気は起こすなよ」

デイメンは答えなかった。逃亡するために来たわけではない。鎖を外され、自らすすんでヴェーレの兵隊たちと馬を並べるのは奇妙な心地だった。

一日の騎乗、それがたとえのどかな晩春の田野を荷車に合わせてゆったりと行くものであっても、行列の質を見きわめるには充分だ。隊長のゴヴァートは馬上でふんぞり返るばかりで、頑強な馬が鋭く振る尾の上の飾りのようでしかなかったが、前任者はこの部隊に隊形を乱さない長時間の行軍を叩きこんでいた。いささか驚くほど足並みがそろっている。戦いの中でも、この規律を保てるのだろうか。

もしできるなら、一筋の希望が射すというものだ。とは言え、デイメンの気分が上向いているのは主に、外に出て陽光を浴び、馬と剣まで与えられたこのかりそめの自由のおかげだ。首と手の、黄金の枷の重さも気にならぬほど。

城仕えの使用人たちは、すでに外に顔をそろえていた。いかなる賓客への出迎えと変わらず。一方、執政魔下の兵たちは、このシャスティヨンで王子の到着を待って合流する筈が、顔すら出そうとしなかった。

厩舎で休ませるべき馬が五十頭、外す鎧と馬具が五十組、兵舎で準備を待つ寝床が五十床——それも兵士だけのことで、荷車や雑役たちはその数に入っていない。それでも広々とした前庭で、王子の一行はひどく小さく、とるに足らぬ存在に見えた。シャスティヨンの巨大さは、五十名など難なく呑みこんでしまう。

天幕を張る者はいない。兵たちは兵舎で眠るのだ。ローレントは城内で。

そのローレントは鞍からひらりと下りると、外した騎乗用手袋を腰帯にたくしこみ、城代へ目を向けた。ゴヴァートがいくつか号令をとばし、デイメンも鎧の手入れや馬の世話で忙しくなる。

前庭の向こうの石段をアーラント種の猟犬たちが跳ねるように駆け下りてくると、人々に、特にローレントにとびついた。一匹の耳の後ろをローレントがかいてやると、周囲の犬たちの羨望がその犬に集まる。

オーラントの声に、デイメンははっと注意を戻した。「医者が呼んでるぞ」とオーラントが日覆いのほうへ顎をしゃくっている。日影に、見覚えのある灰色の頭が見えた。デイメンは手にしていた胸甲を下ろしてそちらへ向かった。

「座れ」と医師に命じられる。

デイメンはいささか慎重に、ひとつだけ用意されていた三本脚の椅子に座った。医師が、飾りのある革の背嚢の口を開きはじめる。

「背中を見せよ」

「問題ない」

「丸一日騎乗した後でか？　鎧をまとって？」

「問題ない」とデイメンはくり返す。

「上を脱げ」とだけ命じられた。

粘りづよい目だ。一瞬の凝視の後、デイメンは後ろに手をのばしてシャツを取り、背を医師へさらした。

問題などない。生傷は、もう傷痕に変わるほどに癒えてきている。首をのばしたが、梟のように首が回るわけもなく、ほぼ何も見えなかった。首の筋を違える前にやめる。

医師が背嚢を引っかき回して、尽きることのない膏薬をまた取り出した。

「これは癒合用の膏薬だ。毎夜塗るがいい、傷痕を薄くできる」

「揉療治か？」

「見てくれのためか？」

手厚いなどという域を越えているだろう。

医師が応じた。

「お前には手を焼くだろうと聞かされている。よかろう。より良く癒えれば、今そして先々において、背の傷がひきつれることも少なくなる。よって剣を振り回しやすくなり、そのぶんお前ももっと大勢殺せるというわけだ。そういう話には耳を貸すだろうとも聞いているぞ」

「王子からか」

デイメンはつい言った。思えば明白か。背の傷へのこまやかな世話は、自分が殴った頬のうずきをくちづけでなだめるのと同じというわけだ。

とは言え、その理屈は腹立たしいほど正しい。デイメンには戦える体が必要だ。

軟膏はひんやりとして、香りがあり、丸一日の騎乗の疲れによく効いた。ひとつずつ、デイメンの筋肉がほぐされていく。首が前のめりになり、いくばくかの髪が顔に落ちた。呼吸が鎮まっていく。医師は淡々と手を動かしていた。

「あなたの名前を知らないのだが」とデイメンは認める。

「覚えていないだろうな。意識が切れ切れだったぞ、お前を見たあの夜は。あと二発鞭打たれていたら、朝を迎えることはなかっただろう」

デイメンは鼻を鳴らした。

「そこまでの傷ではなかった」

医師が奇妙な目つきで彼を見ると「私はパスカルだ」とだけ言った。

「パスカル。遠征に同道するのは初めてか？」

「いいや。私は王陛下に仕えていた。マーラス、及びサンピリエで負傷兵の手当てをした」

沈黙が落ちた。執政麾下の兵についてパスカルに聞くつもりだったのだが、デイメンは今や口を閉じ、ただシャツを手に握りこんでいた。背中への施術はゆっくりと、順序よく続いていく。

「……俺は、マーラスで戦った」とデイメンは告げた。

「だろうな」

また次の沈黙。デイメンの視線の先には日覆いの影になった地面。石ではなく、踏み固められた土だ。足跡を、枯れ葉のちぎれた輪郭を、見つめた。やがて背中から手が離れ、それで終わりだった。

日覆いの外では前庭が片付きつつあった。ローレントの部隊の動きには無駄がない。デイメンは立ち上がり、シャツを振り広げた。

「王に仕えていた身が、どうして王子の家士となった？　叔父上のところではなく」

「人は、自ら置いた場所に己を置くのだ」

パスカルはそう答え、カチリと背嚢を閉めた。


前庭へと戻ったものの、指示を仰ごうにもゴヴァートが見当たらず、デイメンはかわりに人の流れを仕切っているジョードのところへ行った。

「読み書きはできるか？」とジョードが問う。

「ああ勿論――」

答えかけて、デイメンは口をつぐんだ。ジョードは気付かない。

「明日の準備が手つかずも同然でな。王子がおっしゃるには、装備を完璧に揃えてからでないと出立まかりならんと。また、明日の出立を遅らせることまかりならんと。西の武具庫へ行き、置いてある武具を目録にまとめてあの男に――」と指した。「渡せ。ロシャールに」

目録を一から作っていては一晩がかりになってしまうので、すでにある目録を確認するのがいいだろうと判断して、デイメンは革表紙で綴じられたものを数冊見つけた。目的の項目を探そうと一冊目を開いたところ、記されているのが七年前、世継ぎの王子オーギュステのために作られた狩り用の装備ひとそろいの明細だと気付いて、奇妙な戦慄が走った。

――王太子オーギュステ殿下の狩りの拵（こしら）え、狩猟用の道具一式、槍柄一本、槍穂八本、弓及び弓弦……。

　武具庫にいたのはデイメンのみではなかった。棚の裏から役人の、若く品の良い声が聞こえてくる。

「今のが聞こえたであろう、王子のお達しだぞ」

「それを信じろって？　てめえは王子の色子かなんかかよ？」

　もっとしゃがれた声が応じた。

　別の声が「なら見物させてもらいてえな」と言う。さらに誰かの声で「王子の血管には氷が詰まってんのさ、誰ともヤらねえよ。俺たちに命令したいなら隊長をつれてこい、じかになら聞くぜ」

「王子に対して何たる無礼な物言い。得物を選べ。武器を取れ、今すぐ！」

「怪我するぞ、ガキ」

「貴様らにその度胸がないならば――」

　役人の声が言い返す言葉が半ばも終わらぬうちに、デイメンは手近な剣を一本取って、歩み出ていた。

　棚を曲がると、執政直属の隊服を着た三名の兵がいて、丁度その一人が役人の顔に拳を叩きこんだところだった。

　いや、役人ではなかった。あの若い兵士――ローレントがその名を冷ややかにジョードに告

げた若者だ。従僕たちに寝る時に足をしっかり閉じとけと言っとかないと、と呟いたジョード
に言ったのだ。アイメリックにもな、と。
アイメリックは壁に背を打ちつけ、半ばずり落ちながら、茫然と、のろくまばたきしていた。
鼻から血があふれ出す。
三人の兵たちは、デイメンを見た。
「もう充分黙らせただろう」デイメンは公平に告げる。「これでよしとしないか。彼は俺が兵
舎につれ帰っておく」
男たちをためらわせたのはデイメンの体の大きさではなかった。その手に何気なく握られた
剣でもなかった。やる気になればここには充分な剣も投げつける武器もあるし、ぐらつく棚を
倒して馬鹿騒ぎを起こすこともできる。しかし、統率役の男はデイメンの金の枷を目にするや、
片腕で残る二人を押しとどめた。
その瞬間、デイメンはこの行軍での力関係を悟った。執政の兵たちが優位に立ち、アイメリ
ックや王子直属の兵たちは彼らの標的となる――それについて非難や抗議を聞き届けるのはゴ
ヴァートだけで、耳も貸すまい。執政子飼いのごろつきゴヴァートは、王子の部隊への締めつ
け役としてここにいるのだ。だがデイメンは別だ。デイメンは、手の届かぬ存在だ。王子の耳
にじかに物を言える立場にあるからだ。
デイメンはただ待った。男たちには、正面きって王子に楯突くつもりはなく、分別が勝った。

アイメリックを殴り倒した男がゆっくりとうなずくと、三人とも下がって出ていく。デイメンはその背を見送った。

向き直ると、アイメリックの白い肌と華奢な手首が目に入った。いい家の次男坊やその下が、己の名を立てようと王族の近衛隊に加わるのは珍しいことではない。だがデイメンの見たところ、ローレントの兵たちはもっとずっと粗野な者ばかりだ。その中で、アイメリックは見た目だけでなくすっかり浮くだろう。

さしのべられた手を無視して、アイメリックはよろりと立ち上がった。

「一体いくつだ？　十八歳か？」

「十九だ」アイメリックが答える。打たれた鼻を別にすれば繊細で気品のある顔立ちで、美しい形の眉と長い焦茶の睫毛(まつげ)をしていた。近いとより魅力が際立って、愛らしい口元などもよく見えた。鼻から血を垂らしていても。

デイメンは語りかけた。

「争いを招くのは利口とは言えまい。とりわけ相手が三人がかりで、己が一撃で倒れるようなら」

「倒されれば起き上がるまで。殴られるのなど恐れはしない」

「そうか。ならよかったな、また執政の兵に絡むつもりならば幾度となくこういうことになるだろうからな。顔を少し上に向けろ」

アイメリックが彼を見つめ、血を手に溜めながら鼻を押さえていた。

「お前は、王子の色子だな？　お前のことは色々と聞いているぞ」

「上を向く気がないのであればパスカルのところへ行ってみたらどうだ？　香りのする膏薬をもらえる」

アイメリックは小揺るぎもしなかった。

「貴様は、堂々と鞭打ちを耐えることすらできなかった。大口を開けて執政に泣きついた。貴様は、王子にその手でふれ、あの方の名に唾を吐きかけた。さらに逃亡まで謀ったというのに、あの方はそれでも貴様のためにとりなして下さった……己の家のものを見捨てて執政に渡したりせぬ方だからだ。たとえ貴様のようなものだろうと」

デイメンは凍りついたように動きを止めた。血に汚れた若者の顔を見つめ、アイメリックは王子の名誉を守るためなら三人の男に打ちのめされることすらためらわなかったのだと、己に言い聞かせる。純情な子供の愚かな憧れ――ただデイメンは、これまで同種の熱をジョードに、オーラントに、そしてある種の抑制された形でパスカルの中にすら見ていた。

あの、象牙と黄金の色をした、信に足らぬ、身勝手で口ばかりうまい男のことをデイメンは思った。

「随分と忠義立てしたものだな。何故そこまで？」

「私は信義なきアキエロスの犬などではないからだ」とアイメリックは答えた。

武具の目録をデイメンがロシャールへ届けると、王子の兵たちは翌朝の出立のために武器と鎧と荷車の仕度を始めた。本来なら、彼らの到着前に執政の兵が終わらせておくべきことだ。だが行軍に加わる執政の兵一五〇名のうち、手を貸そうとしたのはたかだか二十名足らずであった。

デイメンも作業に加わった。皆の中、高価な軟膏と肉桂の香をまとって働くのは彼ひとりだったが。背にこわばりが居座っているのは傷のせいではなく、終わったら城内へ来いと城代から言われているせいだ。

およそ一時間後、ジョードが寄ってきた。

「アイメリックは若い。もうあんなことはしないと誓っている」

いや、次もあるだろう——そして部隊が二つに割れて応酬を始めれば、この行軍は破綻する。デイメンはそれを言わなかった。かわりにたずねた。

「隊長はどこに？」

「隊長なら厩舎のどこかだろう、若い馬丁と腰をくっつけてな」ジョードが応じる。「王子が兵舎であいつをお待ちだ。というかな……お前に、奴を呼んでこいとの仰せだ」

「厩舎からか」

デイメンは呟く。耳を疑うようにジョードを見つめた。

「俺が行くよりはいいだろう。奥から探せよ。ああそれと、終わったら城内に出向け」

兵舎から厩舎までは二つの中庭を抜けてかなり歩く。到着前にゴヴァートが事を済ませているよう願ったが、やはりそううまくはいかなかった。夜の厩舎は、馬たちの抑えた、様々な音に満ちていたが、それでも目より先に耳でわかる。ひっそりと規則的な音が、ジョードの予告通り、奥から聞こえていた。

ゴヴァートの邪魔をするのとローレントを待たせるのとどちらがいいか、デイメンは天秤にかける。馬房の扉を押し開けた。

中では、ゴヴァートが見まがいようもなく、馬丁の少年を奥の壁に押しつけて犯していた。馬丁のズボンはデイメンの足元から遠くない藁の上にわだかまっていた。少年の裸の脚は大きく広げられ、開かれたシャツが背へたくし上げられている。顔はざらつく板壁に押しつけられ、髪をゴヴァートにきつくつかまれていた。ゴヴァートは服を着たままだ。己のズボンの前を、一物を出すに足りる分くつろげただけだった。

ゴヴァートが、ちらりと横目で見る間だけわずかに動きを止めた。「なんだ?」と言ってから、わざと腰の動きを続ける。少年はデイメンの姿に別の反応を示し、身をすくめた。

「やめて——やだ、人が見てるのに——」

「落ちつけ。ただの王子の犬だ」

ゴヴァートが馬丁の頭を揺すって言い聞かせる。

デイメンは言った。

「王子がお待ちだ」

「待てるだろ」

「いいや、待てぬな」

「抜けって、王子は俺に命令するかな？　勃ったまま会いに来いって？」ニヤリと、歯を剝き出した。「どう思う？　ヤりませんってお上品な面は見せかけで、一皮剝けば男がほしくて焦らしてるだけかな？」

デイメンの身の内にはっきりと怒気がこみ上げた。あの武具庫でアイメリックが嚙みしめただろう無力さのかけらを味わう。だがデイメンは、戦いに不慣れな十九歳の若者ではなかった。無感情に、半裸の馬丁の少年の体へ目をやる。この瞬間、腹をくくっていた。この狭く埃っぽい馬房で、今からこの手で、エラスムスを陵辱した報いをこの男に受けさせてやるのだと。

ゴヴァートに告げた。

「王子のご命令だ」

ゴヴァートが苛々と少年を押しやって、デイメンのきっかけを奪った。

「畜生、小うるさくてイケやしねえ――」とゴヴァートは己をしまいこむ。少年は数歩よろめき下がって、息を大きく吸った。

「兵舎だぞ」

デイメンはそう教えて、ずかずかと出ていくゴヴァートが当ててきた肩を受け流した。

馬丁の少年は荒い息をつきながらデイメンを見つめていた。片手を壁について身を支える。もう片手で必死に股間を隠してとりつくろっていた。デイメンは無言のままズボンを拾い上げ、投げてやった。

「銅貨をもらえる約束だったのに」

そう、すねた口調で少年が言う。デイメンは答えた。

「王子に伝えておく」


次は城代のところへ出向くと、城の階段をぐるりと上って、寝所にまで案内された。

アーレスの宮殿の寝所ほど飾り立てられてはいない。無骨な切石積みの壁、十字の格子が入った磨硝子（すりがらす）の窓。外は暗く、窓は眺望のかわりに部屋の影が映っていた。絡み合った葡萄の葉の意匠が室内をひと回りしている。彫刻を施された暖炉棚、埋み火、ランプ、壁のタペストリー、さらに——ほっとしたことに——別にしつらえられた奴隷用の寝床と寝具。そしてこの部屋全体を支配しているのは寝台の、執拗なまでの豪奢さだった。

寝台を囲む焦茶の飾り壁には狩りの風景が彫りこまれ、猪の首を槍で貫き止めたところがあらわされていた。室内には、青と金の星光紋様はひとつもない。襞をたっぷり寄せた布はすべて血のような緋色だ。

デイメンは言った。

「これは、執政殿下の居室だな」

ローレントの叔父のための場所で眠ると思うと、一線を踏みこえているようでどうも気が落ちつかない。

「王子はよくここに滞在を?」

城代は、デイメンが部屋ではなく砦について聞いているものだと質問を取り違えた。

「いや、あまり。叔父上につれられてよくいらしたものだ、マーラスの戦いから一、二年ほどの間はな。長じるにつれ、ここでの狩りには飽きたようでな。もうシャスティヨンには滅多においでにならん」

城代の命令によって、召使いたちがデイメンにパンと肉を運び、デイメンはそれを食った。皿は下げられ、召使いは続いて見事な作りの水差しとゴブレットを運んでくると、うっかりとだろうが、ナイフを下げ忘れた。デイメンはその刃を見つめ、アーレスの城につながれていた時ならばどんな代償を払ってでもこんな手落ちを望んだだろうと思う。この刃をつかんで、脱出の道を切り開いたかもしれないと。

その場に座って、デイメンは待った。

目の前のテーブルにはヴェーレとアキエロスの細密な地図が置かれ、丘陵、山、町、砦がすべて精緻に記されていた。セライヌ川は南へとうねり下るが、すでに彼らの道が川に沿っていないことはわかっている。デイメンはシャスティヨンに指を置き、そこからデルファまでヴェーレ南部を抜けていく道筋のひとつをたどった。指がたどりついたのは彼の故国との国境で、すべての地名が目ざわりなヴェーレの文字で記されている。アケロス、デルフェア、と。

アーレスの王宮で、執政は甥を殺そうと刺客を送りこんできた。死は、毒入りのゴブレットの底に、抜き身の刃の先にあった。今ここで起きていることは、それとは異なる。いがみ合う二つの勢力を混ぜ合わせ、狭量な隊長を押しつけて、それを指揮官の経験などない王子へ丸ごと投げ与えた。この部隊は、自ら崩壊するだろう。

そしてデイメンには、それを止めるすべなどほぼ何もないのだった。士気も軍律も崩れゆく行軍となるだろう。国境地帯にまず間違いなく仕掛けられた待ち伏せが、内紛と投げやりな采配ですでに統制を失った部隊を壊滅に追いこむ。ローレントは執政に対抗できるただひとつの駒であり、その彼を生かすためにデイメンは誓った通りあらゆる力を尽くすつもりだったが、本音を言えばこの国境への行軍は、すでに勝敗が決した盤上の最後の一手にしか見えなかった。

ゴヴァート相手にローレントが何の用だったにせよ、深夜までかかった。砦も静まり返っていく。暖炉で揺れる炎の音が耳に届くほど。

デイメンは座して待った。手はゆるい拳。身のうちでざわめく自由の感覚——かりそめの自由——にどうも慣れない。ジョードとアイメリックを、ほかのローレントの兵たちを、早朝の出立のため夜を徹して働く皆を思った。城内には家従たちもいるし、ローレントが戻ってくるのが待ち遠しいわけでもない。だが空の部屋で待ち、暖炉に火が揺れ、地図の精密な線を目で追っているうちに——囚われの身の時にはほぼなかったことだが——一人であることを意識していた。

ローレントが部屋へ入ってくる。デイメンは立ち上がった。ローレントの背後にオーラントの姿がちらりと見えた。

「下がっていい。扉の番はいらぬ」とローレントが命じる。

オーラントはうなずいた。扉が閉まった。

ローレントが言った。

「お前は最後に取っておいてやった」

「そっちは馬丁の少年に銅貨一枚借りを作ったぞ」とデイメンは応じた。

「尻を出す前に金をもらっておく知恵をつけるべきだな」

ローレントは落ちつき払って、自分の手で水差しからゴブレットを満たした。ついデイメンはゴブレットに目をやって、前回ローレントの部屋で二人きりにされた時のことを思い出す。

淡い眉がかすかに上がった。

「貞操の心配ならいらん。ただの水だ、多分な」

一口飲み、ローレントはほっそりした指にゴブレットを持ったまま手を下げた。ちらりと椅子へ、まるで客に着座をすすめる主人のように目をやってから、愉快な言葉であるかのように言った。

「くつろぐがいい。ここで一夜をすごすのだからな」

「鎖なしでか？」とデイメンが聞き返す。「俺が逃亡をはかるとは思わないのか、行きがけに王子を殺して？」

「もっと国境が近くなるまではな」

ローレントが、無表情にデイメンを見つめ返した。時おりはぜる炎の音だけが唯一の音だった。

「本当にその血管には氷が詰まっているようだな」

デイメンは言い放つ。

注意深くゴブレットをテーブルに置くと、ローレントがナイフを取り上げた。

刃は鋭い。肉を切るためのナイフだ。近づくローレントにデイメンの鼓動が速まった。わずか数日前、ローレントが男の喉を裂いてこの部屋の寝具のごとき真紅の血をあふれさせるのを見たばかりだ。ローレントの指がふれ、手の中にナイフの柄を押しこまれた瞬間、デイメンに戦慄が走った。金の枷のすぐ下の手首をつかむと、ローレントは揺るぎなく、つき出したナイフを自分の腹へ向けた。刃先が、濃紺の王子の装束にわずかに食いこんでいた。

「オーラントを下がらせたのは聞いていただろう」

ローレントの手がデイメンの手首をつたい、指の上から、そのまま握りこんだ。

「お前の虚勢や脅しにつき合っている暇はない。ここでひとつ、お前の意向を明確にしておくというのはどうだ?」

刃は見事に、肋骨のすぐ下を狙っている。あとは押しこめばいいだけ——そして上へえぐる。この男は癪にさわるくらい平然として、自信に満ちている。強い衝動が、デイメンの内に湧き上がった——血を求めてというだけでなく、だがローレントの悠然とした外面(そとづら)へ刃を突き立て、醒めきった無関心以外の何かを引きずり出したいという衝動。

デイメンは言った。

「城の召使いたちはまだ起きているだろう。お前が悲鳴を上げないと、どうしてわかる?」

「俺が悲鳴を上げそうに見えるか?」

「このナイフを使う気はない。だがこれを持たせるようなら、俺がどれほどこれを使いたいかを甘く見すぎているぞ」

「いいや」ローレントが応じた。「人を殺したい思いも、その機を待つというのがどういうものかも、俺はよく知っている」

デイメンは下がり、手をおろした。指はまだきつくナイフの柄を握っている。二人は互いを凝視した。

ローレントが口を開く。

「この行軍が終わった時、お前はきっと――虫けらでなく男であるならば――己への仕打ちへの報いを求めるだろう。当然だ。その日が来れば、その時に、運命の賽がどう転がるか見るとしよう。それまでは俺に仕えろ。よってひとつ、ゆるがせにできぬことを言っておく。お前には恭順を求める。俺の命令に従え。もし命じられた中身に不服があるなら、他の者の耳のないところでまともな意見を聞こう。だが一度これと決した命令にそむくなら、鞭打ちの柱に逆戻りだ」

「俺が命令にそむいたか？」とデイメンが問い返す。

ローレントはまたじろりと、奇妙に探るような目つきでデイメンを眺めた。

「いいや」と答える。「お前はゴヴァートを厩舎から引きずり出して任につかせ、アイメリックを諍いから救ってやった」

「ほかの者たちは皆、暁まで出立の準備に働かせているのだろう。ここで俺に何をしろと？」

また間があり、それからローレントはもう一度椅子を軽く示した。今回はデイメンも示唆に従い、腰を下ろす。ローレントは向かいの椅子に座った。二人の間、テーブルの上に広げられているのはただひとつ、あの精緻な地図だけだった。

「お前は、この地域をよく知っていると言ったな」

ローレントがそう言った。

第二章

翌朝の出立にも至らぬうちから早々と、執政が手駒からろくに使えぬ連中ばかりかき集めて甥の元へ送り付けたのが明らかになった。見ればわかる、宮廷にはとても置いておけぬ劣悪さから、遠ざけてこのシャスティヨンに駐屯させていたに違いない。訓練された兵卒ですらなく、傭兵崩れや、二流三流の剣士たちがほとんどであった。

このような粗野な連中相手では、ローレントの綺麗な顔など役には立つまい。デイメンが馬にまたがらぬうちから、ぶつぶつと陰口や当てこすりが聞こえてきた。アイメリックがいきり立ったのも無理はない。正直ローレントが中傷されようがどうでもいいデイメンですら不快になるほどの言いようだった。およそ、指揮官というものに対する口のきき方ではない。いいイチモツがありゃあの脚も開くさ、と聞こえてきた。デイメンの手が、締めていた馬の腹帯をきつく引きすぎていた。

調子が狂っているのだ、多分。昨夜はおかしな一夜だった。ローレントと地図をはさんでさし向かいに座り、その問いに答えた。

炎は炉床を這うように、燠となって燃えていた。この地域をよく知っていると言ったな——そうローレントが言った瞬間、デイメンはこれが、戦術上の情報を敵に与える一夜になると悟っていた。敵。いつか対峙するかもしれない相手だ、国と国、王と王として。

それも、すべてがうまくいけばの話だ。ローレントが叔父を打ち倒し、デイメンがアキエロスへ戻って王位を奪還できたなら。

「何か不服が？」と、ローレントは問いかけたのだった。

デイメンは息を深く吸いこんだ。ローレントが力を増せばすなわち、執政の力がそれだけ削がれる。二人が玉座をめぐって身内争いをくり広げれば、アキエロスにとってはありがたい。ローレントと執政は、好きなだけいがみ合うがいいのだ。

ゆっくりと、慎重に、デイメンは語り出した。

二人は国境地帯の地形について、そしてそこへ向かう道筋について話し合った。まっすぐ南へ馬で進路をとるのはやめるべきだと。かわりに南東へ進み、ヴェーレの属州であるヴァレンヌとアリエを通り、ヴァスクとの国境沿いに山あいを抜ける二週間の旅路をゆく。執政がお膳立てした最短の経路からは予定変更だと、ローレントはすでに先々の砦へ知らせの使者を送り出していた。

ローレントは、とデイメンは思う。時間を稼ごうとしているのだ。言いつくろえる限界まで。

二人はラヴェネルとフォーテイヌの砦の守りを比較し、語り合った。ローレントは眠る気配さえ見せなかった。寝台を一瞥すらしない。

夜が深まるにつれ、ローレントのいつもの抑制の効いたたたずまいが崩れ、片膝を胸に引きつけてゆるくかかえた、くつろぎと若さがにじむ姿に変わっていった。気付けばデイメンは、ローレントのゆったりとした四肢に、膝に置かれた手首に、すらりとした骨格の見事な調和に、まなざしを吸い寄せられていた。どこか、場がゆるやかに、だがたしかに張りつめていくのを感じる。まるで……何かを待つような、正体もつかめぬままに。蛇と一緒にとじこめられているようなものだ。蛇はくつろげても人間はそうはいかない。

暁まで一刻ほどになると、ローレントは立った。「今宵はここまでだ」と短く告げる。それから、驚いたことに、そのまま朝の準備へと去っていった。そっけなく、用があれば呼びつけるとデイメンに言い残して。

数時間後、城代がデイメンを呼んだ。それまでの時間をデイメンは己の寝床へ潜りこんできっぱりと目をとじ、体を休めてすごした。次にローレントを見たのは中庭で、すっかり着替えて鎧をまとい、涼しげに出立を待っていた。わずかなりと眠ったとしても、とにかく執政の寝台で、ではない。

一行は、デイメンの予想より短い遅れで出発できた。夜明け前のローレントの出現と、彼が放っただろう辛辣な言葉の数々は——眠らぬ夜で研ぎ澄まされて——執政直属の兵たちをも叩き起こし、隊列らしきものを整えさせるに充分であった。

部隊は出立した。

ひとまず、いきなり惨憺たる醜態、というほどのことにはならなかった。部隊は、白や黄色の花が香る丈高の草地を長々と抜けてゆく。先頭では威張りくさったゴヴァートが戦馬に揺られ、その横には若く、繊細な金色の姿が——王子の姿があった。ローレントはまさしく船首像のごとく見えた。目に麗しく、役立たずに。馬丁の少年にかまけた遅怠をゴヴァートがとがめられることもなく、昨夜の義務を怠った執政の兵たちもそのまま放置されていた。

総員二百名の兵が、雑役の者たちや荷車、補給物資、予備の馬たちを引きつれて進む。大部隊と異なり、家畜の類は同道していない。これは小規模な行軍で、数ヵ所の補給地にも恵まれている。行軍の後ろに群れてくる売色や行商人たちの姿もない。

だが行列は長く、半キロ近くにものびていた。脱落者のせいだ。先頭のゴヴァートは最後尾まで伝令を出してさっさと進めと怒鳴らせたが、馬列がいくらか乱れただけで、前進速度に目に見える変化はなかった。ローレントはそのすべてを目の当たりにしながら、何もしようとしなかった。

野営の準備には何時間もかかった。長すぎる。この無駄な時間の分、前日の出立の準備で半夜も眠れていない王子の兵たちからまた時間が奪われていく。ゴヴァートはごく基本的な命令をとばすだけで、仕事の出来や細部はないがしろだ。王子の部隊の中では、ジョードがほぼ隊長としての責務を担っていた。昨夜と同じく。デイメンも彼から指示を受けた。

執政の兵の中にも、やるべき仕事だからとよく働く者もいたが、それも個人の気質だよりで、身についた訓練や命令などではない。彼らの間では規律など無に等しく、序列もなく、たとえ役割を気ままに怠けたとしても、周囲から白い目を向けられる以外に何の罰もないのだった。

この調子で、この先二週間続くのだ。最後の戦いに向けて。デイメンはぐっと顎に力をこめ、下を向いて割り当てられた仕事を続けた。自分の馬と鎧の手入れをする。王子の天幕を立てる。物資を運び、水や薪をかついだ。周囲と一緒に沐浴する。食う。食事はうまかった。まともにできることもあるようだ。すぐさま見張りが立てられ――同じく斥候(せっこう)も放たれて――デイメンについていた王宮の見張り同様、真剣に任務に当たっていた。野営の場所もよく選ばれている。

宿営地をパスカルのところまで横切っていた時、天幕の向こうから声が聞こえた。

「誰にやられたか言えよ、そうすりゃこっちでカタをつけてやる」とオーラントが言った。

「誰がやったかなど無用の話だ。これは私の落ち度だ、そう言っただろう」

アイメリックの強情な声は聞き違えようがなかった。

「ロシャールが見たんだぞ、執政の兵が三人、武具庫から出てくるところを。そのうち一人はラザールだったとな」

「私の落ち度だ。自分で招いた争いだ。ラザールが王子を侮辱したので——」

デイメンは溜息をつき、踵を返すとジョードを探し出した。

「オーラントのところへ行ったほうがいいかもしれないぞ」

「どうしてだ」

「前に、お前がオーラントを説き伏せて暴力沙汰を止めたのを見たのでな」

先にジョードと話していた男は、ジョードが去っていくとデイメンへ嫌な目つきを向けた。

「お前は告げ口が得意らしいな。それで、ジョードに争いの仲裁をさせておいて、お前は何をするつもりだ？」

「揉療治を受ける」

デイメンは簡潔に答えた。

実に馬鹿らしいが、パスカルのところへ顔を出す。続いてそこから、ローレントのところへ。

王子の天幕はやたらと大きい。背丈のあるデイメンでも、何かにぶつからないかと見回すことなく歩き回れる大きさがあった。布の壁を深い青と薄黄色の襞が覆い、布地は金糸で縫いとられ、頭上高くには丁寧に襞をつけた綾織りの絹天井が吊られている。

ローレントの姿は天幕の中の出入口付近にあった。その辺りは人を迎えるための椅子や机が置かれ、むしろ戦場の陣屋めいている。彼は粗末ななりの雑役と武具のそろえについての話をしていた。ただローレントはほとんど聞くばかりだ。デイメンを手で中に招き、待つよう示した。

天幕の中は火鉢で暖められ、奥まで蠟燭がともされている。その前で、ローレントは雑役と話を続けた。奥の衝立の向こうは寝所で、クッションが並び、絹の寝具が見事に整えられている。その横にあからさまな距離をあけて、デイメンの奴隷の寝床。

雑役を下がらせると、ローレントが立ち上がった。デイメンが寝具から王子へとまなざしを移し、そのまま沈黙が長くのびる間、ローレントの冷ややかな目が彼に据えられていた。

「さて？　側に来て仕えよ」

「仕える……」

ローレントの言葉が、染みこんでくる。あの修練場を横切った際、鞭打たれた十字架へ近づきたくないと感じた拒否感がよみがえった。

「やり方を忘れてしまったか？」

ローレントがたずねた。デイメンは答える。

「この間はあまりいい終わり方をしなかったものでな」

「ならば、今日はもっと行儀よくやるがいい」

ローレントは落ちつき払ってデイメンに背を向け、待った。繻子地の上着のうなじ部分から留め紐が交差しながら、まっすぐ背中へと下りている。これを恐れるなど……馬鹿らしい。デイメンは一歩進み出た。

紐をほどく前に、指をのばして金の髪の房を横へ払わなければならなかった。狐の毛並みのようにやわらかな髪を。デイメンがそうすると、ローレントはより指が届きやすいよう、ほんのかすかに首を曲げた。

　側仕えが主人の服を脱ぎ着させるのは当たり前の仕事だ。ローレントはいかにも慣れきった者らしい無関心さで、その奉仕を平然と受けている。布地が左右に割れていき、下からのぞいた白い内着は、重い上着や鎧に圧されて肌のぬくもりを帯びていた。ローレントの肌はシャツと同じ繊細な白の陰影をうつしている。その肩から服を押しやり、デイメンはほんのわずかな刹那、手のひらにきつく張りつめた背の固さを感じた。

「よかろう」

　ローレントが言って、一歩よけると、己の手で上着を脇へ放りやった。

「卓につけ」

　卓上には見慣れたあの地図が、三つのオレンジと一つの杯で押さえて広げられていた。ローレントはズボンと内着という気軽な姿のままデイメンの向かいに座ると、オレンジを取り上げて剝きはじめた。地図の角が一ヵ所、くるりと丸まる。

「サンピリエでの戦いの際、アキエロス軍によって我らの東の陣が破られた。どのようにしてそうなったのか説明せよ」

　そう、ローレントは命じた。

翌朝、宿営地の目覚めは早く、デイメンはジョードから武具庫の天幕横で行われている即席の教練に誘われた。

考えとしては悪くない。デイメンとヴェーレの兵士たちが身につけた戦いの様式は異なるし、互いに学べることが多い。デイメン自身、日課の鍛練にまた励めるのは願ってもないことだったし、ゴヴァートに教練を指導する気がない以上それぞれで自発的に補っていかねばなるまい。

武具庫の天幕の隣で、デイメンはまず皆の様子を眺めた。王子の部隊は剣の演武の最中で、ジョードとオーラントの二人、そしてアイメリックの動きがデイメンの目を引いた。執政の兵はあまりいないが、一人、二人は見てとれる。ラザールの姿まで。

昨夜は何の衝突もなく、今もオーラントとラザールの間を百歩の距離が隔てて届かないが、それはすなわちオーラントが思うように鬱屈を吐き出せないままということでもある。そして、そのオーラントが動作を止めてつかつかとやってきた時、デイメンはこの挑発を予期しておくべきだったと気付いた。

オーラントが投げてきた修練用の木剣を、反射的につかみ取る。

「お前、少しは使えるのか？」

「ああ」とデイメンは答えた。

オーラントの目つきから、そのもくろみがわかる。周囲も気付きはじめ、自分たちの訓練の手を止めていた。デイメンは口を開いた。

「あまりいい考えではないぞ」

「だな。お前は戦うのが嫌なんだろ？　隠れてコソコソ動き回るほうが好きらしいからな」

修練用の木剣は、柄から剣身まで木でできており、握りやすいよう把手にぐるりと革が巻かれていた。

「手合わせが怖いか？」とオーラントが問う。

「いいや」

「なら何だ？　戦えないのか？　お前がここにいるのは王子を犯るためだけかよ？」

デイメンは剣を振った。オーラントは一撃を受け流し、たちまちに二人は荒々しく剣を打ち交わしていた。木剣の一撃は滅多に命取りにはならないが、痣を残し骨を砕くことはできる。オーラントはその気で戦っていた。剣に何の遠慮もない。先に剣をふるった筈のデイメンが今や一歩下げられていた。

これは、戦いのための剣だ。激しく逸る剣。決闘ならば、最初の数撃はまずは探り合いで、用心深く相手を試す。特に未知の相手には。だが今や剣と剣がぶつかり合い、剣身が離れても一瞬か二瞬で狙いを定め、また襲いかかる。

オーラントは腕がよかった。ここにいる兵たちの中でも五本の指に入るだろう――ラザール、ジョード、さらに囚われの日々にデイメンを見張っていた一、二人と並んで。選り抜きの剣士を見張りに付けられていたことを、デイメンは名誉に思うべきなのだろう。

最後に剣をふるってからもう一月以上になる。あの日のことはもっと昔に思えた――アキエロスでのあの日、兄に会わせろと要求するほどデイメンがおめでたかった時から。一月の空隙だが、幼い頃から日々数時間の激しい鍛練に励んできたデイメンに、そのくらいの中断など何ほどもない。手の剣だこすら、まだ薄れていない。

戦いを、欲していた。戦いはデイメンの深くにある何かを満たし、体の芯がどっしりと据わる。一つの技に、一人の相手に集中し、思考より本能の速さで動き、応じる。

だがなじみの薄いヴェーレの戦い方が相手では、反射まかせとはいかない。デイメンは慎重に己を抑えながらも、解放感とごく単純な喜びを味わった。

一分か二分経った頃、オーラントが動きを止めて罵(ののし)った。

「てめえは真面目に戦う気があるのかよ！」

「ただの手合わせだと言ったのはそっちだろう」

デイメンはそう流す。

木剣を地へ放り捨てると、オーラントが二歩で野次馬の男へ寄り、八十センチ長ほどの冴えた鉄の直剣を鞘から引き抜くや、警告なしでその剣を、本気の勢いでデイメンの首筋へ叩きこんできた。

考える時間はなかった。オーランドが寸止めにする気か、それともデイメンを二つに割る気か問う暇はない。この一撃は受け流せない。存分にオーランドの体重がのった剣は、修練用の木剣などバターのように切り裂く。

剣の一閃より早く、デイメンは動いた――オーランドの間合いへ踏みこんでさらにもう一歩、そして次の刹那、オーランドの背がドッと地を打っていた。息が胸から叩き出され、その喉元にデイメンの剣先がつきつけられる。

周囲で、訓練場は静まりかえっていた。

デイメンは後ろへ下がった。オーランドがゆっくりと立ち上がる。彼の剣は地に落ちていた。誰も何も言わない。デイメンは肩をつかむ手を感じ、オーランドから目を離すと、ジョードに小さく顎をしゃくられてそちらへ顔を向けた。

ローレントが、訓練場まで来ていた。武具庫の横、そう遠くないところに立ち、彼らを見ている。

「お前を探しに来てたんだ」とジョードが言った。

デイメンは手の木剣をジョードへ渡すと、ローレントの方へ向かった。

草の上を歩いていく。ローレントは距離をつめようともせずただそのまま待っていた。ざわりと風が抜ける。垂れた天幕が荒々しくはためいた。

「俺を探していたそうだが」

ローレントは答えず、デイメンもその表情を読みきれない。

「何か用が?」とたずねた。

「お前は、俺より強いのだな」

その一言に、ついデイメンは笑いめいた息をこぼし、ローレントの頭から爪先まで、そしてまた頭までじろりと眺めていた。やや非礼か。しかし、こんなことを言われるとは。

ローレントの顔がぱっと紅潮した。頬に強い赤みが浮き、何かの感情をぐっと押しこめようとして顎がこわばる。これまで見たこともない反応に、デイメンはさらに踏みこんでみずにはいられず、言っていた。

「何故聞く? 手合わせを所望か? 何ならほどほどにできるが」

「いいや」

その先どんな展開がありえたにせよ、近づくジョードと後ろのアイメリックの姿でその機は失われた。

「殿下。申し訳ありません。もしお話がまだ——」

「すんだ」ローレントが答えた。「話ならお前とする。戻るからついてこい」

二人がつれだって歩き去ると、デイメンとアイメリックがその場に残された。

「王子はお前を嫌っておいでだな」とアイメリックは楽しげだった。

その日の行軍が終わると、ジョードがデイメンのところへやってきた。

デイメンはジョードが気に入っていた。実際的な物の考え方と、自然とにじみ出る仲間への責任感がいい。どのような出自から上がってきたにせよ、指揮官としての資質をそなえた男だ。余分な責務を背負わされている今も、こうしてデイメンと話す時間を見つける。

「わかっていてほしいのだが」とジョードが言った。「今朝訓練に来ないかと言ったのは、オーラントにあんな機会を与えるためでは——」

「わかっている」

デイメンは答えた。ジョードが、ゆっくりとうなずく。

「修練したくなったら、次は喜んで俺が相手になろう。これでもオーラントより数段腕はいい」

「それもわかっている」

その返事に、ジョードの顔にこれまでで一番微笑に近い表情が浮かんだ。

「ゴヴァートと戦った時、お前はそこまで手強くは見えなかったがな」

「あいつと戦った時は、カリスの煙をたっぷり吸わされていたのでな」

また、ゆっくりとしたうなずき。

「アキエロスではどうか知らんが、だがあれは……戦いの前に使うもんじゃない。反応が鈍るし力を削ぐ。まあ、親切心からの忠告だ」

「……ありがとう」

デイメンは、重い沈黙の後、そう答えた。


ついに事が起きた時、またもやそこにラザールとアイメリックが絡んでいた。行軍三日目の夜のことで、一行はベイリュー砦に宿営していた。大層な名前だが、崩れかけだ。中に泊まろうにもあまりにもお粗末で、兵たちは砦の宿舎を避け、ローレントすら屋根の下で一夜をすごさず小綺麗な天幕にとどまっていた。それでも砦には少数ながら切り盛りする使用人たちがいて、補給路に組みこまれ、ここで物資の補充が可能であった。

喧嘩がどう始まったにせよ、周囲が気付いた時にはアイメリックが地に倒れ、その上にラザールが立っていた。アイメリックは土にまみれていたが、今回は出血はない。間の悪いことにそこに割って入ったのがゴヴァートで、アイメリックをつまみ上げると、騒ぎの張本人として、手の甲で顔を殴りとばした。その場に最初に着いたのはゴヴァートだったが、アイメリックが顎を押さえて立ち上がった頃には、すでにそこそこの野次馬を集めてしまっていた。

さらに間の悪いことに、もう夜更けとあって仕事の大半が片付き、手隙の兵たちがうろついていた。

オーラントを力ずくで押しとどめるジョードに、ゴヴァートが「まともに部下をしつけろ」

と挑発まがいの言葉を浴びせている。アイメリックは特別扱いはされん、とゴヴァートは言いつのった。「もし誰かがラザールに報復するなら鞭打ちを覚悟しとけ」とも。

暴力の気配が、火の気を待つ油のように兵たちの間に広がった。もしラザールがわずかでも挑発的な態度に出ていればたちまち発火しただろうが、彼は一歩下がり、ゴヴァートの宣言に喜ぶよりも憂慮の顔をするだけの分別を——または賢さを——見せた。

なんとかその場はジョードがおさめたが、皆が散った後、ジョードは指揮系統をすっかり無視して王子の天幕へ乗りこんでいった。

デイメンは、ジョードが天幕から出ていくまで待った。それから深い息を吸い、自分が中へと入る。

天幕へ踏み入ったところで、すぐにローレントの声がした。

「俺にラザールを蹴り出せと言う気だろう。もうジョードから聞いた」

デイメンは答えた。

「ラザールは腕のいい剣士だし、執政直属だというのに真面目に働くまれな存在だ。俺は、アイメリックを外すべきだと思う」

「何？」とローレントが聞き返した。

「彼は若すぎる。美しすぎる。争いを起こす。俺は彼の話をしに来たわけではないが、聞かれたからには言っておく。アイメリックは厄介の種だし、いずれ遠くないうちに彼があなたにのぼせるのをやめて部隊の誰かに身をまかせたら、もっと深刻な事態を招く」

　デイメンの言葉を聞いて、ローレントは考えこんだ。

だが「彼は外せぬ」と言う。「アイメリックの父親は、グイオン元老だ。お前がアキエロス大使として会ったあの男」

　デイメンは、ローレントを凝視した。武具庫でローレントの名誉を守ろうとしていたアイメリックを、血のあふれる鼻を押さえていた姿を思い出す。

　無表情な口調でたずねた。

「それで、国境の城のどちらが、その父親の持ち物なのだ？」

　ローレントも同じ口調で答えた。

「フォーテイヌだ」

「子供を取りこんで父親にとり入る腹か？」

「アイメリックは甘い菓子に釣られた子供ではない。あれはグイオンの四男坊だ。この部隊に加われば父親の忠誠を裂くことになると、承知の上だ。俺の下に加わった理由の半分はそれだ。父親の注目を引こうとしてな」

　ローレントは続けた。

「アイメリックの話をしに来たのではないと言ったが、なら何の用だ？」

「俺に懸念や意見があれば、他の者の耳のないところで話を聞くと言ったろう」デイメンは答えた。「ゴヴァートについて話がある」

　ゆっくりと、ローレントはうなずいた。

　デイメンの脳裏を、この数日の名ばかりの統制ぶりがよぎる。今夜の騒動こそまさに好機だったのだ——ゴヴァートが隊長として進み出て問題を掌握し、双方に対等の罰を与えれば、どちらの側でも暴力は許さぬと知らしめられた。だがかわりに、状況はさらにこじれた。

　デイメンはずけずけと言った。

「どういう理由かはともかく、わざとゴヴァートに好き勝手やらせているのはわかっている。あの男が己の失態に足を取られるのを待っているのか、それとも面倒を数多く引き起こせば処分の名目が立つからか？　だが、物事はそうは転がらないぞ。今でこそ兵たちはゴヴァートに反発しているが、一夜明ければ、その反発はゴヴァートを放置しているあなたに向く。すみやかにゴヴァートを御し、あの男を命令不服従の罪で裁くべきだ」

「だが、ゴヴァートは命令に忠実だ」とローレントが答え、デイメンの表情を見て「俺の命令にではないがな」とつけ加えた。

　そこまではデイメンもすでに読んでいる。とは言え、執政からゴヴァートにどのような命令が下されたかは想像するしかないが。「好き勝手に振舞え、甥の言葉には耳を貸すな」あたりか、おそらく遠からずだろう。

「叔父上への反抗とは見なされないようにゴヴァートを引き回すくらい、お手の物だろう？

ゴヴァートを恐れているとも思えない、そうであればあの闘技場で俺を彼の前に立たせはしなかっただろうしな。もしあなたが恐れる相手が――」

「そこまでだ」とローレントがさえぎった。

デイメンは引き下がらない。

「このまま長引けば、その分だけ、執政の兵たちへの威厳を取り戻すのが難しくなる。すでに皆は口さがなく――」

「そこまでだと言った」

デイメンは黙った。かなりの忍耐をもって。ローレントは彼を、眉を寄せて見ていた。たずねる。

「どうして、役に立つ忠告を俺にする？」

そのために俺をこの旅に伴ったのではないのか？　だが口に出してそう問うかわりに、デイメンは言い返した。

「ならどうして、一つも実行しない？」

「ゴヴァートは隊長だ。俺はあの男の物事の片付け方に満足している」

ローレントはそう応じたが、眉はひそめたままで、目はどこか曇りを帯び、己の内で思索にふけっているかのようだった。

「外で済ませねばならぬ用がある。今宵はもうお前の手はいらぬ、休んでよい」

去っていくローレントを見送りながら、デイメンは心の半分だけ、物を投げつけたい衝動に駆られていた。もうここまで来ると、ローレントが決して拙速には動かないことはわかっている。いつもまず距離を取り、一人で、じっくり考え抜くのだ。今はデイメンも一歩引いて、祈るしかなかった。

第三章

デイメンはすぐに眠りはしなかった。部隊の誰より贅沢な寝床を与えられてはいるのだが。奴隷用の夜具はやわらかで、枕まであり、肌掛けは絹だ。

ローレントが天幕へ戻った時、まだ起きていたデイメンは、何か役目があるかと迷いながら半ば体を起こした。ローレントは彼を無視した。対話が終われば、デイメンに対しては家具同然に目もくれないのが常だ。

今宵、ローレントは机の前に座ると、卓上の蠟燭の灯りで何かの書状を書いていた。書き終えてたたむと、赤い封蠟に、指にはめずに身につけている印章を押して封をする。

そのまま少しの間、そこに座っていた。ローレントの顔には先刻と同じ、思いふける色があった。

　やがて立ち上がり、ローレントは指先で蠟燭をつまみ消すと、火鉢のほのかな光と影の中で寝支度を始めた。


朝はごく順調に始まった。

　デイメンは起きて己の仕事にとりかかった。火の始末、荷車へのたたんだ天幕の積みこみ、それから兵たちは出発の仕度にかかる。前夜にローレントがしたためた書状は、一人の騎手によって東へと旅立っていった。

　罵声はとびかっていたが気さくなもので、とっくみ合いを始める者もおらず、この面々ではそれだけで上出来だと、デイメンは鞍の準備をしながら思う。

　目のすみにふと、淡い色の髪と、革の騎乗服姿のローレントをとらえた。ローレントを気にしているのはデイメン一人だけではなかった。いくつもの頭が彼のほうを向き、ちらほらと人がより集まっていく。ローレントの前にはラザールとアイメリックが立たされていた。正体のわからぬ胸騒ぎに、デイメンも手にしていた馬具を下ろすと、そちらへ歩いていった。

　アイメリックは、顔にすべての表情をさらけ出し、畏敬の念と無念さをにじませてローレントを見つめている。明らかに、己の軽率な行動が王子の目に留まったことは、彼にとって痛恨のきわみであった。ラザールはもっと読みづらい。

「殿下――お詫び申し上げます。私のあやまちです。二度とこのようなことは……」

声の届くところまで近づいたデイメンへ、その言葉が聞こえた。アイメリックだ。やはり。

「どうしてそのような行為に出た？」

ローレントはさばけた口調で語りかけている。

その時になって、初めてアイメリックは己が抜けられない深みにいると気付いた様子だった。

「そこは重要ではないかと。ただ、私のあやまちだったというだけで」

「重要ではないか？」

ローレントは――わかっているのだろう、その筈だ――青く冴えたまなざしをゆったりとラザールへ据えた。

ラザールは黙していた。嫌悪と怒りを含んだ沈黙だった。それがふっと打ち沈み、投げやりな敗北感をにじませて、目を伏せる。

ラザールを見下ろすローレントを凝視して、デイメンは不意に、ローレントがまさにこの公衆の面前できっちり白黒をつけるつもりなのだと悟った。ひそかに周囲をうかがう。すでに多すぎるほどの人々の目が集まっていた。

何をしようとしているか、ローレントなら心得ていると願うしかない。

「隊長はどこにいる？」とローレントがたずねた。

隊長は、すぐには見つからなかった。オーラントが探しに行かされる。ゴヴァートを呼びに行ったきりあまりに長く戻らなかったので、デイメンは厩舎でのことを思い出し、様々に相容れない男ではあるが、オーラントにこっそり同情した。

ローレントは落ちつき払って、待った。

そして待ちつづけた。

状況がほころびを見せはじめる。見物している兵たちの間に忍び笑いが起き、それが宿営地全体へ広がっていく。王子が、皆の前で隊長に言いたいことがあるそうだ。隊長は王子を立たせっぱなしでお楽しみ中だ……誰の面目が潰れるにせよ、愉快な見世物になるだろう。すでになっている。

デイメンの腹に、ひどく嫌な予感が冷たく粘りついた。昨夜ローレントに忠告した時、こんなことをしろと言ったつもりではなかった。待たされれば待たされるだけ、ローレントの権威に傷がつく。

ついに姿を見せたゴヴァートは、のんびりとローレントに歩みよりながら剣帯を腰へ巻き直していて、肉欲にふけっていたことを知られようがかまわないといった様子だった。

今こそ、ローレントが己の威厳を示し、私情抜きで冷静にゴヴァートをいさめるべき瞬間だった。だがかわりにローレントはたずねた。

「交尾(つる)んでいたところを邪魔したか?」

「いや、もう終わった。何か用か？」

ゴヴァートは、無礼丸出しの投げやりさでたずねる。

そして突然に、この男とローレントの間には自分の知らぬ何かがあるのだと、デイメンは悟った。ゴヴァートが衆目の前であろうがまるでかまわず、執政の権力にぬくぬくとくるまっていることも。

ローレントが言葉を返す前に、オーラントが戻ってきた。長い茶の巻き毛で分厚いスカート姿の女の腕をつかんでいる。見物していた兵たちの間をざわめきが渡った。

「俺を待たせたのは」とローレントが言った。「ここの女に己の種を仕込むためか？」

「男ってのは犯るもんだろ」

ゴヴァートはそう返す。

駄目だ。すべてが間違っている。下品で感情的、しかも言葉でおとしめたところでゴヴァートには何の痛痒も与えられない。意にも介すまい。

「男は、犯るものか」

「俺が犯ったのはその女の口さ、股じゃない。ところがあんたは哀れにも――」

言いつのるゴヴァートに、この瞬間やっとデイメンにも、どこまで事態が悪くなろうとしているのか見えた。ゴヴァートがどれほど己の権力に慢心しているのか、どれほど根深くローレントを憎んでいるのか。

「——ちょっとでも色気づいた男は一人だけ、しかも相手は自分の兄貴ときてる——」

そして、ローレントならまだこの場を掌握できるかもしれないというデイメンの望みも潰えた。ローレントの表情が崩れ、目が冷たく据わり、鋭い金属音とともに剣が鞘から抜き放たれた瞬間に。

ローレントが命じた。

「抜け」

やめろ。駄目だ。デイメンは反射的に踏み出し、そこで立ちすくんだ。なすすべなく拳を握りしめる。

ゴヴァートへ目をやった。ゴヴァートが剣を使うところを見たことはないが、闘技場での対決でこの男の熟達した戦いぶりはわかっている。対するローレントは王宮の王子、国境警備の義務も逃れつづけ、できる限り正面からの勝負を避けて裏をかこうとする男だ。

さらに悪い——ゴヴァートは執政の全面的な後ろ盾を得ている。見物している兵たちはまず知らぬことだろうが、おそらく執政は、機会あらば甥を始末していいとゴヴァートに言い含めてあるに違いなかった。

ゴヴァートが剣を抜いた。

ありえないことが起きようとしていた——近衛隊の隊長が名誉をかけた決闘に応じ、兵たちの面前で世継ぎの王子を切り殺す。

その上、ローレントは傲慢にも、防具なしで臨む気だ。負けるなど思ってもいない。だからこそわざわざ部隊全員を集めた上でこんな行動に出た。冷静さを失っている。ローレント、傷ひとつない体と屋内で守られてきた肌を持つこの男は、どうせ宮殿内での剣術遊びでうやうやしく勝ちをゆずられるのに慣れて、ろくな経験もないに違いない。

殺される、とデイメンは避けられぬ未来を、まざまざとそこに見た。

ゴヴァートは至って気楽に剣を振った。鉄同士が削り合うような音とともに二人の男は荒々しい打ち合いになだれこみ、デイメンの心臓が喉元まではね上がる。こんな事態を招くつもりもこんな結末を迎えるつもりもなかった。こんな形では。そして二人が離れた時、デイメンの心臓は驚きに早鐘のごとく打っていた。一合交わして、ローレントの命がまだあることに。

次の打ち合いでも。

そして三度(みたび)剣を交えてなお、驚くべきしぶとさで、ローレントはまだ生きたまま、値踏みするように落ちつき払って相手を見つめていた。

ゴヴァートにとっては耐えがたいことだ。ローレントが無傷で立っている分だけ、ゴヴァートは笑いものになる。結局のところゴヴァートのほうが膂力(りょりょく)もあり背も高く年上で、しかも兵士なのだ。続く攻撃でゴヴァートはローレントに息つく間も与えず、次々と力まかせの剣を叩きこんだ。

その剣を、ローレントは受けてみせる。衝撃はむしろ相手の力を利用し、巧みな動きで優美に流す。デイメンは一撃ごとにひるむのをやめ、勝負に目を据えた。

ローレントの戦い方は、彼の話し方そっくりだった。手強いのはその思考力――ローレントのあらゆる動きが計算され尽くしている。なのに動きを読めないのは、剣を振る間にも、常と変わらず彼の意図が幾重にも張りめぐらされ、それまで見えていた流れがある瞬間に裏返り、別の形へ変転してしまうからだ。デイメンには、ローレントの仕掛ける創意をこらした罠が見えた。ゴヴァートには見えていなかった。ゴヴァートはただ、予想外に手こずっていると感じるや、ひとつ、デイメンならやめろと忠告することをした。怒ったのだ。愚かにも。ローレントにとって、相手を挑発し、怒りにつけこむのは得意技だ。

再度つっこんできたゴヴァートの攻撃を、ローレントは洗練されたヴェーレ流の剣さばきで次々と受け流す。見つめるデイメンの手が剣を求めてうずいた。

今や、怒りと驚愕がゴヴァートの剣を鈍らせていた。初歩的な失敗を冒し、力を空費して的外れに打ちこんでくる。ローレントにはゴヴァートの全力の一撃をまともに受けとめきる腕力はない。洗練された剣で角度をつけてさばいたり重心移動を使って応撃するしかない。致命的な一撃になる筈だ、ゴヴァートがその一撃を当てられさえすれば。

それができない。デイメンが見る前で、ゴヴァートは剣をがむしゃらに大きく振り回した。憤怒に溺れて愚かな動きをくり返しているようでは勝てない。全員の前で、そのことがさらけ出されつつあった。

別のことも、容赦なくつきつけられる。

ローレントは、生まれつきのバランス感覚と運動神経をそなえた上、叔父の非難とは裏腹にその才能を無駄にしてなどいなかったのだ。無論、王子として最高の剣の師と教育に恵まれたに違いないが、これほどの腕前に達するには長きにわたる厳しい鍛練を、それもごく若くから、積む必要があった。

これは、対等な戦いですらなかった。公衆の面前で相手を徹底的にさらしものにする制裁だった。そしてここで教訓を与え、相手を易々と見下しているのは、ゴヴァートのほうではなかった。

「拾え」

はじめてゴヴァートの手から剣が落ちると、ローレントが命じた。

ゴヴァートの利き腕に、赤い線がくっきりと長く浮いている。すでに六歩分、ローレントに押されて下がっており、ゴヴァートの胸が息で大きく浮いては沈む。ゆっくりと、ローレントに目を据えながら剣を拾った。

もはや怒りにまかせた一撃や足運びの狂いもなく、力ずくで剣を振り回したりもしなかった。追いつめられたゴヴァートはローレントを観察し、己の最高の剣をくり出した。次の打ち合いで、ゴヴァートは真剣に奮闘した。それでも何も変えられない。ローレントの戦いは冷徹で容赦なく、もはや結末は誰の目にも明らかだった――今度はゴヴァートの足ににじんだ血の筋に、そしてふたたび草の上に落ちたゴヴァートの剣に。

「拾え」

ローレントはまたもそう命じた。

デイメンはオーギュステを思い出す。戦いの前線を幾時間にもわたって支え、迫りくる攻撃を打ち破りつづけた彼の強さを。

そして今、ここで、オーギュステの弟が戦っている。

「乳臭え軟弱野郎だと思ってたけどな」と執政の兵の一人が呟いた。

「あいつを殺す気かな？」と別の兵が問いかける。

デイメンはその問いの答えを知っていた。ローレントはゴヴァートを殺すまい。叩きつぶすだけだ。ここで、皆の目の前で。

その意図を勘付きでもしたか、三度目に剣を落としたゴヴァートは、ついに自制を失った。このまま延々と負け試合を続ける恥辱より、決闘という枠を壊してしまうほうがましだと、剣を拾わずローレントへ突進した。狙いは単純明快——格闘戦に持ちこめればゴヴァートが勝つ。割って入る時間など誰にもなかった。だがローレントの反射神経ならば、決断には充分すぎる時間だった。

剣を上げ、ローレントはその剣身をゴヴァートの体に貫きとおした。腹や胸ではなく、肩へと。切りつけたり小さな傷では止められないほどの猛突進だったが、ローレントは剣の柄頭(つかがしら)を

自分の肩に当てると、体重すべてで深々とゴヴァートの体に剣を突きこみ、その前進をくいとめた。猪狩りで、刺さった槍が致命傷を与えられなかった際に使われる技だ——丸い柄頭を肩に当て、猪をその場に貫きとめる。

猪であれば槍から逃れたり木の槍柄をへし折ることもあるが、剣に貫かれたゴヴァートは人間であり、膝から崩れた。ローレントは、見るからに力をこめて、ゴヴァートの肩から剣を引き抜いた。

「服を剝げ」と命じた。「この男の馬と所持品を取り上げ、砦から追い出せ。西へ三キロ行けば村がある。根性さえあれば生きてたどりつけるだろう」

静寂の中、ローレントはごく落ちつき払った口調で、二人の執政の兵へと告げた。二人ともためらいなくその命令に従う。ほかには誰ひとり、動かなかった。

誰ひとり。まるで夢から醒めた心地で、デイメンは周囲に群れている顔を見回した。まず王子の部下たちへ、てっきりこの結末に自分と同じ啞然とした顔をしているだろうと目をやったが、皆の顔には得意げな色こそあれ、驚きはまるで見えなかった。彼らはローレントの勝利を疑いもしていなかったのだ。

執政の兵たちの反応はもっと雑多だった。溜飲が下がったという顔もあれば、愉快そうな者もいる。この見世物を楽しみ、くり広げられた剣技を堪能したのか。それ以外の空気もある。この男たちにとって、権威とは強さなのだ、とデイメンは悟った。そしてローレントの強さを目に焼きつけた今、兵たちは王子の美しい顔にこれまでと違う目を向けることだろう。

　張りつめた空気を最初に破ったのはラザールで、ローレントへ布を放った。ローレントはそれをつかみ、まるで厨房の手伝いが肉切り包丁を拭うような無造作さで剣身を拭った。剣を鞘におさめ、真紅に染まった布を捨てる。

　よく通る声で、彼は兵士たちへ言い渡した。

「三日間の無様な指揮官ぶりは、ついに王家の名誉に唾を吐きかけ、ここに終わることとなった。我が叔父は、自ら任命した隊長がこのような心根の男だとは知るよしもなかっただろう。ご存知だったなら、この者をさらし台に送りこそすれ、人の上に立たせたりなさるまい。明日の朝からすべてが変わる。今日のところは我らは先を急ぎ、無駄にした時間を取り戻すぞ」

　ひしめく兵たちが口々に話し出す、そのざわめきが静寂を破った。ローレントはほかに用があるとばかりに背を向けると、ジョードのそばで足を止めて隊の指揮権をゆだねた。ジョードの腕に手をのせて彼が何か低く囁くと、ジョードはうなずき、皆に指示をとばしはじめた。

　それで終わりだった。ゴヴァートの肩からあふれる血がシャツを赤く染めている。そのシャツも体から剝ぎ取られた。ローレントの無慈悲な命令は、寸分たがわず実行された。

　ローレントに布をよこしたラザールは、ローレントに二度と行きすぎた口は叩くまい。それどころか、今ローレントを見つめるラザールの目つきは、あのトルヴェルドの敬慕の目によく似ていた。デイメンは眉をひそめた。

デイメン自身の心持ちは、どこか均衡を失ってあやうい。まさに今のは――予想外。ローレントのこの顔は知らなかった。これほどの鍛練を積み、ここまでの技量を持つとは。だが、どうしてそれを見た今、世界が覆されたような気がするのか、それがわからない。

あの茶色の巻き毛の女が分厚いスカートをたくし上げ、ゴヴァートのそばまで歩いていくと、すぐ横に唾を吐いた。デイメンの眉根はますます寄った。

父からの助言がよみがえる――決して手負いの猪から目を離すな、ひとたび狩りで獣とまみえたなら息の根を断つまで戦えと。そして、猪が手傷を負った時こそ、もっとも危険な敵となるのだと。

その思いが、心に騒いで消えなかった。

ローレントは四騎の使者に知らせを持たせ、アーレスの王宮へ送り出した。そのうち二人は王子直属の兵、一人は執政の部隊から、そしてもう一人はベイリュー砦の世話係。四名ともがこの朝の出来事を自分の目で見届けていた――王家に対する侮辱の言葉を吐いたゴヴァートへ、寛大で公平なる王子が名誉をかけた決闘を挑んだところ、ゴヴァートはすっかり戦う力を奪われ、決闘の鉄則を破って王子を害そうと襲いかかった。まさしく叛逆行為。そしてゴヴァートは正しく裁かれ、罰せられた。

言い換えれば、執政の元に、己の手飼いの隊長が見事に除かれたという報告が届くのだ。しかも執権への反抗とは——そして王子の我が儘や無能とは——決して責められぬ形で。

第一の勝負は、ローレントが取った。

一行はヴェーレの東端、ヴァスク国境の方角へと馬を走らせた。山々が国境いとなっている。今夜はふもとの丘にあるネッソンという砦で宿営する予定で、その先は南へ転進して曲がりくねる道を進む。朝のあの痛快な戦いとそれに続くジョードのてきぱきとした命令が、すでに兵たちの空気を変えていた。今日は行軍から遅れる騎馬はいない。

朝の遅れを取り戻そうと全力でネッソンまでの道を急がねばならなかったが、兵たちは喜んで従い、ついにネッソンの砦に到着した時には夕陽が地の端に沈みはじめたばかりだった。

ジョードのところへ指示を受けに行ったデイメンは、そこで心構えのできていない話題につき合わされる羽目になった。

「顔に出てたぞ。お前、王子が戦えるとは知らなかったんだろ？」

「ああ」デイメンは認める。「知らなかった」

「強いのは血筋でな」

「執政の兵たちも、俺と同じほど驚いていたようだったが」

「目立たないようにしているからな。王宮内にあった、個人的な修練場を見ただろう？　折りにふれ、あそこで近衛相手に手合わせするんだよ。オーラントや俺とも——何回か、俺もぶちのめされたよ。兄上ほどの腕前とはいかないが、オーギュステ王子の半分の腕がありゃほかの誰より十倍強い」

強い血筋。そうとだけは言いきれまい。二人の兄弟の剣にはところどころの相似と、それと同じほどの差違があった。ローレントは兄ほど力強い体軀ではなく、その剣筋の芯には優雅さと智慧(ちえ)があり、オーギュステを輝く黄金とするならローレントはしなやかな水銀だ。

ネッソンの砦は、ベイリュー砦とは二つ、はっきり異なっていた。まず、なかなかの規模の城下町を持っている。町は、山麓を抜けていく貴重な細い山道のそばにあり、ヴァスクの属州であるヴァ＝ヴァッセルと夏季の貿易を行っていた。

そして第二の違いとして、この砦は充分に——そこそこ——手入れされていて、兵たちは宿舎に、そしてローレントは城内に寝床を得られた。

命令を受けたデイメンは、低い扉から寝室へと入った。ローレントはまだ城外で馬にまたがり、斥候の配備を含めてあれこれ采配していた。侍従としての役割を言い付かったデイメンは蠟燭をともして暖炉に火をおこしたが、心ここにあらずだった。ベイリュー砦からの長い行軍の間、考える時間はたっぷりあった。はじめのうち単にデイメンは、目撃したあの決闘についてあれこれ考えていた。

そして今、初めてローレントが執政に譴責(けんせき)された時のことを振り返る。ローレントの領土が没収された時だ。内々ですむ戒告だったものを、執政は衆目の前での見世物にした。奴隷を抱擁せよと、最後に命じて。添え物、ちょっとしたつけ合わせ、不要な辱め。

デイメンは闘技会でのことを思う。宮廷人たちが集い、私的な行為までが衆目の前で演じられ、辱めや疑似的な強姦が皆の前でくり広げられていたあの場を。

それから、ローレントのことを思った。宴の夜、ローレントが奴隷をトルヴェルドに引き渡すべく操ったあの夜もまた、皆の目の前での長々とした叔父との対決であり、精密に仕組まれた筋書きどおりに実行されたのだ。

ニケイスのことも思った——宴席でデイメンの隣に座っていたあの少年を。そして、事前に警告を受けていたというエラスムスを。

〈殿下は、いつもすみずみまで目配りが行き届いておられる〉

ラデルのあの言葉。

デイメンが火をおこし終わる頃、まだ騎乗服のままのローレントが部屋に入ってきた。ゆったりと落ちつきをたたえ、まるで決闘を生きのびて隊長を剣で串刺しにしたことも、その後の丸一日の馬上の行軍も、わずかも影響を残してないかのようだ。

今はデイメンも、そんな上っ面で惑わされないくらいにはローレントを知っている。

デイメンは口を開いた。

「あの女に金をやって、ゴヴァートと寝ろと言ったのか？」

ローレントの、騎乗用手袋を外していた手が止まり、それからあらためて動作を続けた。指を一本ずつ革から抜いていく。その声には揺らぎがなかった。

「金をやって、ゴヴァートに近づけと言った。女の口に一物をつっこませたわけではない」

デイメンは、厩舎に行ってゴヴァートの行為を中断するよう命じられた日のことを思う。そして、この部隊には行軍の後ろをついてくる売色集団がいないことを。

ローレントが言った。

「あの男には、選択肢があった」

「いいや」デイメンは否定する。「選択肢があると思いこまされただけだ」

ローレントは、ゴヴァートへ向けたのと同じ醒めた目をデイメンへ向けた。

「説教か？　お前の忠告は正しい、あれ以上は放置できなかった。俺は、対立が自然に起きるのを待っていたのだが、それでは時間がかかりすぎる」

デイメンはローレントを凝視した。すでに疑いは持っていたとはいえ、事実だと、この耳で聞くのとは別物だった。

「正しい？　俺が？　俺が言ったのはこんな――」

途中で言葉を呑みこむ。

「言え」とローレントがうながした。

「今日、一人の男を潰したんだぞ。何とも思わないのか？　皆、命ある人間なんだ、叔父上とのチェスの駒ではない」

「いいや。俺たちは叔父の盤上にいるし、あの連中は残らず叔父の駒だ」

「ならば彼らを盤上で動かして喜ぶがいい、自分がまさにその叔父と同類な人間だということをな」

その言葉は、ただ口から出ていた。デイメンはまだ、己の疑いが裏付けられたことにどこか動揺していた。己の言葉がローレントにこれほど効くとも思っていなかった――ローレントはまさにぴたりと動きを止めた。

彼が言葉を失うところなど、これまで見たこともない。その沈黙が長く持つとも思えなかったので、デイメンは一気にたたみかけた。

「騙すように兵の忠誠を得て、どうやって彼らを信頼できる？　あなたなら、いずれ皆の敬意を得られた筈だ。どうして自然に信頼が芽生えるのを待たない？　それであれば――」

「時間がない」

それまで陥っていたほぼ自失の状態から、その言葉は絞り出すようにこぼれていた。

「そんな時間はない」ローレントはくり返した。「国境まであと二週間しかない。俺が仕事に精出して笑顔を振りまけばそれだけの間に兵たちを口説き落とせるとは、お前も思うまい。俺は、叔父が言い立てているような嘴（くちばし）の黄色い雛鳥（ひなどり）ではない。マーラスの戦場でも、サンピリエの戦場でも戦った。仲良しごっこのために来ているわけではない。率いる兵が命令を聞かなかったり隊列を乱したせいで斬り倒されていくのを見るつもりもない。俺は、生きのびるためにここにいる。叔父を打ち負かすつもりだし、そのためなら手にあるすべての武器を使う」

「本気なんだな」

「勝つためにな。それとも、俺が刃の上に身を投げ出してやるつもりでここまでのこのこやって来たと思うか?」

デイメンは、腹をくくって問題を正視すると、まず実行不可能な手段を除き、そこから達成可能な選択肢だけを抜き出した。

「二週間では足りない」と告げた。「あのような兵たちをわずかでも望みのある状態に持っていくには、一月近く要する。その段階に至ってさえ、底辺の連中は切り捨てる必要があるだろう」

「よかろう」ローレントが応じた。「ほかにはあるか?」

「ああ」

「なら率直に言ってみろ。どうせお前はいつもそうだがな」

「俺は、可能な限り力になるが、この限られた時間ではとにかく徹底的に鍛え抜く以外のやり方はない。その采配には、ひとつの間違いも許されないぞ」

ローレントは顎を上げ、どこまでも冷ややかな、そしてこれまで以上に挑発的な傲岸さを見せて、言い切った。

「見ているがいい」

第四章

ローレント——二十歳になったばかりだというのに精緻な思考回路と策謀家としての才を持つこの男は、今回、その能力をせせこましい宮廷での駆け引きから解き放ち、広い絵図の上に投じた。初めての指揮という絵図に。

デイメンは、その達成を見ていた。それは、二人が戦略について語り合った長い夜の翌朝に始まった。ローレントは部隊を前に、彼らに欠けているところを事細かに描写した。馬上から、集められた男たちのすみずみまで届く澄んだ声で。

ローレントは、前夜デイメンが語ったことをすべて聞いていた。それだけでなく、はるかに多くを聞いていた。その語りの中には、下働きたちや武器職人や兵卒からしか聞けないような情報がちりばめられていた。この三日間、ローレントは彼らの声にも耳を傾けていたのだ。

ローレントの現状認識は容赦ない一方、完全に望みを断つものではなかった。続く話で、彼は兵たちにエサを投げ与える——もしかしたら部隊は無様な指揮によって力を発揮できなかっただけなのかもしれないと。ゆえに、ネッソンの砦にこれから二週間とどまり、新たな指揮の元に結束する。ローレントが手ずから彼らを叩き直し、磨いて、戦える部隊として生まれかわらせてやる——それについて来られるのならば。

だがまずは、とローレントはなめらかにつけ足した。荷を解いてここでまた宿営地を設営せよ、と。炊事場から幕屋から馬囲いまで。二時間で。

兵たちに、言葉が沁み透っていった。もし前日にローレントが彼らの指揮官を、あらゆる意味で打ち負かしていなければ誰ひとり耳を貸さなかっただろう。否、あれがあってさえ怠惰な貴族のご命令ならば反発されただろうが、ローレントは行軍の一日目からずっと文句も不平も洩らさずよく働いてきた。それもまた緻密な計算の上だったのだ。

そして、全員が仕事に取りかかった。天幕を引っぱり出して支柱を槌で地面に打ちこみ、固定具を打ち、すべての馬の鞍を外す。ジョードがてきぱきと的確な指示をとばした。天幕の列は、この行軍が始まって以来初めて、まっすぐに並んでいた。

彼らは、やりとげた。二時間で。まだかかりすぎなのだが、ここ数晩の無秩序状態に比べればはるかにましだ。

もう一度鞍をつけろ、と命令がとんだ。続いて、騎馬での密集陣形教練。馬にはたやすいが兵には過酷に組まれたものを。昨夜デイメンとローレントで作り上げた教練で、未明に加わったジョードの提案も入れてある。正直なところ、デイメンはこの教練にローレントまで加わるとは思っていなかったが、王子は実際に参加し、模範的な動きを見せていた。

デイメンの隣に馬を並べて手綱をさばきながら、ローレントが言った。

「これでお前のほしがっていた二週間が手に入った。それだけの時間で我々に何ができるか見るとしよう」

午後には隊列の訓練に移った。列が乱れ、また乱れては崩れ、また乱れ、そしてついに持ちこたえた。もっともそれは、全員があまりに疲れきって判断力を失い、ただ命令を追う力しか残っていなかったからかもしれないが。その日の練兵はデイメンすら疲弊させ、終わった時には、実に久々に何かをやり遂げた気分だった。

宿営地に戻った兵たちは精根尽き果て、指揮官に対し、あの金髪碧眼の悪魔野郎などの罵りや呪詛を吐く余力すらなかった。火のそばではアイメリックが大の字にのびて目をとじ、長距離競走直後のようなさまだった。自分に倍する体格の男に喧嘩を売ってみせた強情さで、アイメリックは今日の教練もやり通した。どれほど体が痛もうが、疲れようが、耐え抜いた。少なくとも、この疲れようでは揉めごとをおこす心配はあるまい。喧嘩を買う相手もいないだろう。皆、疲れきっていた。

デイメンの視線の先で、アイメリックが目を開け、うつろな目つきで火を見つめた。

部隊の厄介者と言えるアイメリックではあるが、デイメンはふと同情を覚える。アイメリックはたった十九歳だし、どう見ても初の遠征だ。彼は場違いな存在に、そして孤独に見えた。デイメンはそちらへ足を向けた。

「部隊に加わるのは初めてか？」とたずねる。

「私は充分ついていける」とアイメリックが言い返した。

「ああ、そのようだ。隊長も見ていたことだろう。今日の働きぶりは見事だった」

アイメリックは返事をしなかった。

「しばらくこんな日が続く。国境までは一月ある、なにも一日目で力を使い果たすこともあるまい」

デイメンは相当以上に優しい口調で言ったのだが、アイメリックはただ意固地に「充分ついていける」とくり返した。

溜息をついて立ち上がったが、ローレントの天幕に向けて二歩踏みだしたデイメンの足を、アイメリックの声が止めた。

「待て」と言う。「本当に……ジョード隊長は、見ていてくれたと思うか？」

それから彼は、うっかり口をすべらせたかのように、顔を赤らめた。


天幕の入り口をからげたデイメンを、青く冴えた、それでいて何ひとつ読みとらせないまなざしが出迎えた。すでにジョードは中にいて、入れとローレントがデイメンを手で招く。

「今日の総括を聞こう」と言った。

皆でこの一日の評価にかかった。デイメンは、問われるまま正直な意見を述べた。兵たちは、望みなしというわけではない。一ヵ月で完璧に鍛え上げられた部隊にはなれない。だがいくつかのことなら叩きこめる。隊列を保つこと、待ち伏せへの対応。基本的な戦術も学べる。

デイメンは、実現できそうな案の骨子をまとめた。ジョードも賛同し、いくつかの提案をつけ加えた。

「せめて二月あればな」とジョードは本音をこぼす。はるかに多くのことができただろうにと。

ローレントが答えた。

「残念ながら我々は叔父上から国境防衛を命じられた身だ。どれほど気がすすまなくとも、いつかは着かねばならん」

ジョードは鼻を鳴らした。三人は兵の一部について話し合い、教練の中身を調整した。ジョードは兵たちの問題の根をうまく見きわめている。デイメンが議論に加わっていることも、さも当たり前のように受けとめていた。

話が終わると、ローレントはジョードを下がらせ、火鉢に暖められた天幕の中に座ったまま、ゆったりとデイメンを眺めていた。

デイメンは口を開いた。

「もし用がなければ、寝る前に鎧の点検をしてくる」

「ここでやるがいい」

ローレントが答えた。

デイメンは従った。腰掛けて、鎧の留め具や帯革をたしかめ、順繰りにすべての部分を点検していく。幼少期から体にしみついた習慣だ。

ローレントが問いかけた。

「ジョードをどう思う」

「気に入っている。いい働きぶりを見せている。隊長として、まさに最適な人材だろう」

ゆるやかな沈黙が落ちた。デイメンが腕甲を取り上げた以外、何の音もなく、天幕内は静かだった。

「何？」

「いいや」とローレントが言う。「それはお前だ」

驚いた目をローレントに向けると、もっと驚いたことに、向こうもまっすぐにデイメンを見つめ返していた。

「ここの兵たちの誰ひとり、アキエロス人からの命令には従わないぞ」

「わかっている。ジョードを選んだ二つの理由の一つがそれだ。兵たちはまずお前に刃向かうだろうし、お前は自分の力量を示さなければならない。余分の二週があってさえ、それをやり通すには時間が足りない。お前を一番いい形で活用できないのは実に惜しい」

自分が隊長として適任かどうかなど考えたことすらなかったデイメンは、ローレントのような指揮官の立場にしか己を当てはめていなかったことに気付いて、思い上がりをいささか恥じた。一般の兵のように下から叩き上げて昇進していく、そういった感覚がそもそも備わっていないのだ。

「そんなことをその口で言われるなど、まるで考えもしなかった」

そう、やや苦笑いで認めた。

「それが見えぬほど俺が傲っていると思ったか？　安心しろ、叔父を打ち負かすために俺がこれまで費やしてきた誇りに比べれば、ほかに抱く雑念などささいなものだ」

「驚かされただけだ。あなたのことがわかったと思う時もあれば、まるで理解を超えている時もある」

「それはお互い様というものだ」

「ジョードを隊長にした二つの理由と言ったな」デイメンは問いかけた。「もう一つとは？」

「お前が寝床で俺を乗りこなしていると、兵たちに思われるからだ」

ローレントが、いつも通りに淡々と言った。デイメンは腕甲を取り落としかかった。

「それでは俺の権威に傷がつく。せっせと築いてきた権威にな。さて、今度は本気で驚いたようだな。あるいはお前の背が頭ひとつ俺を上回っていなければ、肩がもっと細ければ、まだあったかもな」

「頭ひとつもないだろう」

「そうか？　お前が義憤に駆られて俺にくってかかる時にはもっとでかく見えるがな」

「わかっていてほしいが」デイメンは、慎重に語を継ぐ。「俺は、兵たちにそう匂わせるようなことは何も——俺と王子が——」

「お前がそんな真似をしていると思っていたなら、とうに支柱にくくりつけて鞭打っている。その胸と腹が、背中と似合いになるまでな」

長い沈黙が落ちた。外には疲弊しきった眠れる宿営地の静寂が広がり、天幕のはためく音や動きの気配だけが届く。金属の腕甲をきつく握りしめていた指を、デイメンは意識してゆるめた。

ローレントが椅子から立ち上がる。片手の指は、椅子の背に乗せられたままだった。

「それは捨て置け。仕えよ」

デイメンも立った。服の世話など気詰まりで、面倒な気分だ。今日のローレントがまとう衣裳は背中より前側に結い紐が集まっている。デイメンは無造作にそれをほどいていった。手の下で紐が解けた。下がって、ローレントが上着を取るのを待った。残りも手を貸すか？と、上着を片づけてから、口を開きかかる——言いたい誘惑に駆られていた。デイメンの手伝いが求められるのはいつもここまでだ。自分の手で上着くらい楽に脱げるものを。

ただ、向き直ったデイメンの前で、ローレントは片手を肩に当て、その肩を回した。ややこわばっているようだった。睫毛が伏せられる。シャツに包まれた腕はだらりと垂れている。この男は、とデイメンは気付いた――疲れきっている。

何の同情も湧いてこなかった。かわりに、どういうわけか苛立ちが高まる。ローレントが重い仕種でゆったりと金の髪に指をくぐらせている様に、どうしてか、己が受けた虜囚の辱めがすべてこの、たった一人の生身の男によってもたらされたのだと思い知らされる。

デイメンは口をつぐんだ。この地で二週、それから国境までの二週。ローレントの無事な到着を見届ければ、それで終わる。


翌朝、部隊はまた教練をくり返した。

さらにもう一度。

限界まで追いこむことを狙った命令に兵たちを従わせるのは、ひどく骨が折れた。兵のいくらかは、厳しい訓練にやり甲斐を見出したり、部隊を鍛えるために徹底してしごかれる必要があると自覚していたが、そうはいかない者もいる。

ローレントはそれでもやり通した。

この日、部隊は陣形に展開し、狙いどおりの陣を形成した。時には意地と根性、それだけで。

ローレントは部下たちに何の親しみも示さなかった。ここにはアキエロスの兵たちがデイメンの父に抱いていたような敬慕の情はかけらもない。ローレントは敬愛されてはいなかった。好かれてすらいなかった。王子の直属部隊、ローレントにつき従って崖からでも飛ぶだろう彼らですら、ローレントに対して同じ認識を共有していた――あいつは冷血野郎だと。オーラントがかつて評したように。王子の不興を買うのはまさに最悪、そして歓心を買うのは不可能。

どうでもいいことだ。ローレントが命令を下せば、部隊は従った。身が入らぬ者も、最後にはいつしか追いこまれた。デイメン自身、ローレントの足にキスさせられたり、その手から糖菓を食わされたりと様々な形で巧みに強いられてきた経験から知っている。兵たちに深々とくいこみ、ひとりずつ操っていく、そのからくりを。

そして、おそらくその支配力を苗床にか、うっすらと、ローレントへの畏敬の念が芽生えつつあった。執政がローレントを権力の座に近づけまいとしてきたのもよくわかる。ローレントには、人を率いる力があった。目標に目を据え、成し遂げるためなら何でもする覚悟があった。困難をしっかり分析し、問題はあらかじめ察知して解決か回避の手を打つ。そしてローレントの内には、この厄介な男たちを掌握していく過程を楽しんですらいる一面もあった。

今まさに、王たるものの胎動を目の当たりにしているのだと、デイメンは悟っていた。これこそ国を治めるべく生まれついた王子の、その器が解き放たれていく瞬間なのだと。もっともローレントによる兵の統率は――見事とも不吉とも感じることに――デイメンが兵を率いる形とはまるきり異なるものだった。

当然、兵の一部は反発した。初日の午後には、執政直属の雇い兵の一部がジョードの命令に従わないという事態も起きた。周囲も同調し、ローレントがやってきた時には根深い不平のざわつきが広がりつつあった。仲間の共感を得たその傭兵を、もしローレントが鞭打ちに処したなら、小さな暴動すら起きかねなかっただろう。群衆も集まっている。

ローレントは、その兵を鞭打てとは言わなかった。

かわりにこっぴどく、言葉で、打ち据えた。

それは決闘前のゴヴァートとのやりとりとはまるで違っていた。今回のローレントの言葉は徹底して冷たく、露骨で毒々しく、言葉を刃のようにして一人の男を部隊の前で完膚なきまでに打ちのめした——剣の一撃に劣らぬほどに。

兵たちは全員、おとなしく自分たちの仕事に戻った。

デイメンの耳に、兵の一人の感嘆まじりの声が届いた。

「大したガキだよ、あんな汚え口聞いたこともねえぞ」

その夜、部隊が宿営地に戻ってみると、そこには寝床ひとつなかった。ネッソン砦の使用人たちがすべて解体して片付けてしまっていたのだ。ローレントの命令で。

これまでが寛大すぎた、とローレントは言った。今日は一時間半やろう。宿営地の設営までに。

それから二週間のほとんどが訓練に費やされた。ネッソンの外に宿営しながら。部隊は、研ぎ澄まされた刃とはとても評せないまでも、無骨ながら使える武器には仕上がりつつあった。一丸となって馬で走り、陣形を保つことができた。単純な命令にも従えた。

ありがたいことに、ここでは疲労困憊するまで訓練できる。ローレントはその利を徹底的に活かした。奇襲の心配はない。ネッソン砦は安全な場所だった。南のアキエロスからの敵襲と見せかけるには国境から遠すぎる。逆にヴァスクの国境は近すぎて、ここでの襲撃は政治的な波乱を呼びかねない。執政の目的がアキエロスであるならば、眠れるヴァスク帝国をつついて起こすこともないだろう。

それに加えて、部隊は執政があらかじめ予定した進路を大きく外れており、仕掛けられていたどの罠も、今ごろいつまでも姿を見せない部隊に待ちくたびれている筈だった。

部隊に着々と根付きつつある自信と達成感に自分もかぶれているのかと、デイメンは自問する——なにしろついに十日目に、部隊が奇襲に対応できる、せめて全滅せずにすむだけの動きをこなした時、初めてデイメンの内にもひとすじの希望の光が芽生えたのだ。

その夜、仕事のわずかな空き時間に、ジョードから火のそばへと手招きされた。ジョードは一人で座って、わずかな息抜きをしているところだ。デイメンへと、ワイン入りの歪んだ錫の杯をさし出した。

受けとると、デイメンは即席の腰かけになっている曲がった丸太に座った。疲れきった二人は、ただ黙って、おだやかにそこに座っていた。ワインはひどい味で、デイメンは口の中でそれを軽く転がし、飲み下す。火の熱が心地いい。

少しして、ジョードの視線が宿営地の向こうの端へ据えられているのに気付いた。

アイメリックが天幕の外に出て鎧を手入れしている。どこかでしっかりと躾けられてきた日課だろう。だがジョードが彼の姿を見ている理由は、きっと別だ。

「アイメリックか」

デイメンはそう言って、眉を上げてみせた。ジョードの唇が曲がった。

「それが？　あの顔を見たことくらいあるだろう」

「あるぞ。先週、彼のおかげで部隊の半分が今にも乱闘を始めそうだったからな」

「彼のせいではない。いい家の生まれで、荒っぽい連中の相手に慣れていなかっただけだ。自分の経験に基づいて、正しいことをしようとした。単にそれぞれの世界では節理が違うというだけだ。お前にとってもそうだったように」

たしかに、身につまされるところがある。デイメンはまたひどいワインを口に含んだ。

「お前は、いい隊長だ。アイメリックはあの程度ですんで幸運だった」

「ここには根性の曲がった連中もいる、それは本当のことだ」とジョードが答えた。

「今日みたいな日がもう何日か続けば、そういう連中の端くれは脱落するんじゃないのか」

「何日かってより、もう何分かというところだな」

デイメンは笑いの息をこぼした。焚き火のほうばかりに目をやっていると、炎の動きに心奪われそうになる。ジョードの視線はまたアイメリックへと戻っていた。

「なあ」とデイメンは話しかける。「そのうち、彼は誰かに身を許すぞ。それくらいなら、お前が一番いい」

長い沈黙があり、それからどこか奇妙にいつもと違う声で、ジョードが言った。

「俺はこれまで血筋の良い相手と寝たことがないのだ。……どこか違うものか？」

ジョードが何を誤解しているのかに気付いて、デイメンは顔に血がのぼるのを感じた。

「彼は……俺たちは、何もない。彼は、何も。俺の知る限り、誰もよせつけぬ人だ」

「皆の知る限り、な」ジョードがうなずいた。「あれで衛兵詰所をうろつく淫売みたいな口を叩かなきゃ、俺もあの人は童貞だと思うところさ」

デイメンは黙っていた。杯を干し、少し眉をしかめる。この手の果てのない勘ぐりには興味が持てなかった。ローレントが誰を寝床につれこもうが、どうでもいいことだ。

結局、アイメリックのおかげで答えずにすんだ。意外な救い主は、いくつか具足を持って、火の向こう側に座ろうとやってきた。上を脱いだ内着姿で、それも一部紐がほどかれている。

「邪魔をしてはいないよな？　ここなら火がよい明かりになってくれるので」

「こっちで一緒に座らないか」

デイメンは誘って、杯を下ろし、あえてジョードのほうは見なかった。

アイメリックはデイメンに対して何の好意も持ち合わせていないが、ジョードとデイメンはそれぞれ形は違えど部隊では格上の相手で、誘いを蹴るのはためらわれる。アイメリックはうなずいた。

「場をわきまえぬ口出しでなければよいが」

そう切り出してくるあたり、顔を殴られてついに自重というものを学んだか、ジョードの前ではアイメリックも自然と行儀がよくなるのか。

「ただ、私はフォーテイヌの城で育った。生まれてほとんどをあの地ですごした。だから、マーラスの戦い以降、国境警備の存在は形式的なものだと知っている。なのに王子は……我々を、実際の戦闘のために鍛えているかのようだ」

「王子はただ、万端備えておくのがお好きなのだ」ジョードが答えた。「たとえ戦いとなっても、兵が対応できるように」

「私は、このほうがいいのだ」アイメリックは、さっと口をはさんだ。「つまり、戦う力のある部隊にいるほうがいい。私は、家の四男だ。骨惜しみせぬ働きを尊敬する……生まれを越えて地位をつかみとる人も」

最後の言葉は、ジョードへのまなざしと同時だった。察したデイメンは、口実を作って立ち上がると、二人を残して去った。

彼が天幕へ入った時、ローレントは目の前に地図を広げてじっと黙考していた。気配に気づいて視線を上げ、深く座り直すと、デイメンにも座るよう手招きした。

「ここにいるのが二千の歩兵とはいかず二百の騎馬である以上、数より粒を揃えることが肝要だろう。お前とジョードの胸の内には、いまだ部隊から除かれるべき候補者の名があるな。お前の決めた名を、明日までに報告せよ」

「十人にも満たないが」

そう答え、デイメンはあらためてその事実に驚く。ネッソンでの訓練の前には、その五倍はいると見ていたのだ。ローレントがうなずいた。一瞬の間の後、デイメンは口を開いた。

「厄介者の話が出たついでに、聞いておきたかったことがある」

「言ってみろ」

「何故、ゴヴァートの息の根を止めなかった?」

「理由が要るか?」

「理由はある筈だ」

ローレントはすぐには答えなかった。地図の脇から飲み物を取り上げ、自分に注ぐ。それがジョードの飲んでいたあの喉に刺さる安ワインとは違うのが、デイメンにも見えた。水だ。

ローレントが言った。

「叔父に、俺がやりすぎだと非難する隙を与えたくなかったのでな」

「ゴヴァートのほうから突進してきたのだから、理は充分こちらにあるだろう。目撃者もたっぷりいたぞ。理由が、ほかにもあるのだな」

「ほかにもある」

ローレントはそう同意しながら、揺らぎのない目でデイメンを見据えていた。その間にも杯を口元に運び、唇を湿す。

いいだろう。

「あれは見事な戦いぶりだった」

「ああ、そうだろう」

そんなことを言いながらも、笑みひとつ浮かべない。ローレントはくつろいで座り、長い指の間から杯をぶら下げるようにして、デイメンにまなざしを据えたままだった。

「随分と長く鍛練してきたに違いないな」

デイメンがそう言うと、思いもしなかったことに、ローレントは真剣に答えた。

「俺は、いい剣士ではなかった。オーギュステとは違ってな。だがマーラスの戦いの後、俺は、いささか取り憑かれて……」

言葉を切る。ローレントが話を続けようと心を決めた、その一瞬がデイメンにも見えた。意識的に、デイメンとまっすぐ目を合わせ、声音がわずかに変化した。

「アキエロスのデイミアノスは、十七歳にして部隊を率いた。十九歳の時には戦場に斬りこみ、我らの精鋭を斬り倒して道を開き、俺の兄の命を奪った。人々は、あの男はアキエロス随一の戦士だと言う──言ったものだ。俺は思ったのだ、そのような男を殺すためには、俺もそれはそれは強くなるしかないと」

それきり、デイメンは黙っていた。話をしたい思いなどかき消えていた。蠟燭の灯心が一瞬にして切り落とされて闇に呑みこまれるように。火鉢の中で冷えゆくばかりの残り火のように。

次の日の夕刻、パスカルと話しこむことになった。

医師の天幕は、ローレントの天幕や炊事用の幕屋と同じく、背が高くとも身を屈めずに歩けるだけの高さがあった。パスカルは求める備品をすべて与えられており、ローレントの命令のもとそれもひとつ残らず丁寧に広げられていた。唯一の患者であるデイメンは、おびただしく並んだ治療道具に愉快な気分にさえなってくる。だがひとたびネッソンの砦を発ってどこかで戦った後は、この光景を笑ってはいられぬだろう。一人の医師が二百名をまともに診ていられるのは、そこが戦地でない限りにおいてだ。

「王子に仕えて、その兄上に仕えた時との違いを感じるものか?」

パスカルはデイメンの問いに答えた。

「上の兄には本能的であったものが、年下にとってはそうではない、とは言っておこうか」

「オーギュステについて聞かせてくれないか」

「王太子？　何を語ることがある。あの方はまさに輝ける星であった」

そう言いながら、パスカルは王太子の紋である星光の紋章へひとつうなずいた。

「ローレントは、父よりも兄の思い出をより鮮やかに心に抱いているようだが？」

短い沈黙の間、パスカルは硝子瓶を棚へ置き、デイメンはシャツを脱いだ。

「それは、無理からぬことだ。オーギュステ王子は、いかなる父親にとってもまさに誇りとなる息子だった。父君とローレント殿下の間に何らわだかまりがあったというわけではない。むしろ……王はオーギュステ王子を溺愛する一方、弟君にはあまり時間を割かなかった。色々な意味で、王は素朴な方であられてな。戦場での卓越というものは、王にとって理解しやすいものであった。ローレント殿下は思考にすぐれ、知に長け、難解な謎を解いてゆくことを得手とした。オーギュステ王子はもっと明快な方だった。誰よりも強く、世継ぎの王太子であり、まさに生まれながらの君主であった。ローレント殿下が、そんな兄をどう思っていたかはわかるだろう」

「憎んだのか」とデイメンは言った。

パスカルが、奇妙な目つきで彼を見やった。

「いや、愛していた。英雄として崇拝していたよ。頭のいい子は時々、肉体的にすぐれた年上にそうした敬慕の思いを抱くものだ。あの二人は、お互いにそういう存在だった。相手を盲目的に愛していたよ。オーギュステは保護者だった。弟のためならどんなことでもしただろう」

デイメンはこっそりと、王子たちには保護よりも躾けが必要だっただろうと思っていた。特に、ローレントには。

デイメンは、彼が口を開いて言葉で人を刺すのを聞いたし、短剣を拾って金の睫毛ひとつ動かさず冷酷に男の喉を切り裂くのも見た。

ローレントには、誰の守りも必要ない。

第五章

はじめ、デイメンにはそれが見えなかったが、ローレントの反応に気付いた。ローレントは馬の手綱を引くと、なめらかな動きでさっとジョードに馬を寄せた。

「兵を砦へ戻せ」と命じた。「本日はここまでとする。奴隷は、俺に随行せよ」

ちらりとデイメンを見る。

もう午後遅かった。今日の演習はネッソンの砦から離れ、丘陵にへばりつくネッソン＝エロイの町が見える場所で行われていた。部隊が宿営地に戻るには、隆起して草に覆われ、ところどころ岩が散らばる丘の斜面を越えていかねばならない。だがそれでも、切り上げるにはまだ随分と早い。

ジョードの命令に従って部隊が転回した。ひとかたまりに見えた――全員が一体であるかのように。やっとのことで寄せ集めたバラバラの部品のようにではなく。二週にわたる厳しい教練の成果が表れている。達成感とあいまって、ついデイメンは考えていた。もっと時間があれば、あるいはもっと選りすぐりの兵を揃えていたなら、この部隊がどこまで仕上がっただろうかと。

デイメンは己の馬を、ローレントの馬の横へ寄せた。

その時にはもう彼にも見えていた――まばらな木々を透かした向こうにある、乗り手を失った一頭の馬の姿。

さっと、緊張した目で周囲を見渡した。異常はない。気はゆるめなかった。遠くに乗り手を失った馬を見た瞬間デイメンがまず考えたのは、ローレントを部隊から離してはならぬということだった。なのに状況は正反対だ。

「ついて来い」

そう言い放つやローレントは馬に拍車を入れて確認に走り出し、デイメンもやむなくそれを追った。はぐれ馬がはっきり見えるところまで来ると、ローレントがふたたび手綱を絞る。馬は二人が近づいても、怯えもせずのどかに草を食みつづけていた。見るからに、人間やほかの馬のそばにいることに慣れている。特に、ローレントの部隊と、その馬に慣れている。

二週の間のうちに鞍も馬銜も失っていたが、その馬体には、王子所有の焼き印が押されていた。

それどころか、焼き印ばかりでなく、デイメンはこの馬のまれな白黒の斑模様を覚えていた。ゴヴァートとの決闘の朝、ローレントが送り出した使者だ——決闘よりも前に。ゴヴァート解任の知らせを執政に届けにアーレスの城へ送られた使者ではない。何か、別の目的のために放たれた使者だ。

だが、あれからほぼ二週間が経っている。それにあの使者はベイリューの砦から発ったのだ、ネッソンではなく。

デイメンの腹の底が不快によじれた。この去勢馬なら軽く銀貨二百枚で売れる。ベイリューからネッソンまでの間で誰かがこの馬を見たなら、その金を欲するだろう——褒賞金目当てでローレントに返すか、王子の焼き印の上に己の焼き印を押すかはともかく。この馬がただ二週間、誰の手にも落ちずにさまよった挙句に部隊の元へたどりついたとは、とても考えられなかった。

「あの使者が目的地にたどりつけなかったと、誰かが知らせたがっているようだ」とデイメンは言った。

「その馬をつれていけ」ローレントが命じた。「宿営地へ戻って、俺は明日の朝戻るとジョードに伝えろ」

「何だと？　だが――」

「町で少々片付けたい用がある」

咄嗟に、デイメンは自分の馬でローレントの進路をふさいでいた。

「駄目だ。叔父上があなたを片付ける一番たやすい手は、部隊から切り離して単独行動をさせることだ。わかっているだろう。一人で町に向かうなど駄目だ、行くだけで危険だ。部隊に戻るぞ。今すぐ」

ローレントはさっと周囲へ目を走らせた。

「ここは待ち伏せには向かん」

「町なら別だ」

デイメンは言い返す。さらに、ローレントの馬の轡をつかんだ。

「別の手を打て。その用は誰かにまかせられないのか？」

「まかせられない」

ローレントの返事は、ごく平静に事実を述べたものだった。デイメンはつのる苛立ちを抑え、ローレントほど明晰な頭脳であれば、この拒否もただの強情からではない筈だと、自分に言い聞かせた。多分。

「ならせめて、次善の策を打て。俺と宿営地まで戻り、夜を待つんだ。それから人目につかぬよう護衛をつれて出ろ。こんなのは指揮官の考え方ではないぞ、己だけで物事に対処することに慣れすぎている」

「俺の馬から手を離せ」

デイメンは従った。少しの間、ローレントは騎手を失った馬を見やり、それから地平近い太陽の位置を見ていたが、最後にデイメンを見た。

「お前が同道しろ」と言った。「護衛としてな。出立は日暮れ。それ以上の妥協はできぬ。この上なにか文句をつけるつもりなら、充分に心しておけ」

「いいだろう」とデイメンは答えた。

「——いいだろう」

ローレントも、一瞬の間の後に言った。


ローレントの馬から外した手綱を輪にして白黒斑の馬の首にかけ、それを即席の引き綱にして、二人ははぐれ馬をつれて戻った。引き綱はデイメンが持った。手綱なしで自分の馬を操るのにローレントにはすべての集中力が要る。

ネッソン＝エロイの町に何の用があるのか、ローレントは何ひとつ語らず、いくらこの訪問に賛成しかねていても、聞き出そうとするほどデイメンも愚かではなかった。

　宿営地に戻ったデイメンは馬たちの世話をした。天幕に戻るとローレントはいつもより値の張る仕立ての騎乗服に着替えており、寝台の上に服がもう一そろい用意されていた。

「それに着替えろ」と命じられる。

　その、デイメンが寝台から取り上げた衣装は手にやわらかく、貴族がまとうもの同様に濃い色に染められ、同様に上等だった。

　デイメンは着替えた。時間がかかった。ヴェーレの装束の例に洩れず。騎乗用の服であってでもっとも入り組んだ服であり、ヴェーレにつれて来られてから着た中でとびぬけて贅沢な服だった。軍人の服ではない。宮廷人の装束だ。

　自らまとってみると、人に着せるより、己が着て紐を締めていくほうがはるかに面倒だった。着終わると、飾り立てられすぎて奇妙な心持ちになった。服の形からして違う——何か、異国の、思いもしなかったようなものに自分が変えられていくようだった。これまでまとってきたヴェーレの鎧や粗略な兵士の服以上に。

「俺には合わぬ」

　着た心地が悪いという意味をこめて、デイメンはそう告げる。

「ああ。合わんな。こちら側の人間に見えるぞ」

ローレントが応じて、断じるような青い目でデイメンを眺めた。

「日暮れだ。ジョードのところへ行って、俺の戻りは明日の朝半ばになると伝えよ。不在の間も常のとおり動けと。すんだら馬のところへ来い。すぐに出るぞ」


天幕の厄介なところは、叩く扉がないということだ。デイメンは支柱の一つに体をもたせかけ、中へ声をかけた。

明らかに、中からの反応が遅かった。やっと現れたジョードの上半身は裸で、広い肩がむき出しだ。紐を結ぶ手間はかけずに、あっさりと手でズボンを引き上げて持っている。めくれ上がった入り口から、遅れの理由が見えた。白い手足と乱れた寝床。アイメリックが片肘をついて身を起こし、その胸から首の上まで紅潮が広がっていた。

「王子は用事のために部隊から離れる」とデイメンは告げた。「明日の朝半ばには戻る。いない間も、隊長としていつもと変わらず皆を指揮してほしいそうだ」

「お望み通りに。同行は何人だ?」

「一人」とデイメンは答えた。

「頑張れよ」

それだけがジョードの返事だった。

ネッソン＝エロイの町までの道は馬にとっては長くも厄介でもない。もっとも二人は、町の外で馬から下りねばならなかった。

道から外れたところに馬をつないだが、朝にはもういないかもしれないと二人とも承知していた。人間の性根というのはどこだろうと似たようなものだ。だがほかに手がない。砦を囲んだ田畑の先、山を抜ける道の近くにネッソン＝エロイの町は広がっている。ひしめき合う建物と入り組む石敷きの道の町で、石畳を打つ馬蹄の音はあたり一帯を起こしてしまうだろう。ローレントはあくまで静寂と隠密を求めた。

ローレントの主張によれば、アーレスの王城からアクイタートまでの補給地として使われるネッソンのこの城下町を、彼はよく知っているという。たしかに道を心得た様子で、より細く、灯りのない路地ばかりを選んで抜けてゆく。

だが結局のところ、これだけの手を講じても、さしたる役には立たなかった。

「尾行されている」とデイメンは告げた。

二人は細い路地を歩いていた。バルコニーや、せり出した二階の石や木の梁が頭上を屋根のように覆い、ところどころアーチの通路まで架かっている。

ローレントが答えた。

「尾行しているようなら、行く先までは知らんということだ」

路地奥の、張り出した二階に半ば隠れた脇道へと折れた。そらにその脇道へ。

追跡、と呼べるほどのものではなかった。追手はあくまで距離を保ち、ほんの時おりかすかな足音で存在がうかがえるだけだ。昼のうちであれば、人でごった返す道は追う者の目をくらませ、息づく町のざわめきと漂う薪の煙の中、追いつ追われつの駆け引きもできただろう。だが、夜の中ではすべてが目立つ。暗い道に人影は少なく、二人の姿は際立ちすぎていた。

彼らを追う男たちは——一人ではない——楽々とついてくる。ローレントがどれほど回り道をしようと。振り切れない。

「面倒になってきたな」

ローレントが呟いた。見覚えのある円形の紋が描かれた扉の前で足を止める。

「鼠と猫ごっこの暇はない。お前のやり方を借りるとしよう」

「俺の？」

デイメンは問い返した。前にこのような紋を扉に見た時、その扉からはゴヴァートが出てきたのだった。

ローレントは上げた拳で、扉を打った。それからデイメンのほうを向く。

「これでいいのか？　普通はどういう手順を踏むものなのか知らんのでな。お前の領分だ、俺のではない」

扉ののぞき溝が開き、ローレントが金貨をかかげてみせるとすぐにパタンと閉まって、閂棒が引き抜かれる音がした。むせるような香気が戸口からあふれ出す。栗色の髪を艶やかに梳き上げた若い女が立っていた。目をローレントの金貨に向け、次いでデイメンへ向け、それからデイメンの体の大きさに対してぶつぶつと、女主を呼ばねばと文句を言ったが、二人は香水たちこめる娼館の中へと招かれて戸口をくぐった。

「別に俺の領分ではない」

デイメンは言い返す。

天井からほっそりした銅の鎖で銅色のランプが吊るされ、壁は絹の襞で覆われていた。甘くたちこめる香煙の奥から、かすかなカリスの薬の香もした。床には絨毯が敷かれ、厚みに足が沈むほどだ。二人が通された部屋にはヴェーレ式の平らな客座もその上に散らされたクッションもなく、かわりに彫り木で作られた涅色の寝椅子がぐるりと並べられていた。

寝椅子の二つには先客がいた。幸いにも、客が人前で遊んでいるわけではなく、いたのは娼館の女たち三人。ローレントは歩み入ると、悠然と空の寝椅子に陣取ってくつろいでみせた。デイメンは離れた端にもっと用心深く座る。頭にあるのは追手のことだ。道にとどまって建物を見張っているか、それとも扉を蹴破って今にも娼館へ押し入ってくるだろうか。実に馬鹿げた想像が次々と浮かぶ。

ローレントは女たちを品定めしていた。目を見開きこそしないが、充分に意識した目つきであった。ローレントにとっては――とデイメンは気付く――これはまったく未知のことで、きわめて禁忌なのだ。突如として、この状況の滑稽さに加えて、自分が今まさにヴェーレの潔癖な王太子を初の娼館にご案内しているのだという自覚が芽生える。

どこかの部屋から、交合の音が聞こえていた。

三人の女のうち一人は、扉口で出迎えた艶のある髪の女だ。もう一人は褐色の髪の女で、三人目の金髪の女を気怠げに弄び、遊ばれている女の服の前合わせはほとんどほどかれていた。はだけた乳首がゆったりとした指でいじられて紅色にとがっている。

「随分遠いところに座っていらっしゃるのね」

その金髪の女が誘った。

「なら立つがいい」とローレントが応じる。

女は立った。褐色の髪の女も立ち、ローレントのほうへやってくる。金髪がデイメンの隣に座った。デイメンは視界の隅で褐色の髪の女をとらえる――近づく女にローレントがどう反応するのかという無責任な好奇心がうずいたが、自分のことで手一杯だ。というか、この女で。金髪の女は鮮やかな桃色の唇で鼻の上にそばかすが散り、首元から臍まではだけたドレスの結い紐がしどけなく垂れている。あらわな乳房は丸く、白く、その体でも際立って白く見えた。先端の二つのやわらかな蕾(つぼみ)は別として。その乳首は、唇と同じ濃い桃色であった。紅をさしてあるのだ。

彼女が囁いた。

「旦那様、お待ちの間にしてさしあげられることはございませんか？」

デイメンは口を開いて、ない、と言おうとした。この危うい状況で、追手も、隣のローレントも気になる。前に女を抱いてからどれほど経つのかも意識してしまっていた。

「その男の上着をほどけ」とローレントが命じた。

金髪の女が、デイメンからローレントへと目を移した。デイメンもローレントを見た。そばに女がいた筈だが、ローレントは何の言葉も用いずに彼女を下がらせていた。指の合図ひとつで用済みだと伝えでもしたのだろう。優雅に、そしてくつろいで、ローレントは急かすでもなく二人を眺めていた。

こんなことが、前にもあった。己の鼓動が速まる、まさにその瞬間をデイメンは感じる。宮殿の中庭にあったあの東屋と寝椅子が記憶によみがえった。ローレントの冷えきった声で下されたあけすけな指示も――吸え。割れ目を舌でいじれ。

デイメンは金髪の女の手首をつかんだ。ここでまた〈営み〉とやらをくり返すつもりはない。だが上着にかかった女の手がすでに濃色の高価な服を開いており、下から黄金の首枷がのぞいていた。

「あなた――この人の色子なの？」

「部屋を閉じてもよろしゅうございますよ」もっと年かさの女の声が、かすかなヴァスク訛りでそう言った。「お望みとあらば。殿方たちにうちの娘たちをゆっくりお楽しみいただけますように」

「そなたがここの女主か？」

ローレントが問いかけた。女が答える。

「私は、この小さな館を取り仕切る者でございます」

ローレントは寝椅子から立ち上がった。

「金貨を払う以上、今は俺が主だ」

女は身を屈めて深々と礼をし、目を床に伏せた。

「お望みのままに」わずかにためらい、つけ加える。「……殿下。このこと無論、余人には洩らしませぬ」

金髪、上等な服、その顔貌——ローレントの正体を察して当然だ。この町の全員が、誰が砦に宿営しているか耳にしているだろう。

女主の言葉に、娼婦の一人がはっと息を呑んだ。彼女もほかの女たちも、女主のようにあれこれを結びつけて真実に気付くには至らなかったようだ。王太子に拝謁したネッソン＝エロイの娼婦たちは、デイメンの目の前で、床につかんばかりにひれ伏した。

「我が奴隷と二人きりになれる部屋を求む」とローレントが告げた。「建物の裏に向いた部屋だ。寝台と、扉に掛け金、そして窓があればよい。もてなしはいらぬ。もしこの女たちの誰かをよこそうものなら後悔することになるぞ。俺は、自分のものに手出しされるのは好かぬ」

「かしこまりました、殿下」

女が受諾した。

細い蠟燭を手にした彼女につれられて、二人は古い建物の奥へと案内される。ローレントのために先客を追い出すかと思いきや、王子の要求にかなった一室は無人であった。さしたる飾り気のない室内には、上がクッションになった衣装櫃（いしょうびつ）、天蓋付きの寝台、二つのランプだけがあった。クッションは緋色で、天鵞絨（ビロウド）の上に浮き刺繡が施されていた。女主は扉を閉めると、彼らを二人きりにした。

デイメンは掛け金をかけ、念を入れて衣装櫃を扉の前へ押して据えた。

たしかに、窓はあった。だが小さく、鉄格子が壁の漆喰にねじ止めされていた。

ローレントはそれを見つめて、考えあぐねた様子だった。

「俺が考えていたのといささか違うな」

「この漆喰壁は古い」とデイメンは言った。「ほら」

窓格子をつかんで、ぐいと引く。窓枠からぱらぱらと漆喰の破片が降り注いだが、格子を引き剝がすには至らなかった。あらためて握り直すと、デイメンはしっかりかまえて、肩に力をこめた。

三度目で、格子は窓から外れた。予想外に重いそれを、慎重に下ろす。衣装櫃を動かした時と同様、分厚い絨毯が音を吸った。

「お先にどうぞ」

こちらを凝視しているローレントへ、デイメンはそう声をかけた。ローレントは何か言いたそうな顔をしていたが、結局はただうなずき、窓をくぐって、娼館の裏路地に音もなく降り立った。デイメンも続いた。

二人は頭上にせり出す庇をくぐるように道を渡り、家の間に抜けられそうな暗い隙間を見つけて通り、さらにいくつか短い階段を下りた。二人のかすかな足音に、重なるこだまはなかった。追手は建物の裏側まで見張っていなかったようだ。

ついに、振り切った。


「ほら、これを持て」

追手を町の半分ばかりも引き離したところで、ローレントがデイメンに財布を投げ渡してきた。

「正体が悟られぬほうがよい。上着の胸元をきちんと閉じておけ」

「身分を隠すべきなのは俺ではないだろう」

そう言いつつも、デイメンはおとなしく上着を留め、黄金の首枷を隠した。

「砦に王子の部隊が宿営していると知るのは娼楼の女たちだけではなかろう。金髪の若い貴族を見れば、誰だろうとその正体くらい見当がつく」

「扮装なら持参した」

「扮装」

デイメンはくり返した。

二人は今や、ローレントが目的地だと告げた宿屋にたどりつき、せり出した二階部分の下に立っていて、入り口の扉まではたかだか二歩だ。着替えるような場所もなければ、そもそもローレントの特徴的な金の髪をごまかす手段などほとんどない。大体、ローレントは何も手に持ってはいなかった。

服の内から、繊細にきらめく何かを取り出すまでは。

デイメンはローレントを凝視した。

ローレントが告げる。

「お先にどうぞ」

デイメンは口を開けた。それから閉じる。手を宿の扉にかけると、押し開けた。

ローレントも彼に続く。ニケイスの長く垂れたサファイアの耳飾りを身につける、一瞬の間を取った後で。

踏み入った瞬間、話し声と音楽とが、鹿肉の焼ける匂いと蠟燭の煙とともにデイメンを包んだ。広く開けた室内を見回すと、架台の脚にのった長テーブルが並んで、その上を皿や水差しが飾り、奥の炉には焼き串が渡しかけられていた。客は数人。男たちと女たちと。誰ひとりデイメンほど、あるいはローレントほど上等ななりはしていない。壁際の木の階段は中二階へと続いており、その先は客室だ。

袖をまくり上げた宿の主人が二人へと近づいてきた。

そして主人は、ローレントに何の愛想もない一瞥をくれた後で、デイメンにまっすぐ目を向け、うやうやしく歓迎した。

「ようこそ、旦那様。旦那様とそちらの色子とに、今宵の宿をご用意いたしましょうか?」

第六章

「もっとも上等な部屋を」とローレントが言った。「寝台が大きく部屋付きの風呂がある部屋だ。言っておくが、もし下働きの少年でも部屋によこそうものなら後悔することになるぞ。私は、自分のものに手出しされるのは好かぬ」

そして宿の主人をじろりと、冷たく見やった。

「値の張る子でな」

デイメンは宿屋の主に、ある種の謝罪としてそう説明する。

それを聞いた宿屋の主の目が、ローレントの衣裳の高価さやサファイアの耳飾り——お気に入りへの最高級の贈り物——を品定めした。加えてローレント本人の値段、その顔貌と体を。

相場の三倍はふっかけられることになるな、とデイメンは察した。

とは言え、ローレントの金を気前よくばらまけるなら悪くない、と鷹揚にかまえる。

「席を取ってくるがいい、色子」

そう、この瞬間を楽しむとしよう。この偽装を。

ローレントがデイメンに命じられた通りに動いた。その間にデイメンは部屋代をたっぷりとはずみ、宿屋の主に感謝した。

ローレントから目を離しはしなかった。どれほど風向きが良い時でも何をするか読めない男だ。ローレントはまっすぐ、一番いい席へと向かった。炎に近く暖かだが、じっくり炙られている鹿肉の臭いにむせない程度の距離はある場所。一番いい席だけあって、先客がいた。ローレントはどうやらまなざしひとつ、あるいは一言だけ、それとも近づく気配だけで、客たちをそこから追い払ってしまった。

耳飾りは、決して目立たぬ扮装ではない。大部屋にいる全員がじっくりとローレントを眺めていた。色子を。ローレントの冷ややかな目つきと不遜さが、彼には誰の手もふれられぬと宣言している。裏腹にその耳のサファイアは、ただ一人だけが許されると告げている。その耳飾りが彼を不可侵から極上品へと変えていた――ここにいる誰ひとり購(あがな)えぬ、選ばれしものの愉悦。

だがそれは、かりそめのものなのだ。ローレントとテーブルをはさんで、デイメンは木の長椅子に腰を下ろした。

「それで、これから?」とたずねる。

「これから、待つ」

ローレントが答えた。

ついで立ち上がると、ぐるりとテーブルを回りこみ、デイメンの隣に、恋人のように間近に座った。

「どういうつもりだ」

「演出というやつだ」

ローレントの耳飾りがデイメンへときらめいた。

「お前をつれてきてよかったよ。壁から何かを引き剥がす予定はなかったものでな。娼館にはよく行くのか?」

「いいや」

「娼館ではないのか。では酒保女か?」

ローレントが問いかけた。それから「奴隷か」と呟く。さらに満足げな間を置いて続けた。

「アキエロス、悦びの庭だな。つまりお前は、他人の奴隷ぶりは愉しむわけだ。己の身となると受け入れがたいというだけで」

デイメンは長椅子の上で体をひねり、ローレントを眺めた。

「首の筋を違えるなよ」

「よくしゃべるのは」とデイメンは言った。「落ちつかない時の癖だな」

「旦那様」

宿の主人の声がして、デイメンは振り向いた。ローレントは動きもしない。

「部屋の用意はすぐに整いましてございます。その階段を上がった三番目の部屋をお使い下さい。お待ちの間、ジェハンがワインとお食事をお持ちします」

「もう少し楽しく時をつぶすとしよう。あれは何者だ？」

ローレントの目の先、部屋の向こうにいるのは、薄汚い毛糸の帽子から藁のようにまばらな髪が突き出た年かさの男だった。暗い部屋の隅に座っている。手垢じみてくたびれたカードを、さも宝物のように混ぜていた。

「あれはヴォロでございます。あれと賭け事はなさいませんよう。渇きに取り憑かれた男でありまして。一晩とかからずお相手のコイン、宝石、服などすべて飲んでしまいますから」

助言を残して、主人は去っていった。

ローレントは、さっき娼婦たちを観察していたのと同じ目つきでヴォロを眺めていた。ヴォロは下働きの少年を丸めこんでワインを恵んでもらおうとしていた。次には別の何かをねだろうとする。だがヴォロが手にした木のスプーンを、早業の手品で宙に溶けたかのように消してみせても、下働きの少年は感銘ひとつ受けた様子はなかった。

「よかろう。コインを少しくれ。あのカードの男と遊びたい」

ローレントが、テーブルに体重をかけて立ち上がる。デイメンは財布に手をのばしかけて止めた。

「色子は、芸と引きかえに贈り物を得るのではなかったか？」

「何か望みのものが？」

問い返したローレントの口調は複雑なほのめかしを含んでいた。目は猫のようにひたとデイメンに据えられている。

腸（はらわた）をえぐり出されるようなことは避けたいデイメンは、財布を放った。ローレントが片手で受けとめて銅貨と銀貨をひとつかみ取る。財布をデイメンへ放り返すと、彼は宿の部屋を横切って、ヴォロの向かいに腰を下ろした。

二人は遊びはじめた。ローレントが銀貨を賭ける。ヴォロは自分の毛糸の帽子を賭けた。デイメンは席から少し様子を見ていたが、宿の中に目を戻し、招いても不自然に見えない程度に社会的地位が近そうな客を探した。

もっとも風采のよい男は、上等な服をまとって毛皮の縁どりのコートを椅子の背にかけ、布商人といった風情だった。もしよければこちらの席に来ないかと招待すると、相手の男は見るからに乗り気で、商人らしい愛想でも隠しきれないデイメンへの好奇心をにじませていた。

商人は名をチャールズといい、大きな商家の一員として取引を行っていた。やはり布を商っているとのことだ。デイメンはパトラスから来たと、適当な名と家を口にした。

「ああ、パトラス！　たしかに、お言葉にそんな響きがございますな」とチャールズがうなずく。

話題は貿易と政治のことで、商人ならそれも自然だろう。アキエロスの話題は聞き出せそうにない。チャールズは、アキエロスとヴェーレとの同盟は支持していない。野蛮なアキエロスの王相手に、執政ではなくその甥の王子ならば一歩も引かぬ国交を行ってくれるだろうと信じていた。その王太子は、まさしく今ネッソンの砦に宿営中で、アキエロスと相対するべく国境へ向かう途上であられる。王子は若く、責任感にあふれたお方だ、とチャールズは言った。デイメンはローレントのほうを見ないようにこらえた――まさにこの瞬間、賭け事に興じている王子を。

食事が運ばれてきた。上等のパンと大皿料理であった。宿の主人が肉のいいところをどうやらすべてデイメンに出してきたらしいと気付いて、チャールズがじろじろと皿を眺める。

大部屋にいる人の数が減っていった。チャールズもやがてその場を切り上げ、この宿の二番目にいい部屋へと階段を上がっていった。

　カード遊びのほうを見ると、ローレントは結局すべてのコインを擦って、かわりに小汚い毛糸の帽子を手に入れていた。ヴォロはニヤッとして、同情をこめてローレントの背を勢いよく叩くと酒をおごった。自分にも一杯の酒を買う。それから下働きの少年を買った。少年は気前のよい値段を申し出て――一行為で銅貨一枚、一晩で三枚――目の前にローレントのすべてのコインを積み上げたヴォロに今やすっかりその気になっている様子だった。

　ローレントが酒杯を手にして部屋を横切ってくると、口ひとつつけていない杯をデイメンの目の前に置いた。

「誰かの勝利のおこぼれだ」

　人影はほとんどなくなりつつあったが、火のそばにいる客二人には声が届くかもしれない。デイメンは言った。

「それほど酒と古い帽子がほしかったなら、単に彼から買えばよかった。安いし早いぞ」

「遊びたかっただけだ」

　ローレントが手をのばしてくると、デイメンが持つ財布から新たなコインをくすねて手のひらに乗せ、握った。

「ほら、新しい技を覚えたぞ」と手を開くと、そこには何もなかった。幻術のように。一瞬後、袖口からコインが床へ転がり落ちた。ローレントは眉をひそめて見下ろした。「まあ、まだものになっていないが」

「コインを消す芸ならば、今さっき存分に披露してきたようだがな」

「ここの食べ物はどうだ？」

ローレントが卓上に目をやって、たずねた。

デイメンはパンを一切れちぎると、飼い猫にやるようにさし出した。

「食べてみるか」

ローレントはそのパンを見やり、それから火のそばにいる男たちを、そして最後にデイメンを、長々と冷ややかに見つめた。これまで散々このまなざしを浴びせられていなければ、さしものデイメンもたじろがずにはいられなかっただろう。

それから、ローレントは言った。

「よかろう」

その言葉がデイメンに染みこんでくるまで数瞬かかった。その時にはもう、ローレントは長椅子の彼の隣に座っていた。長椅子をまたいで、デイメンへ顔を向ける。

本気で、やってみせるつもりなのだ。

ヴェーレの色子たちは食卓でのこの行為を戯れのひとつとし、主人の手を愛撫し、じゃれる。その唇の前にデイメンが一口分のパンを運んでも、ローレントは何ひとつそんな真似はしなかった。凛としたたたずまいを崩そうともしない。色子と主人の交情など、気配すらなかった

――ただデイメンがほんの一瞬指先に感じた、ローレントの息のぬくもり以外は。

ただの演出だ、とデイメンは思った。

視線がローレントの口元へと落ちる。その視線をあえて戻すと、次には耳飾りに目が奪われた。ローレントの耳朶を貫いて、叔父の幼い愛人の耳飾りが下がっている。それはよく似合っていて、ローレントの色合いになじんで感じられた。一方で、どうにもいびつにも思える――次の一口分のパンを裂いて彼に食べさせようとかかげる、この仕種と同じように。

ローレントはそのパンも食べた。まるで肉食獣に食べさせているようだ。似た感覚があった。ローレントはあまりに近く、うなじに手を回せばいともたやすく引き寄せられるだろう。彼の髪の、肌の感覚がよみがえり、デイメンは指先をローレントの唇に押し当てたい衝動をこらえた。

耳飾りのせいだ。ローレントは常に何の飾り気もまとわない。そんな彼に、耳飾りが新たな陰影を添えた。ほのかで洗練された、官能の影を。

だがそれはただのまやかしなのだ。このサファイアのきらめきは危険だ。ニケイスが危険であったように。ヴェーレでは、見た目通りのものなど何もない。

また、パンをひとかけら。ローレントの唇がデイメンの指先をかすめた。ほんの刹那、やわらかに。

パンを手にした時、デイメンはこんなつもりではなかった。だがもはや攻守ところを変え、

何をしているかよくわかっているのはローレントのほうだと感じる。その唇の感触はまるで、官能的なくちづけの始まりを告げる小さなキスのひとつのようだ。気配が次第に、ゆっくりと濃くなっていく。デイメンは自分の呼吸の変化を感じた。

これが誰なのか、強く、己に言い聞かせる。ローレントだ、デイメンを監禁した男。背を打った鞭の一撃ずつを思い出そうとしたが、思考が曇って、かわりに浴場でのローレントの濡れた肌が、上等な剣と柄のような均整を誇る四肢が脳裏に浮かんでいた。

ローレントは綺麗に食べ終えると、片手をデイメンの腿にのせ、ゆっくりと上へとすべらせた。

「慎めよ」

そう囁く。

それから体勢を変え、長椅子をまたいだまま互いの顔を合わせた。ほとんど胸と胸がふれそうなほど。髪でデイメンの頬をくすぐりながら、ローレントはデイメンの耳元へ囁いた。

「俺とお前が、ほとんど最後の客だ」

「……だから？」

次の囁きは耳にやわらかく吹きこまれ、唇と呼気で形作られた言葉のひとつひとつの輪郭を、デイメンはくっきりと感じとる。

「だから、俺を部屋へつれて行け」それが返事。「もう待ちくたびれただろう？」

先に立ち、階段を上っていったのはローレントで、デイメンはそれを追った。一歩ずつを意識して、肌の下で打つ脈が速い。

階段を上りきって、三つ目の扉。大きな暖炉に丁寧に火がおこされて室内は暖かい。漆喰の壁は分厚く、小さなバルコニーに出られる窓があった。寝台は心地よさそうに整えられ、枕板には複雑に絡み合った菱紋様が彫りこまれていた。ほかにも調度品がいくつかある。低い衣裳棚、扉脇の椅子。

くわえて、三十歳くらいの、黒い顎髭をきっちり刈りこんだ男が一人、寝台に腰かけていた。ローレントを見た瞬間、男はさっと立ち上がるや、片膝を折る。

デイメンはやや投げやりに、扉脇の椅子に座りこんだ。

「殿下」

膝をついた男が、そう呼びかける。

「立つがいい」ローレントが答えた。「会えてよかった。毎夜来てくれていたのだな、返事が届かぬままこれほど長くすぎてもなお」

「殿下がネッソンの砦にご滞在と聞き、使者をよこされるかと思っておりました」

言いながら、男が立ち上がる。

「使者は足止めされた。我々にも、砦から東の街区まで追手がついて来た。町を出入りする道は見張られているだろう」

「抜け道がございます。目的を果たし次第、すぐにでも発ちます」

男が上着の内から取り出したのは、封蠟で封じられた羊皮紙だった。ローレントはそれを取り、封蠟を割って開くと、中を読んだ。ゆっくりと。デイメンへちらりと見えた部分からすると、暗号で記されているようだった。読み終えると、ローレントがその羊皮紙を火の中へ落とし、紙はたちまち丸まって黒く焼けていった。

印章指輪を取り出して、ローレントは男へ手渡した。

「これを先方に渡せ」と命じる。「そして彼に伝えよ。ラヴェネルで待っていると」

男は一礼した。扉を抜け、寝静まった宿から出ていく。事は済んだのだ。

デイメンは立ち上がると、じろりとローレントを見やった。

「機嫌がよさそうだな」

ローレントが応じる。

「俺は小さなことから大きな達成感を覚えるたちでな」

「あの男がここにいるかどうか、確信がなかったのだな」

「いるとは思っていなかった。二週間は、待つには長い」ローレントが耳飾りを外した。「朝の帰り道はもう安全だろう。あの追手の目的は、俺に刃を向けるよりあの男を見つけ出すことにあったようだからな。今宵が好機だったのに、襲いもしてこなかった」

それから「この扉の向こうが風呂か?」と言ってそちらへ歩き出した。「心配するな、お前の手は借りぬ」と途中で言い置いて。

ローレントが去ると、デイメンは無言で寝台からひと抱えの寝具を取り、暖炉のそばにドサッと下ろした。

それでもう、することがない。一階へ下りていった。残っているのはヴォロとあの下働きの少年だけで、二人とも周囲の様子など目にも入っていない。少年の砂色の髪はすっかりもつれていた。

デイメンは宿の外まで出ていくと、しばしたたずんだ。ひんやりした夜風に心が鎮まってくる。道は無人だった。使者も去った。すでに夜は深い。

ここにいると落ちつく。だが、一晩中こうしているわけにもいかない。ローレントがせいぜいパン数切れしか食べていないのを思い出し、デイメンは調理場に足を向けて肉とパンを一皿求めた。

二階へ戻ると、ローレントが風呂から上がって服を半ば着こみ、火のそばに座って濡れた髪を乾かしながら、デイメンが自分用に作っておいた即席の寝床をほとんど占領していた。

「ほら」とデイメンは皿を渡す。

「ありがとう」ローレントはその皿に、少しまばたきした。「風呂はもう好きに使え。気が向けばな」

デイメンは風呂に入った。ローレントは綺麗な湯を残してくれていた。銅のたらいの横にかかっている乾布はやわらかく、温かかった。体を拭う。それを腰に巻いて出るよりはと、また元のズボンを穿いた。行軍中に同じ天幕で眠ってきた十夜以上とかわりはない、と己に言い聞かせる。

部屋に戻ってみると、ローレントは皿の上のものをきっちり半分ずつ食べ、残りをデイメンが好きに食べられるよう衣装棚の上に置いていた。デイメンは一階ですでに食べていたし、快適で大きな寝台を取っておいてやったのにこちらの寝床を奪われる筋合いはないので、皿は無視して暖炉前の毛布の上、ローレントの隣に腰を下ろして、自分の領有を主張した。

ローレントへ話しかける。

「てっきり、ヴォロがつなぎの相手かと思っていた」

「カード遊びがしたかっただけだ」

火が暖かい。裸の胸に当たる火の熱を、デイメンは心地よく味わった。

一瞬の間の後、ローレントが言った。

「お前の力なしではここにたどりつけなかっただろう。来られても、追手は撒けなかった筈だ。お前をつれてきてよかった。本心だ。お前の言ったことは正しい、俺は慣れていないのだ……」

そこで言葉を切った。

濡れた髪は額からかき上げられ、均整のとれた優雅な顔がすっかりあらわになっている。デイメンはその顔を眺めた。

「随分と雰囲気が違うな」とデイメンは言った。「いつも以上に、変だ」

「機嫌がいい、と言っていいのでな」

「機嫌がいいか」

「まあ、ヴォロほどご機嫌とはいかないが。まともな食事、暖かな火、しかもこの数時間誰も俺を殺しにかかってこない。機嫌も良くなるだろう」

「もっと上品好みかと思っていたがな」

そう言ったデイメンに、ローレントが「ほう？」と聞き返す。

デイメンはおだやかに指摘した。

「宮廷にいるところを見ているのでな」

「あれは叔父の宮廷だ」

ローレントの宮廷であったならまた違うと？　だがデイメンはそれを問わなかった。答えなど必要ないのかもしれない。王となるローレント——今まさに一日ごとに王へと成長しているローレントだが、その未来は別の世界の物語だった。王の姿のローレントは後ろについた両手に体重を預けたり、宿屋の炎でのんびりと髪を乾かしたり、娼館の窓をくぐって壁をつたい下りたりはしないだろう。デイメンも同じだ。

「聞きたいことがある」

不思議なほどくつろいだ長い沈黙を破って、ローレントが言った。デイメンは顔を向ける。

「実際のところ、カストールがお前をこの国へ売りとばすような何があったのだ？　恋人同士の痴情のもつれでないのはわかっている」

心地よい炎のぬくもりがすっと冷え、デイメンは、嘘をつかねばならぬと悟った。ローレント相手にこの話題はあまりにも危険だ。そんなことはわかっている。ただ、あの過去がどうしてこれほど心に迫ってくるのか、それがわからない。デイメンは喉にせり上がってくる言葉を呑みこんだ。

すべてを呑みこまねばならなかったように。あの夜以来。

……わからない。どうしてかなど。

あんなにもカストールに憎まれるような、何を俺がしたのかわからない。どうして俺と兄がただ、兄弟として嘆きを分かち合うことができなかったのか——。

——父上の死を——。

「いや、あの言葉の半分は正しかった」

自分の声が聞こえた。どこか遠くから。

「俺は、ある人に思いを……ある女性がいたのだ」

「ジョカステか」

ローレントが楽しげに言った。

　デイメンは黙りこんだ。答えが喉を焼くようだった。

「本気か？　お前、王の情人に惚れたのか？」

「まだ王ではない時のことだ。彼女も、あの男の情人ではなかった。そうだったのかもしれないが、誰にも知られてはいなかった」

　デイメンは答えた。一度話し出すと、言葉はもう止められなかった。

「彼女は明晰で、洗練され、美しかった。俺にとっては理想の女性だった。だが彼女は、策謀家でもあった。野心を抱いていた。玉座への道をゆくにはカストールと通じるしかないと考えたのだろう」

「我が誇り高き蛮人よ。その手の女がお前の好みとは、驚きだな」

「その手の？」

「愛らしい顔の下の、あざとい知恵と無慈悲な本性」

「違う。そんなことは――俺は彼女がそんな……そういう女だとは知らなかった」

「本当に？」

　ローレントが問いかける。

「もしかしたら……彼女が心ではなく、頭で動くというのはわかっていた。野心があるのも知っていたし、時に容赦ない面も見た。俺にとってはあれも……魅力のひとつだった。だが一度として、彼女がカストールのために俺を裏切るとは考えもしなかった。知った時には遅すぎた」

「オーギュステもお前のようであったよ」ローレントが言った。「人をだますなど、まるで考えられない性分だった。ゆえに、他人の中にある欺瞞を理解もできなかった」

一瞬の絞るような息の後、デイメンは問いかける。

「なら、あなたは？」

「俺は性根から欺瞞に満ちているぞ」

「いや俺が聞きたかったのはどんな——」

「聞きたいことはわかっている」

デイメンがそんな問いをしたのは、質問される側になんとか立場を切り替えようとしてのことだった。過去の扉を閉められるのなら、何でも。そして今、娼館と耳飾りの一夜をすごしながら彼は思う——どうせならあの話も聞いてしまったらどうだと。ローレントは警戒しているようには見えなかった。体の線はくつろいで軽やかだ。やわらかな唇——いつもは引き締められて官能を完全に隠すその口元にも、今は危険な気配はなく、ただ話におだやかな興味を示しているだけだった。ローレントはデイメンの視線を苦もなく受けとめていた。だが問いの答えは返そうとしない。

デイメンは問いかけた。

「奥手か？」

「答えを聞きたいのであれば、まずまともな問いかけをすることだ」

「部隊の兵たちの半分が、あなたのことを未経験だと思っているが」

「それは問いなのか？」

「そうだ」

「俺は二十歳だ」ローレントが応じた。「その上、ほとんど記憶にある限り昔から求愛者には事欠いていない」

「それは答えなのか？」

「俺は、未経験ではない」

ローレントがそう返事をした。

「俺は――もしかしたらと……」デイメンは慎重に言葉を継ぐ。「あなたの愛が、女性に向けられていて、だから、その日を待って大事にしているのかと」

「いや、俺は――」

ローレントは驚いた様子だった。それからその驚きようが己の本音を明かしてしまったことに気付いた様子で、ぼそっと何か呟きながら顔をそむけた。またデイメンへ顔を向けた時には、唇に苦笑いが浮かんでいたが、それでも答えた。

「違う」

「何か気にさわることを言ったか？　そういうつもりでは――」

「いいや。もっともらしく無害で単純な解釈だ。いかにもお前が好みそうな」

「この国の人間が誰ひとりとして物をまっすぐに考えないのは俺のせいではないぞ」

デイメンはいささか弁解がましく眉をひそめた。

「どうしてジョカステがカストールを選んだのか、お前に教えてやろうか」

ローレントが言った。デイメンは炎に目を据える。薪が半ば炎に喰われているのを、そして薪の腹をなめる炎を、下敷きになっている燃えさしを見つめた。

「相手は王子だった」とデイメンは答える。「あっちは王子で、俺はただの——」

もう無理だった。肩を覆う筋肉がきしむほどに張りつめている。過去に焦点が結ばれようとしている。それを見たくなかった。嘘をつくのは、己の無知をつきつけられることだ。今も知らずにいる。裏切られるような何を己がしたのか。一つの裏切りではなく、二重の裏切り。愛した者と、兄からの。

「それは理由ではない。たとえお前に王族の血が流れていようが、カストールと同じ濃さの血を分け合っていようが、ジョカステはカストールを選んだだろうよ。その手の人間の考え方というものが、お前には見えないのだ。俺にはよく見える。もし俺がジョカステで、玉座への野心があれば、やはりお前ではなくカストールを選ぶからな」

「その理由を俺に言うのは、さぞや気分がいいだろうな」

デイメンは応じた。拳がきつく握りしめられ、己の声ににじむ苦々しさが聞こえた。

「それはな、策謀家は常に弱い駒を選ぶからだ。弱ければ弱いほど支配しやすくなる」

驚きに打たれてデイメンが顔を上げると、ローレントが何の含みもなく彼を見つめ返していた。一瞬が、そのまま長くのびる。

こんなことを……これは、ローレントから言われるとは思いもしなかった言葉だった。ローレントをただ凝視するうちに、デイメンはその言葉が不思議な形で染みこんでくるのを感じる。そして心の奥でささくれ立つ何かの破片にふれ、およそ初めて、それを小さく揺らがせる――深く食いこんで、二度と動かぬと思えたそれを。

「……どうして、カストールを弱いほうだと思う？　彼を知らないだろう」

「ああ、だがお前のことなら少しは知っているぞ」

ローレントが答えた。

第七章

デイメンは壁にもたれて、暖炉のそばに広げた寝床に座りこんでいた。炎の音はもうほとんど絶えている。明るい燃えさしのいくつかを残して、薪は燃え尽きていた。部屋は暖かく、眠たげに静まり返っている。デイメンの目は冴えていた。

ローレントは寝台で眠りこんでいた。

その体の形が、部屋の薄暗がりの中でも見える。バルコニーの鎧戸の隙間からしのびこんだ月光が、枕に広がるローレントの髪を淡く照らしている。ローレントはデイメンがそこにいることなど気にもしていないように、家具に対する以上の警戒などいらぬかのように、眠っていた。

これは信頼ではない。デイメンの思惑を冷徹に把握した上での判断であり、己の価値に抱いた厚かましいほどの自信と、傲慢さが根幹にある。デイメンにとって、ローレントは死ぬより生かしておくほうが価値があると。ナイフを手渡してきた時と同じことだ。デイメンを宮殿の浴場に呼び、平然と服を脱いだ時と同じ。すべて計算ずくなのだ。ローレントは誰も信用しない。

デイメンには、この男が理解できなかった。何故ローレントがあんなことを言ったのか、その言葉にどうしてこうも揺り動かされたのか、理解できなかった。過去がずしりとのしかかってくる。夜更けとあって周囲は静まり返り、気をそらすものもなく、思考や感情、追憶ばかりに包みこまれる。

デイメンの兄カストール——王の愛人ヒュプルメネストラの息子である彼は、九歳までは世継ぎとして育てられた。正妃エーゲリアは度重なる流産により子を生むことはできないだろうと見なされていたからだ。だがそんな折、王妃は身ごもり、出産で命尽きながらも最後の息で王の正当な後継ぎとなる息子を産み落とした。

デイメンはカストールを尊敬して育ち、その憧れゆえに義兄を越えようと励んだ。彼がカストールに勝(まさ)ると父王の顔が誇らしげに輝くことに気付いたことも、それを後押しした。

ニカンドロスは、王が病臥する部屋からデイメンをつれ出し、囁いたものだ。

——カストールは昔から自分こそ玉座にふさわしいと信じこんできた。なのにあなたがそれを奪ったと。いかなる場での敗北も己の非と認められず、己に〈機会〉が与えられなかったがゆえの不公平だと決めつけている。誰かによからぬことを吹きこまれれば、あの者の心はたちまちに傾く。

デイメンは、信じようとしなかった。わずかたりとも。兄をそしる言葉など聞く耳は持たなかった。伏して衰えゆく父がカストールを枕元に呼び、カストールを、そしてその母ヒュプルメネストラを愛していると告げた時も、カストールからは真心しか感じられなかった。世継ぎのデイミアノスに仕えると誓った彼の言葉にも。

トルヴェルドは言った——カストール王の嘆きをこの目で見た、偽りのない悲しみだったと。

デイメンもそう思っていた。あの時は。

初めてジョカステの髪をほどいた時のことがよみがえる。指の間をすべり落ちる髪の感触……欲情が肌の内側で身じろぎし、その刹那、脳裏に思い描いた金の髪が彼女のものより短いことに気付いて、はっとした。心に浮かぶのは宿の一階で、ローレントがほとんどデイメンの膝の上へとのり上げてきたあの時の……。

壁に隔てられて遠く、荒々しく階下の扉を叩く音が響いて、その幻想は砕かれた。

デイメンははね起きた。迫る緊急事態に、ひとまず思考は押しやられる。シャツと上着を着こみ、寝台の縁へ腰を下ろした。そっとローレントの肩へ手を置く。

毛布に包まれたローレントの体は眠りで温かかった。デイメンの手がふれるとたちまち目を覚ましたが、驚きや警戒の色はなかった。

「すぐ出ないと」

デイメンは告げた。一階からはまた新たな音がして、宿屋の主が起き出して扉の閂（かんぬき）を外したのがわかった。

「逃げ回るのが癖になりそうだな」

そう言いながらもすでにローレントは起き上がっていた。デイメンがバルコニーに続く鎧戸を開け放つ間に、シャツと上着を着こんでいる。とはいえ紐を締めこんでいく余裕はどこにもない。ヴェーレの装束は、緊急時には実に役立たずだ。

鎧戸が開くと、目の前にははためく夜風が、眼下には二階建て分の暗闇が広がっていた。

娼館の時のように楽には行かないようだ。とび下りるのは不可能。命取りにはならずとも骨を折るほどの高さがある。今や、声が聞こえてきていた。階段からか。二人して顔を上げた。

宿の外壁は漆喰で、足がかりになりそうなものはない。デイメンの目が、上れる場所を求めて動いた。

二人同時に、それを見つけていた。隣のバルコニーの横手の壁は漆喰がはがれて石が張り出し、そこから手がかりが点々と並んで、屋根へと上れるようになっていた。

ただひとつ。隣のバルコニーまでは二メートル半ほどあり、助走なしで跳ぶには不安な距離だ。ローレントはすでに冷静に目で距離を測っていた。

デイメンはたずねる。

「届くか？」

「おそらく」

ローレントが答える。

二人でバルコニーの手すりをのりこえた。デイメンが先に行く。上背があるだけ彼のほうが有利だし、この距離なら自信があった。踏み切ると、充分に着地し、隣のバルコニーの手すりをつかんで、部屋にいる客に聞きとがめられなかったかとうかがってからバルコニーの中へと手すりをまたいだ。

できる限り、動きを急いだ。こちら側のバルコニーは閉じられているが、防音ではない。てっきり布商人チャールズのいびきでもするかと思いきや、デイメンの耳は、料金の元を取ろうと励んでいるヴォロの、抑えられているが聞き間違いようのない音を聞きとった。

振り返る。ローレントは貴重な数秒を費やして、また距離を目で測っていた。不意に、デイメンは今の「おそらく」が「問題ない」という意味ではなかったのだと、ローレントはごく正直に己の能力を分析して問いに答えただけなのだと、悟る。腹の底がいきなり落ちたようだった。

ローレントが跳んだ。

距離がある。背丈や、瞬発力を生む筋力の差がここで出る――。

ひどい着地だった。反射的につかんだデイメンの手にローレントが体重を預け、しがみついてきた。バルコニーの手すりで胸を打って息ができないでいる。手すりの内側に引きずり上げられても逆らいもせず、すぐに身を引きもせず、ただデイメンの腕の中で息を切らせていた。デイメンの手はローレントの腰にかかっている。心臓が早鐘のごとく打っていた。

二人とも動きを止めたが、遅すぎた。

室内の音がやんだ。

「何か聞こえた」と下働きの少年がきっぱりと言った。「バルコニーのほうから」

「風だろう」とヴォロ。「ほら、ここで暖めてやるから」

「違う、何かの音だって」少年が言い張った。「外を見て――」

敷布の擦れる音に、寝台がきしむ音――。

今回肺から息を叩き出されたのは、ローレントに激しく押されたデイメンのほうだった。背中が、鎧戸の横の壁にぶつかる。その衝撃と同じほど仰天したことに、ローレントがぴたりとデイメンに身を重ねると、全身で彼をきつく壁へ押しつけた。

　まさにその刹那だった。開け放たれた鎧戸が、二人を、壁と戸の間の狭い三角地帯にとじこめていた。まるで開いた戸裏に身をひそめた寝取られ亭主なみに危うく滑稽。二人とも息をつめていた。わずかでもローレントが後ろに動けば鎧戸にぶつかる。あまりにきつく体を押し当てられて、ローレントの衣裳の布に寄った襞のひとつひとつの形、それを通した肌の熱までもがデイメンに伝わってきた。

「誰もいないぞ」ヴォロの声がした。

「本当に聞こえたんだって」と少年の声。

　デイメンの首筋を、ローレントの髪がくすぐった。デイメンは心を無にして耐える。心臓の音がヴォロに聞こえてしまいそうだ。建物の壁が脈動に合わせて揺れ出さないのが不思議だった。

「猫かなんかだろ、どうせ。この分はしっかり埋め合わせしてくれよ」

「ん、いいよ。寝床に戻ろう」

　ヴォロがバルコニーに背を向けた。そして勿論、茶番劇にはまだ仕上げがあった。行為の再開に気がはやるあまり、ヴォロは鎧戸を閉め忘れ、戸裏に二人をとじこめたままにしていったのだ。

デイメンは呻きたくなるのをこらえた。ローレントの全身がデイメンに熱く押しつけられ、互いの太腿と太腿、胸と胸が合わさっている。息をするのも危うい。この男との間に安全な距離を取りたいという衝動が一瞬ごとにつのっていく。ローレントをつき離してしまいたいのに、できない。

ローレントは無頓着な様子で、身じろぎして、自分の背後に迫る鎧戸を見やった。もぞもぞするな、と叱りつけたいのを、なけなしの自制心で声に出さずこらえた。またもローレントが動き、隠れ場所からこっそり這い出るのは不可能だと、デイメンと同じ結論に至ったようだった。ふっと、ごく低い、ひそやかな声で囁く。

「あまり……理想的な状況とは言えんな」

異論はない。ヴォロには見つけられずにすんだが、隣のバルコニーからは丸見えだし、追手は今やこの宿の中にいる。幾重にも切羽つまった状況だった。

デイメンは低く言った。

「上はどうだ。のぼれそうなら、そこから出られる」

「中の二人が乳繰り合うまで待て」ローレントの声はもっとやわらかく、その囁きはデイメンの首筋で消える。「注意がそれる」

ローレントの露骨な言葉がデイメンに染みとおり、その間にも室内から、あの少年のあからさまな喘ぎ声が「そこ、そこ、そこに挿れて——」と聞こえてきた。もう頃合いだ、いや頃合いを越えている、さっさとここから逃げるべき――。

　その時、ヴォロの部屋の扉がバンと開いた。

「ここにいたぞ！」と知らない男の声が叫ぶ。

　一瞬ですべてが混沌となり、下働きの少年の憤慨したわめき声に重ねてヴォロが「おい、その子を離せ！」と怒鳴る。いったい何の騒ぎなのか、デイメンにもやっとわかってきた――ローレントをとらえてくるよう言われたはいいが人づてにしか王子の容姿を知らぬ男が、案の定早合点しているのだ。

「下がれ、年寄り。お前の関わっていいことではない。この方は、ヴェーレの王子なのだぞ」

「だが――この子に俺は銅貨三枚しか払ってないぞ」

　ヴォロの声は当惑しきっていた。

「そちらもズボンを穿かれるがいい」男がそう言って、ぎこちなくつけ足した。「……殿下」

「はあ？」と少年が声を上げた。

　重なったローレントの体が震え出すのを感じ、デイメンは、この男が声を殺してなすすべなく笑っているのだと気付く。

　少なくとも二人以上の足音が、室内にずかずか入ってきた。それを男の声が出迎えた。

「ここにいました。宿の男娼に化けて、この宿無しと寝ているところで――」

「これは宿の男娼そのものだ、うつけが！　ヴェーレの王子は自慰すら十年に一度するかという潔癖だぞ。貴様ら、我々は二人組の男たちを探している。一人は野蛮人の兵士で、どでかい獣。もう一人は金髪だ。こんなガキではなく、美しい」

「下の階で金髪の貴族の色子を見たけどな」とヴォロが言った。「脳ミソがスカスカで、手もなくだまされてたぞ。あれが王子だとは思えねえよ」

「とても金髪じゃなかったしね。もっとうす汚れた色だよ。顔だってそんなでもなかったし」

少年がすねた口調でつけ足す。

ローレントの体の震えが、段々とひどくなってきた。

「おもしろがってる場合か」とデイメンは囁く。「こっちは命が危ないんだぞ」

「どでかい獣」

「だから、やめろ」

部屋の中から「ほかの部屋を調べろ、必ずどこかにいる」と声がして、足音が遠ざかっていった。

ローレントがたずねた。

「足を支えてもらえるか？　ここから抜け出さないとな」

デイメンが組んだ両手の指に足をのせ、ローレントが石壁をつたい上がると、一番下の石のでっぱりにその指が届いた。

デイメンより細い体だが、長年の剣の鍛練が作り上げた上半身の筋力に物を言わせて、ローレントは無音で素早く上っていった。デイメンは狭い空間で慎重に壁のほうへ向き直ると、すぐそれに続いた。

難しい登攀ではなく、ほんの一分ほどで屋根の上へ体を引き上げる。眼下にネッソン＝エロイの街並みが広がり、頭上の空には星がまばらに光っていた。気付けばデイメンはやや息を切らしながら笑っていて、ローレントの顔にも似たような表情があった。ローレントの青い目はいたずらっぽくきらめいていた。

「これで安全だろう」とデイメンは言った。「なんとか見とがめられずにすんだ」

「しかしさっきも言ったが、今夜の俺は遊びたい気分でな」

ローレントはそう言うなり、ゆるんだ屋根瓦に靴先を当てて押し出す。滑り落ちた瓦が、下の街路で砕け散った。

「屋根にいるぞ！」

下から声が上がった。

今回は、まさに追いつ追われつとなった。二人は屋根の上を駆け抜けながら煙突をかわしていく。障害物競走か障害訓練さながらに。足の下に瓦屋根が現れたかと思うと消え、いきなり口を開けた細い路地を跳び越える。視界は悪い。安定した足場などどこにもない。屋根を駆け上がっては、逆側を滑りおりていく。

眼下の追手たちも走っていたが、揺らぐ瓦に足を取られたり転落する心配がない平らな道で先回りしてデイメンたちを挟み打ちにしようとしていた。ローレントがまた屋根の瓦を、今回は狙って蹴落とす。下から驚きの声が上がった。狭い路地の上のバルコニーを通り抜けながら、デイメンも植木鉢を落とす。その横でローレントが洗濯物を数枚留め具から外し、下へ放った。幽霊めいた白さが道にいる誰かをぼんやり包みこみ、のたうち出すのを尻目に、二人は先を急いだ。

屋根の縁からバルコニーへとび移り、狭い路地に渡された橋を駆ける。街と空の間を右へ左へとくねる逃走劇には、デイメンがつちかってきたすべての反射神経や持久力を要した。身軽で敏捷なローレントも遅れはとらない。

二人の足元で、街が目覚めつつあった。

永遠に屋根の上にはいられない——怪我や挟み打ちや行き止まりの危険に常にさらされている。追手に先んじてわずかな時間を稼ぐと、二人は樋をすべって街路へ下り立った。

周囲の石畳に人影はなく、行く手を阻むものはない。道を知るローレントが先頭に立ち、二回ほど曲がると新たな街区だ。家の隙間の、頭上にアーチが交差する狭い路地に入って、一瞬、二人で足を止めて息を整えた。

見やると、路地の先の道は町の目抜き通りで、すでに行き交う人々の姿があった。夜明け頃の薄明は、どこの町でも忙しい時間帯だ。

壁に手のひらを当てて立ち、デイメンは胸を大きく上下させて喘いだ。横でローレントも息を切らし、肌が汗で光っていた。

「こっちだ」と通りのほうへ歩き出すローレントの腕を、デイメンは咄嗟につかんでいた。

「待て。人目につきすぎる、日の下じゃその髪は目印も同然だ、その、うす汚れた髪の色は」

ローレントが無言で、帯にはさんでいたヴォロの毛糸の帽子を引き抜いた。

その瞬間デイメンは、名付けようのない感情に襲われて眩暈を覚え、崖っぷちを恐れる男のごとくローレントを離していた。それでも息がつけない。

デイメンは言った。

「無駄だぞ。さっき、足音からわからなかったか？　奴らは二手に分かれた」

「何が言いたい」

「派手な追いかけっこで奴らを引きずり回し、あの使者を無事逃そうとしたのなら、その計画は失敗している。奴らは、追手を分けた」

「俺は——」ローレントはデイメンを凝視した。「……耳がいいな、お前は」

「先に戻れ。こっちは俺が片付けておく」

「駄目だ」

「もし俺に逃げる気があれば、夜の内に逃げている。お前が風呂に入っている間に。眠っている間に」

「それはわかっている」

ローレントが答えた。デイメンは続ける。

「一人では同時に二ヵ所にいられない。俺たちもここで分かれるぞ」

「重要なことなのだ、人まかせには」

「俺を信じろ」

デイメンはそう言いきった。

ローレントはしばらく、無言でデイメンを見つめていた。

やがて口を開く。

「ネッソンの砦で、一日だけお前を待つ。遅れたなら追いついてこい」

デイメンはうなずくと、壁から離れた。その間にローレントは大通りへと出ていく。上着からまだ留めていない紐をいくつか垂らし、金の髪を汚れた毛糸の帽子で覆って。

その姿が視界から消えるまで、デイメンは見送った。それから踵(きびす)を返すと、元来たほうへと引き返していった。


そう手間どることもなく宿までの道を戻った。

ローレントのことは心配していなかった。どうせ今ごろ、彼を追う二人の男たちはあの常軌を逸した精神が仕掛けた迷路を引きずり回され、無為な捜索に朝を費やしていることだろう。

問題は、ローレントが言外に認めたように、分かれてあの使者を斬り捨てに向かった残りの連中のほうだ。王子の印章指輪をたずさえていった使者。約束から二週をすぎてもなお、もしかしたら会えるかもしれないとローレントが己の身を危険にさらしたほど重要な使者。

髭をきっちりと切りそろえていた使者。パトラスの流儀にならって。

宮殿でかつて感じとったものと同じ、執政の策謀の止められぬ歯車のような連鎖を、デイメンはここにも感じる。その連鎖を断ち切るのにどれほどの労力と機略を求められるのか、初めて、デイメンは味わっていた。あの蛇のようにしたたかなローレントが、そしておそらくローレントだけが、執政とアキエロスとの間に立ちふさがる存在だと思うと、背筋がちりりと凍る。デイメンの故国は今、無防備だ。そして自分が帰還すれば一時的にアキエロスの国体はさらに弱まるだろうと、デイメンにもわかっていた。

用心深く宿屋をうかがったが、宿は——少なくとも外からは——もう落ちつきを取り戻して見えた。その時、見覚えのあるチャールズの顔がのぞいた。いかにも商人らしく早朝から動き出し、馬丁に用がある様子で宿屋脇の小屋へ向かうところだった。

「旦那様！」デイメンを見た途端、チャールズが声を上げた。「男たちがあなたがたを探しておりましたよ」

「その者たちはまだここに？」

「いいえ。宿まるごとの大騒ぎになりまして……噂が飛び交っておりますよ。まことでございますか、あなたのつれておられたあの方が、」と声をひそめる。「ヴェーレの王子だというのは？　それも——」とさらに声を下げた。「男娼に化けて？」

「チャールズ、ここにいた男たちはどうした？」

「出ていきまして、やがてうちの二人が戻って何やら質問をしておりました。ほしい答えを得たのでしょうな、ここから馬で去ってゆきましたよ。四半刻ほど前でしょうか」

「馬で？」

問い返すデイメンの胸が重く沈んだ。

「南西の方へ向かって。旦那様、何か、この私めに王子のためにできることあらば、なんなりとお申し付けを」

南西。ヴェーレの国境沿いに、パトラスへと。

デイメンはチャールズにたずねた。

「馬はあるか？」


こうして、ひどく長い夜の、三度目の追跡劇が始まったのだった。

もっとも、もう朝だ。ローレントの天幕で地図を綿密に分析してきたこの二週間のおかげで、デイメンにはあの使者が通るだろう細い山道がすぐに予測できた。そして、くねる無人の山道で使者を斬り殺すのがどれほど簡単かもわかっていた。二人の追手も、おそらくはその心積もりで、山中で使者に追いつこうとしている。

チャールズの馬は実にいい馬だった。長距離の追走で前をとらえるのは、心得さえあればそう難しくはない。馬を全力で追いこまず、馬に合った安定したペースを保つのだ。その上で、追う相手が粗悪な馬に乗っているか勢いこみすぎて馬の体力を使い果たすことを願う。力量が把握できているなじみの馬を使うほうが、追うにも楽だ。今日のデイメンにその利はなかったが、商人チャールズの鹿毛の馬の走り出しは力強く、たくましい首を揺すって、とにかくまかせろと言わんばかりだった。

山に近づくにつれ風景は岩だらけになっていく。道の左右には花崗岩のとてつもない巨岩が突き出し、まるで大地の骨がさらけ出されたようであった。だが足元はいい。少なくともまだ町が近いこのあたりは。馬の負傷や命取りの原因になりかねない岩のかけらなども、路上に落ちてない。

デイメンには、運も味方した。最初は。前をゆく二人の男に追いついた時、まだ陽は天頂に届いてもいなかった。正しい道を選べたのも幸いなら、男たちが馬の体力を温存せず、汗まみれになるまで追いこんだのも幸いだった。そしてデイメンに気付いた二人が二手に分かれたり疲弊しきった馬を急かしたりせず、馬首をめぐらせて迎え撃とうとしたのも幸いだった。向こうが弓を持っていなかったのも運がよかった。

デイメンがまたがる鹿毛は商人の馬で、戦いの訓練は積んでいない。鋭利な剣の一閃に臆せずつっこんでいけるとは思えないので、近づいたところでデイメンは馬首を横にそらした。この二人の男たちはごろつきであって兵士ではない。馬の乗り方と剣の振り方を知ってはいるが、両方を同時にこなすことはできない——これもまた幸運だった。

一人目の男はデイメンに馬から叩き落とされると、もう立ち上がってこなかった。二人目は剣はすぐ落としたが、鞍上に少しの間とどまっていた。馬の腹に踵を入れ、逃げ出すだけの間。いや、逃げ出そうとするだけの間。デイメンはいきなり自分の馬を寄せ、馬たち同士をけしかけた。馬たちのひと悶着をデイメンはこらえたが、男はたまらず落馬する。しかし仲間と違ってさっとはね起きると、彼はまた走り出した——今回は野原に向かって。誰に雇われているにせよ、踏みとどまって戦うほどの金ではないらしい。少なくとも、己が大いに優位でない限り。

デイメンにはいくつかの選択肢があった。このまま放っておく手もある。彼らの馬を追い立てて散らしておけばよいだけだ。男たちが馬を集めた頃には——できたとして——使者ははるか遠くへ去り、追手のことなど微塵も心配いらなくなっている。だが、この策謀の尻尾をつかんだ今、真相をはっきり知りたい思いがあまりにも強かった。

そこでデイメンは、追跡を続行することにした。道を外れると一面の岩場で馬の脚をくじきかねないので、馬から下りる。男は必死にその地形を駆け抜けようとしていたが、結局、まばらに生えたねじくれた木の下でデイメンに追いつめられた。空しくデイメンに石を投げつけ――かわされ――また身を翻して駆け出そうとしたが、ぐらつく岩で転んだ。

デイメンは男を引きずり起こした。

「お前を差し向けたのは誰だ？」

男は口をつぐんだ。色の冴えない顔が恐怖で白っぽいまだらになっている。口を割らせるのに何が一番効きそうか、デイメンは見定めた。

拳の一撃で、男の顔はがくりと片側へ倒れ、切れた唇から血があふれた。

「誰の差し金だ？」とデイメンは問いただす。

「離せよ」男が言い返した。「今すぐ俺を離しゃ、まだ王子様を助けに行けるかもしれねえぜ」

「たかが二人の追手相手に助けなどいらん。お前と同じほど無能な連中相手なら、なおさらな」

男がうっすらと笑った。次の瞬間、デイメンは男を木の幹に激しく、歯が鳴るほどの勢いで叩きつけていた。

「一体何を知っている？」

そこでついに男が口を割り、しゃべり出すと、デイメンは己の幸運などただの幻だったのだと悟った。また天を仰いで太陽の位置をたしかめ、それから周囲を見回して、果てしない無人の地平を見やった。ネッソンの砦までは馬をとばしても半日。そしてもはや、ここに体力万全の馬はいない。

ネッソンの砦で、一日だけお前を待つ。ローレントはそう言った。もう手遅れだ。

第八章

デイメンは男をその場に置き去りにした——打ちのめして知ることを洗いざらい吐かせてから。ぐいと馬首をめぐらせると、馬をせき立て、デイメンは宿営地めがけて走り出した。

それしかできなかった。町へローレントを助けに向かう時間はない。自分にできることに集中するしかない——懸かっているのはローレントの命だけではないのだ。

さっきの男は、ネッソンの丘陵地帯に露営する傭兵部隊の一人であった。彼らの計画した襲撃は三段階に分かれていた。まずはローレントを狙った街での襲撃、そしてそれに続くローレントの部隊内部での暴動。さらに、もし部隊と王子がそれに耐え、痛手を負った状態で南進を続けたならば、仕上げに丘陵地帯で傭兵部隊からの待ち伏せが仕掛けられている。

すべての情報を聞き出すのは簡単ではなかったが、デイメンは容赦なく、効率よく、話をうながす手を止めはしなかった。

太陽はすでに天頂をすぎて、じりじりと下がりつつある。暴動勃発で部隊が引き裂かれる前に宿営地に帰りつくには、わずかな望みにすがり、道を外れてまっすぐ荒れ地をつっきるほかはない。

デイメンは迷わず、手近な斜面へと馬首をめぐらせ、拍車を入れた。

崩れそうな尾根を駆け抜ける道のりは無謀で、苦難に満ちていた。何もかもに時間がかかりすぎる。うねる地面に馬の足取りもすすまない。転がる花崗岩は時に不安定で、ふちは刃のように鋭く、疲れた馬では足場を失う危険もいや増している。できる限り負担のない道を探して走った。やむを得ない時は手綱をゆるめ、穴だらけの地面を馬の好きに道を選ばせた。

デイメンの周囲にはただゴツゴツと固い岩が散らばって、雑草生い茂る静かな大地が広がり、心の内には、聞いたばかりの三重の罠がある。

まさに執政らしさがにじみ出す罠だった。狙いはこうだ――遠くから仕組んだ罠で王子を部隊とも使者とも切り離して孤立させ、片方を救いたければもう片方を見殺しにするしかない状況に追いこむ。まさにローレント自身が体現したように。使者を救うため、ローレントは己の身の安全を捨て、唯一の守り手を遠く送り出すしかなかったのだ。

デイメンはほんの刹那、ローレントの立場に己を置いて、あの男がいかに追手を撒くか、どういう行動に出るか考えようとした。お手上げだ。見当すらつかない。ローレントの行動は予測不可能だ。

ローレント、腹立たしく強情なあの男は、とにかく底の底まで手に負えない。こんな襲撃をずっと予見していたのだろうか？　どうしようもない不遜さだ。わかっていて、わざと己を追手の前にさらしたのならば、そして今ごろ己の一手に足をすくわれていたなら——デイメンは毒づき、部隊のもとへ向かうことに集中した。

ローレントは、生きている。受けて当然の運命すらすべてかわしてきた男だ。抜け目なく狡猾で、町での襲撃も、持ち前の奇策と面の皮の厚さで切り抜けてきた。

腹の立つ男だ。火の前でくつろいで四肢の緊張を解き、おだやかに話をしていたあのローレントがひどく遠くなってしまった気がした。あの時のローレントを思うと、ニケイスのサファイアの耳飾りのきらめきが、耳元に吹きこまれたローレントの囁きが、屋根から屋根への逃走に息を切らして肌を光らせていたローレントの姿が、ひとつの思い出のように絡み合って浮かんでくる。長く、常軌を逸した、終わりなき一夜。

目の前に平らな地面がひらけ、デイメンは弱ってきた馬の横腹にためらわず踵を入れると、激しく駆け抜けた。

途中で斥候ひとりすら見かけず、それがデイメンの胸を激しく騒がせた。太い煙が幾筋も空に立ちのぼって、黒煙の嫌な臭いがつんと鼻を刺す。馬をせき立て、デイメンは宿営地への残りの距離を駆け通した。

　整然と並んでいた天幕は引き倒され、軸が折れて幕布が斜めに垂れ下がっていた。燃え広がった火の痕が地面に黒々と残る。生き残った者の姿もあるが、土埃にまみれて疲れきり、顔が暗い。アイメリックもいた。青白い顔をして肩に包帯を巻き、服に血が黒く乾いていた。

　戦いは、もうすんだ後だ。燃えている火は焚き火だけだった。

　デイメンは馬からさっと下り立った。

　彼の横で、くたびれきった馬が開いた鼻腔(びくう)から大きな息を吐き出し、横腹を大きく波打たせた。首は汗で黒光りし、手綱が打った痕と毛細血管が馬体に模様のように浮いていた。

　デイメンの目が近くの人々の顔を探す。彼の帰還に皆の注意が集まり出していた。だが、毛糸の帽子をかぶった金の髪の王子の姿はどこにもない。

　そして最悪の事態が起きたかと――長時間の道のりでずっと否定してきた恐怖が形を結ぼうとした時、デイメンは彼を見た。たかだか六歩先、ほぼ無傷の天幕からローレントが歩み出し、デイメンの姿にさっと動きを止めた。

　もう毛糸の帽子はかぶっていなかった。整え直された髪を覆うものはなく、昨夜風呂から上がったばかりのように、あるいはデイメンの手の下で目覚めたばかりのように、こざっぱりとした姿に見えた。だがすでに冷ややかで抑制された空気をまとい、上着の紐をきっちり締めこんで、高慢な顔から容赦のない目つきに至るまで人をよせつけぬ雰囲気が戻っていた。

「生きていたのか」

自分の言葉に安堵が押し寄せてきて、デイメンは力が抜けた心地だった。

「ああ、生きているぞ」ローレントが答えた。二人の視線が嚙み合う。「お前が戻ってくるという確信はなかったがな」

「だが戻った」

デイメンが応じた。

それ以上の、言ってしまったかもしれない言葉は、ジョードの出現で封じられる。

「お楽しみを逃したぞ」とジョードが言った。「だが片付けの時間には間に合ったな。本番は終わったが」

「いや、終わっていない」

デイメンはそう答えた。

それから、己が聞き出してきたことを伝えた。

「あの道を通る必要はない」とジョードが言った。「迂回して、南へ向かうほかの道を見つけましょう。その傭兵連中は待ち伏せのために雇われてるんだろうし、いくらなんでも領土内を行軍していく軍隊を追っかけてきやしないでしょう」

三人はローレントの天幕の中にいた。外にはまだ暴動の爪痕が残り、山積みの問題を抱えたジョードは、デイメンから知らされた待ち伏せの計画に、殴られたかのような衝撃を受けていた。取りつくろおうとはしているが、驚き、士気がくじけている。ローレントは徹底して無反応だ。デイメンは彼を見てしまいそうな自分を抑えた。聞きたいことが山とある。どうやって追手を振りきった？　どのくらいたやすく、あるいは苦労して？　怪我はないのか？　大丈夫なのか？

どの問いも聞けなかった。かわりにデイメンは、卓上に広げてある地図へと目を向けた。まずは戦いに集中だ。顔を手のひらで拭い、すべての疲労を振りきると、目の前の状況に心を据えた。口を開く。

「いいや、迂回するべきではないと思う。戦うべきだ。すぐに。今夜」

「今夜？　今朝の暴動からまるで立て直せていないんだぞ」とジョード。

「わかっている。向こうもそう思っている。奴らの不意をつくなら、今夜でなくては」

ジョードからは、部隊内でおきた暴動と、その流血沙汰について簡単に聞かされた。状況は悪いが、デイメンが恐れていたほどではなかった。馬で戻ってきた時の第一印象よりずっといい。

はじまりは午前半ば、ローレントが不在の時だった。数人の煽動者が現れた。今にしてみれば、誰かに雇われていたのは明白だ。どうせ計画では、きっかけを与えられた途端に執政の兵たち——荒くれ者や傭兵——が不満のはけ口を求めて王子の兵に襲いかかる筈だったのだろう。

そして、そうなっただろう。二週間前であれば。

あの頃の部隊は、二つの勢力に割れたただの寄せ集めであった。今彼らを結びつけているような仲間意識などひとかけらもなかった。だが兵たちは、常軌を逸した厳しい訓練で互いをしのごうと死力を尽くし、疲弊しきって寝床に転がりこむ夜また夜をすごしてきた。王子の名を吐き捨てるのをやめた頃、誇りと張り合いが芽生えてきた自分自身を見て、驚きもした。

もしゴヴァートが隊長のままであったなら、今日はとんでもない惨禍になっていただろう。二つの勢力が対立し、恨みと憎しみに満ちた男たちを部隊の崩壊を望む男が率いているのだ。

かわりに、暴動はすみやかに制圧された。血は流れたが短い時間で。死者も二十名ばかりですんだ。天幕と補給品に少々の損害。もっと、ずっと取り返しのつかないことになっていてもおかしくなかった。

ここまでの道すがら、デイメンは様々な結果を思い描いてきた——ローレントの死、部隊の崩壊、あの使者の斬殺。

だがローレントは生きていた。部隊も無事だった。使者も生きのびた。今日、彼らは勝利したのだ。兵たちにその実感がないだけで。皆に勝ちを味わわせてやらねば。何かと戦い、勝利せねばならない。デイメンは眠気のかすみを払って、それを言葉にしようとした。

「この部隊は充分戦える。ただまず——それを自覚させなければ。襲撃の恐れがあるからといって、こちらが山をぐるりとよけてやる必要などない。我々は立って、戦える」

そう言葉を続けた。

「向こうは軍隊ですらない。傭兵の集団で、それも、人目につかずに丘に陣を張れるほど小規模なものだ」

「だがでかい丘だぞ」とジョードが言い返した。それから「もしお前の言う通りなら、奴らは斥候を立ててこちらを見ている。出立した瞬間に気付かれる」

「だからこそ、今やるべきだ。向こうは我々が動くとは思ってもいないし、こちらは夜陰に乗ずることができる」

ジョードは首を振っていた。

「それより戦いを避けるべきだ」

ここまで、ただ二人に議論させていたローレントが、わずかな手の仕種で二人を黙らせた。彼の視線はまっすぐにデイメンへ据えられていた。長い、読みとれぬまなざし。

口を開いた。

「俺なら、罠はまずかわす手段を考える。正面から力でぶつかるような真似はせず」

その言葉は、抗いを許さぬ力を持っていた。デイメンはうなずいて立ち上がろうとしたが、ローレントの温度のない声がそれを止めた。

「だが、であればこそ戦うべきだ。もっとも俺がしそうにない決断だからな。俺を知る者ならば、まず予想しない行動だ」

「殿下――」とジョードが口をはさもうとする。

「いいや」ローレントがかぶせた。「これは決定だ。ラザールを呼べ。ヒューエットもだ、この丘陵地帯を知っている。作戦を立てるぞ」

ジョードが従い、ほんの一時、天幕にはデイメンとローレントだけが残された。

デイメンが言う。

「賛成してもらえるとは思わなかった」

「単純に力ずくで壁に穴を開けるほうが効果的な時もあると、近ごろ学んだのでな」

それがローレントの答えだった。


もはや、ひたすら準備にいそしむ以外の時間はなかった。

日暮れとともに部隊は出立した。ローレントが皆にそう言い渡した通り。勝利の可能性をつかみたいのであればこれまでになかったほど迅速に動け、と。今こそ働きを示せと。一撃をくらって血を流したままおめおめと引き下がるか、雄々しく立ち向かい反撃できるか、今がその分かれ目なのだ。

簡潔でありながら挑発的で頭にくる演説だったが、兵たちを行動に駆り立てる力があった。

くすぶり、よどんでいた鬱屈をもっと生産的なものに叩き直し、外へ向けさせる力が。

デイメンの読みは正しかった。兵たちは戦いを求めていた。多くの兵が倦み疲れた顔を捨て、決意の表情をまとう。奴らが気付きもしないうちにぶちのめしてやる、という呟きがデイメンの耳に届く。死んだ仲間の分も思い知らせてやる、という声も。

準備を通して、デイメンは今日の暴動の被害を細かく把握していった。予期せぬものもあった。オーラントはどこかとたずねた彼に、ただ「オーラントは死んだ」という返事が投げつけられた。

「死んだ？」と問い返す。「寝返った連中にやられたのか？」

「あいつも寝返ってたのさ」切り口上だった。「戻ってくる王子を襲おうとしてたんだ。アイメリックがそこに居合わせてな、あいつがオーラントを斬った。手傷は負ったがな」

アイメリックの緊張した白い顔を思い出したデイメンは、進軍の前にあの若者の様子を見ておいたほうがよさそうだと思う。アイメリックが宿営地から出たと王子の兵から聞いて心配になった。指さされた方角へと向かう。

木々の間を抜けていくと、ねじれた枝に身を支えるように片手をかけたアイメリックの立ち姿が見えた。デイメンは声をかけようとする。だがその時、まばらな木立を縫ってアイメリックを追ってきたジョードの姿が目に入った。デイメンは口をとじ、自分の存在を隠したままにした。

ジョードが、アイメリックの背に手を置いた。

「何回かすれば、吐かなくなる」という言葉が聞こえた。

「大丈夫だ」アイメリックが答える。「大丈夫。ただ、人を殺したのは初めてで……私は大丈夫だ」

「楽なことじゃない。誰にとってもだ」ジョードはそう言って、続けた。「奴は裏切者だった。王子を殺したかもしれない。お前も。俺も」

「裏切者……」

アイメリックは、うつろな声でその言葉を呟いた。

「それを知っていたら、あなたも彼を殺したか？　友人だったのだろう──」

ふと、そこでアイメリックは口調を変え、くり返した。

「あなたの友人だったのに……」

ジョードが何か、デイメンには聞きとれぬほど低く呟き、アイメリックはおとなしくジョードの腕の中に引き寄せられた。二人は長い間、揺れる枝の下にそうして立っていた。

やがてアイメリックが両手をジョードの髪の中にくぐらせる。

「キスしてくれ、お願いだ。今すぐ──」

そこでデイメンは二人を残して静かに離れた。ジョードがアイメリックの顎を持ち上げ、揺らぐ枝が優しい覆いとなって、二人の姿を隠した。

夜間の戦いは、理想の条件とは言えない。

闇の中では盟友も敵も区別がつかない。闇の中では地勢がさらに重要となる。ネッソンの丘陵地帯は、岩がちで裂け目も多い。デイメン自身、馬の道を目で探そうとした時間でよく知っている。しかもあれは昼日中のことだ。

だが、ある意味、これは小さな部隊にとって通常任務とも言えた。ヴァスクの山岳地帯からの襲撃は、ヴェーレだけでなくパトラスやアキエロス北部の町にとっても悩みの種であり、丘陵から掠奪団を追い払うべく討伐隊が差し向けられるのは珍しいことではなかった。ニカンドロス――デルファの首長（キロイ）――は、日々の半ばをその討伐に、そして残る時間はアキエロス王への嘆願に費やし、この無法者たちにヴェーレから資金と物資が流れこんでいると主張して国の援助を要請していた。

作戦は、ごく単純なものになった。

傭兵たちが露営していそうな場所はいくつかある。運に賭けるかわりに、向こうをおびき出す。囮となるのはデイメンと彼の指揮する五十名の兵だ。荷車を引き、まるで部隊全体が夜闇にまぎれて丘を南へ抜けようとしているかのように偽装して。

敵が襲撃してくれれば、部隊は見せかけの撤退を行い、実際にはローレント率いる残りの本隊のところまで敵を引きこむ。二隊でもって敵をはさみ、退路を断つ。単純な仕掛けだ。

兵の中には、この手の作戦の経験者もいた。そして部隊は、多少なりとも夜間の任務にはなじみがあった。ネッソンの砦での日々、一度ならず寝床から叩き起こされ、夜闇の中で訓練をさせられていたのだ。彼らにとってはひとつの優位。さらに、相手の裏をかいて混乱を引き起こせればそれもまた優位。

だがあらかじめ斥候を出す時間はなく、あたりの地形をおぼろげながらに知るのはヒューエット一人だけだ。土地勘のなさは、当初からの懸念であった。そして、部隊が馬にまたがって荷車をガタゴトと従え、見張りに気付かれそうな程度に抑えたのどかな音を立てて進むうち、周囲の地相が変わっていった。花崗岩の崖に左右をはさまれ、足元も山道になっていく。左手はなだらかながらも次第に落ちこんでいく斜面、右手は切り立った岩の壁。

事前にヒューエットが曖昧に説明した地形とはかけ離れた景色に、デイメンは不安を覚えた。また崖を仰ぎ、己の集中力が途切れかかっているのに気付く。思えば、一睡もせずこれで二晩目になる。すっきりさせようと頭を振った。

待ち伏せに向く地形ではない。少なくとも、こちらが予測している襲撃には。それなりの人数が弓を手に伏せるような場所も頭上になければ、この斜面を馬で駆け下りて斬りかかるのも無理だ。まともな頭の持ち主なら、下から攻めてくるわけもない。何かがおかしかった。

デイメンはさっと、強く手綱を引く。不意に、この地形の危険性を悟っていた。

「止まれ！」声を響かせた。「道から下りろ。荷車は捨てて後ろの木立へ向かえ。今すぐ！」

ラザールの目に浮かんだとまどいを見て、鼓動乱れる恐慌の一瞬、デイメンは兵が従わないのではないかと思った。デイメンが奴隷であるがゆえに——ローレントからこの場の全権を与えられていても、なお。

だがデイメンの命令は皆に届いていた。ラザールが行動に移り、それに残りが続く。まずは最後尾の列が荷車をかわして駆け去り、次に中列、そしてやっと先頭列。遅すぎる、とデイメンは打ち捨てられた荷車の間をどうにか抜けながら思った。

一瞬後、その音がやってきた。

それは、矢が風切る音でもなければ剣の甲高い鞘鳴りでもなかった。遠く重い、イオスの崖で生まれ育ったデイメンにはなじみの震動音。子供時代、白くそびえたイオスの崖は時おり割れては砕け、海へなだれ落ちたものだった。

山崩れの音。

「急げ！」

声が上がり、騎馬の集団はひとかたまりの流れとなって木立へとひた走った。

先頭が木々の列へたどりついた時、音は轟音となっていた。岩が割れ砕ける音、花崗岩の巨石が斜面に衝突してつき崩しながらなだれ落ちる音。山肌に反響して耳に轟くその音が、すぐ背後に迫りくる岩の波以上に馬を怯えさせた。

回頭し、疾駆し、木々の間へ駆けこむさなか、見た者は一部だった――山崩れが数秒前まで彼らがいた道を押しつつみ、部隊と荷車の間を分断する瞬間を。だがデイメンの予想通り、岩の流れは木立に入るやたちまち勢いを失った。

おさまっていく土埃の中、兵たちは咳込み、馬をなだめ、鐙に足を入れ直す。互いを見回すと、全員が無事そろっていた。その上、岩津波によって荷車とは分断されたが、王子や分隊への道は断たれていない。あのまま進んでいればそうなっていただろうが。

拍車を入れて馬を道脇まで戻し、デイメンは「王子のところへ向かうぞ」と部隊へ号令をかけた。

激しい、息をもつかせぬ騎乗となった。遠く、黒い木立が見えてきた時、その木々の中からぬっと湧いた黒い影がまさに王子の部隊へ襲いかかっていくところだった。その突撃で部隊を二つに割るつもりだったのだろうが、駆けつけたデイメンと彼に従う五十騎の突進によって、襲撃者の陣は崩れ、勢いは失われた。

そこからはもう、戦いの渦がすべてを呑みこむ。

激しく斬り結ぶ剣の嵐の中、デイメンは敵が予想通り傭兵であり、第一波をしのいでしまえば集団としての戦術を持たない連中だと見きわめる。このまとまりのなさが、急襲のために動きを急いだせいかはわからない。だがデイメンとその一隊の到着に、彼らが慌てふためいたのはたしかだった。

王子の部隊は陣形を保った。秩序を失わなかった。最前線へ出たデイメンは、先頭でほぼ肩を並べて戦うジョードとラザールを見た。アイメリックの姿もちらりと見えた。緊張して青ざめながらも、訓練で周囲に負けまいと限界まで己を追いこんだあの決意を、ここでも見せて戦っていた。

敵が引いていく。さもなくば倒れていく。短剣で襲ってきた男の体から剣を引き抜くデイメンの右手側で、傭兵が正確無比な剣の一閃に倒れた。

「お前には囮の役を与えた筈だが」

ローレントがそう言ってくる。デイメンは言い返した。

「計画変更だ」

戦線の中でまたも一瞬、激しい揉み合いが起きた。潮目の変化を、デイメンは肌で感じとる。まさに彼らが勝った、その瞬間を。

「陣形を取れ。並べ！」とジョードが号令をかけた。襲撃者たちのほとんどが死んでいた。数人は降伏した。

終わったのだ。この山腹で、彼らの部隊は勝利したのだった。

歓声が上がり、そしてデイメン——戦闘の評価には厳しい彼すら、兵の質と戦闘への流れを思えば、この結果には満足を覚えていた。皆、よくやった。

兵たちが列を作って人数をたしかめると、戦いで倒れたのは二名のみだとわかった。ほかには刀傷がいくらか。これでパスカルにも丁度いい仕事ができたと、兵たちが軽口を叩いた。

　勝利が皆を浮き立たせていた。今から物資の荷車を掘り出して野営の準備をするのだと聞かされても、その意気は落ちなかった。デイメンの隊にいた兵たちはとりわけ得意げであった。互いの背を叩き合い、他の者たちには自分たちがいかに山崩れから逃れたか自慢して聞かせた。実際、荷車を掘り出そうとその場に到着した誰もが、これは凄いと口をそろえた。

　たしかめると、修理できぬほど壊れた荷車は一台だけだった。しかも糧食やあの口が曲がりそうに酸いワインを積んでいた荷車は無事で、それがわかるとまた歓声が起こった。今や、兵たちが次々とデイメンの背を叩く。とっさの判断で部隊の半分の兵とすべてのワインを救ったデイメンは、皆の賞賛を勝ち取ったのだった。

　兵たちはごく短時間で宿営地を設置し、その整然とした天幕の列を見渡すデイメンの口元にはいつしか笑みが浮かんでいた。


　のどかに浮かれ騒いでばかりいられたわけではない。残った物資を数え、荷車の補修にとりかかり、斥候の騎馬を放ち、歩哨を任命しなければならなかった。だが篝火（かがりび）が焚かれてワインがふるまわれ、皆が明るかった。

　仕事に追われながらも、デイメンは宿営地の向こう側でジョードと話しているローレントに気付き、話が終わったのを見計らってそちらへ向かった。

「祝わないのだな」

そう、ローレントに話しかける。

ローレントの隣の木に背をもたせかけると、重い体から力を抜いた。兵たちの活気と達成感がここまで伝わってくる。男たちは勝利と、睡眠不足と、そしてひどいワインに酔いしれていた。

じき夜明けがくる。また。

一瞬の沈黙をはさんで、ローレントが呟いた。

「叔父の計算違いなど、俺は滅多に見たことがない」

「遠方にいるせいだろう」

「いや、お前のせいだ」

「何？」

「叔父は、お前をどう読めばいいのかわからないのだ。アーレスの城で俺から受けた仕打ちの後、叔父はお前が……第二のゴヴァートになると踏んだのだ。己の手駒だと。今日反乱を起こした連中の一人。喜んで煽動にとびつき、加わると。この夜、まさにそうなる筈だった」

ローレントのまなざしがおだやかに、そして念入りに兵たちの上をよぎり、デイメンへと据えられた。

「そのかわり、お前は一度ならず俺を救った。この連中を鍛え、磨き上げて、戦士に育て上げた。今宵、お前は俺に初の勝利をもたらした。お前が俺にとってこうも貴重な存在になるとは、叔父は想像だにしなかっただろう。知っていれば、お前を城から出して俺に同道させたわけがない」

ローレントの目に、そしてその声に、デイメンは答えたくない問いの気配を感じとる。

彼は言った。

「そろそろ、修理の手伝いに行かねば」

幹を押して体を起こした。奇妙な、眩暈のような現実感のなさがあった——そして驚いたことに、ローレントに腕をつかまれ、動きを止められていた。

その手を見下ろす。おかしな一瞬、ローレントにふれられたのはこれが初めてだ、という思いがあった。そんなわけはない。だがその手は、かつてデイメンの指先をかすめたローレントの唇より、デイメンの顔を打った手より、狭い空間で押しつけられた体より、ずっと密接なものに思えた。

「修理などいい」ローレントの声はやわらかだった。「少し眠れ」

「大丈夫だ——」

「これは命令だ」

そう、告げられる。

本当に大丈夫だったが、命令とあれば従うしかない。そして奴隷用の寝床へ転がりこんだデイメンが二日二晩ぶりに目をとじると、たちまちに重い眠りに引きずりこまれ、胸に残る奇妙なざわつきはそのまま忘れ去られた。

第九章

「なあ」とラザールがジョードに言っていた。「お貴族様にしゃぶってもらうってのはどんな感じなんだ？」

ネッソンの山崩れの次の夜で、部隊は一日分南へ移動していた。被害の把握と荷車の修繕を早くに済ませ、ただちに出発したのだった。今、デイメンは何人かの兵と共に篝火のそばにくつろいで、つかの間の休息を楽しんでいた。その場にアイメリックがやってきたことがラザールのそんな問いを呼んだのだが、当のアイメリックはジョードの隣に座って、ラザールに一瞥をくれた。

「最高だぞ」と言い放つ。

やるな、とデイメンは思った。ジョードの口元がわずかに上がったが、何も言わず杯を口につけた。

「相手が王子ともなるとどんな感じなんだろうね？」

アイメリックがそう聞いたものだから、途端に全員の目がデイメンへ集まった。

「俺は王子と犯(や)っちゃいない」

デイメンはあえて露骨に言い返した。ローレントの部隊に加わってから百回は言った気がする。きっぱりとした否定で話を終わらせようとした。無論、そううまくはいかなかった。

「あの口に」とラザールが言う。「つっこんでやりてえもんだよな。一日こき使われて、最後にはこっちが向こうを黙らせてやる番ってわけさ」

ジョードが鼻を鳴らした。

「お前じゃひと睨みで小便洩らすのが落ちさ」

ロシャールがうなずく。

「ああ、俺は勃(た)つ気がしねえよ。口開けた豹の前でイチモツを出す馬鹿はいねえ」

皆がそれに同意した後で、さらに脱線した言い合いが始まる。

「不感症で未経験(おぼこ)だったら話にならねえぞ。冷血な処女なんて、のっかって何がおもしろいんだ」

「一度ヤッてみりゃお前にもわかるよ。外面(そとづら)が冷たい奴ほど中に入ってみりゃ熱いもんだ」

「一番長く王子に仕えているんだったな」アイメリックがジョードへたずねる。「恋人は一人も？　求愛者がいなかったわけはないし、誰か何か言っていなかった？」

「宮廷の噂話を、俺から聞きたいっていうのか？」

ジョードはおもしろそうに聞き返した。

「私は今年はじめに北から城に来たばかりだからな。それまではフォーテイヌの砦に、生まれてからずっと暮らしてきた。あそこでは噂話なんて聞こえてこない――盗賊が出たとか城壁の補修の話とかまた甥や姪が増えたとか以外はね」

それがアイメリックなりの、聞きたいという答えだった。ジョードが話し出す。

「求愛者はいた。ただ、一人も王子の寝床にはたどりついてないだけだ。いくら粘ってもな。今の王子を綺麗だと思うなら十五の時のあの人を見るといい、ニケイスの倍は美しく、十倍は頭が切れた。王子を誘惑しようと、誰もが競ったもんさ。誰かがものにしたなら、まず黙ってないで吹聴して回っただろうよ」

ラザールが気安い、信じられないという音を立てた。「本当のところ」とデイメンへ向く。

「どっちがのっかってんだ？　お前かあの人か？」

「この二人は犯ってないさ」ロシャールが口をはさんだ。「風呂でちょっとさわられたってだけで王子はこいつの背中の皮を剝いだくらいだ。だよな？」

「その通りだ」

デイメンは答える。それから立ち上がり、火のそばを離れた。

ネッソンを発って以来、今や部隊の状態は最高と言えた。荷車は修繕され、幾人かの負傷者もパスカルの手当てを受けた。ローレントが岩の下敷きになるような事態も避けられた。なにより、昨夜の昂揚が今日にまで持ち越されていた。危機が、兵たちをひとつに結びつけたのだ。アイメリックとラザールすら認め合っている。彼らなりに。

誰もオーラントの名は口にしなかった。友人だったジョードやロシャールさえ。

駒は、盤上に出そろった。部隊はこのまま無事に国境へたどりつくだろう。そこでは襲撃が、戦闘が、彼らを待つ。ネッソンであったような、だがきっと、もっと大規模で凄惨なものが。ローレントがそれを生きのびるにせよ死ぬにせよ、それが終わればデイメンの義務も果たされ、アキエロスへと帰国できる。

ローレントが求めているのもそこまでのことだ。

デイメンは野営地の外れへと足を向けた。曲がった木の幹に背をもたせかける。そこから、野営地全体が見晴らせた。ローレントの天幕も、灯りがともされて旗がたなびく様が見える。柘榴のように、内側に過剰な豪華さを抱えこんだまま。

今朝デイメンは、眠りの繭の中から、ゆったりとした愉快そうな声で目覚めたのだった。

「お早う。いや、よい、俺は間に合っている、手伝いはいらぬ」続けて、「服を着てジョードの元へ行け。修繕が済めば出発だ」

「……お早う」

起き上がって顔に手を走らせ、デイメンはそれしか言えなかった。気付けばただ、すでに革の騎乗服をまとったローレントを見つめていた。

ローレントは眉を上げて言ったものだった。

「抱いて運んでやろうか？　天幕の出口まで五歩あまりあるからな」

背中に、木の幹の固さを感じる。野営地の音が涼しい夜気にのってくる。槌の音、修繕の仕上げの音、兵たちの話し声、馬が蹄を上げては下ろす地面の音。部隊は共通の敵に立ち向かい、絆が生まれようとしている。ローレントとともに追跡と逃走と戦いの一夜をくぐり抜けたデイメンの中にも仲間意識が、あるいはそれに似た何かが芽生えたとしてもごく当然のことと言えた。

それは心地よい熱狂の美酒。だが溺れるわけにはいかない。デイメンがここにいるのは、ローレントのためではなくアキエロスのためだ。余分な肩入れは無用。彼には己の敵が、己の国が、己の戦いがある。

翌朝に訪れた一人目の使者のおかげで、少なくとも一つ、謎が解けた。

王宮を発って以来、ローレントは騎馬の使者を次から次へと送り出しては迎えてきた。地元の貴族からの補給や歓待を申し出る伝書をたずさえた者。情報をもたらす斥候や使者。この朝も、ローレントは使者に金と謝辞を持たせてネッソンへ送り、チャールズへ馬を返させた。

だがこの騎手は、どの使者とも異なっていた。何の紋もなく、所属も知れぬ革服をまとい、質はいいが平凡な馬にまたがって、驚くべきことに——重い長衣をからげた下は——女であった。

「この者を私の天幕へ案内せよ」ローレントが命じた。「この奴隷が付き添いとして立ち会う」

付き添い。女はおそらく四十をすぎてゴツゴツした顔をし、なまめかしさなど一切ない。だが私生児とそれを生む関係を忌み嫌うあまり、ヴェーレの文化は、ローレントが二人きりで女と口をきくことすら許さないのだ。

天幕の内で、女の使者はひと通りの敬意を示し、布に包まれた贈り物を差し出した。ローレントはそれを受け取るようデイメンにうなずき、それから包みを卓上へ置いた。

「立つがいい」

そう、ヴァスクの方言のひとつで女をうながす。

二人は短く、きびきびとした会話を交わした。デイメンはなんとか聞きとろうとする。そこかしこで、単語はわかった。安全。岐（みち）。首領。ヴァスクの女帝の宮廷で使われるような中央のヴァスク語ならデイメンも通じているのだが、二人が話しているのはヴァ＝ヴァッセルの地方語で、さらに山の民の訛りがついて手に負えなかった。

「見たければ、開けていいぞ」

また天幕内に二人きりになると、ローレントがデイメンにそう言った。例の布包みはテーブル上でひときわ異彩を放っていた。

〈ともに迎えた朝のよすがに。そして次にまた扮装が入り用となった時のために〉

包みからはらりと落ちた羊皮紙の文面を、デイメンは読んだ。

好奇の念に誘われて布をほどくと、下からさらに布が現れた。青く、装飾を凝らしたその布が、両手にたっぷりとこぼれ出す。見覚えのあるドレスだった。最後に見た時、金髪の女がこのドレスをまとい、前がはだけて結い紐が垂れていた。きらびやかな刺繍を手のひらで感じたのだ、あの女が半ば彼の膝の上にいた時に。

「あの後、娼館に戻ったのだな」

デイメンはそう呟く。次にまた、という文面が不意に意識を打った。

「まさか、これを着て――？」

ローレントは椅子にもたれた。その冴えたまなざしからは問いの答えは読みとれない。

「なかなか愉快な朝だった。あのような連れとともに時を楽しむ機会はそうなくてな。ほら、叔父が彼らを嫌うのだ」

「娼婦を？」

「女を」とローレントが答えた。

「では女帝の相手はさぞ大変だろうな」

「ヴァネスが名代を務めている。叔父には彼女が必要だが、その事実がうとましいし、ヴァネスもそれは承知している」

「これで二日だ」デイメンは言った。「あなたがネッソンで生きのびたという報は、まだ城には届いていないだろう」

「あれは詰めの一手などではない。大詰めがくるのは、国境が近づいてきてからだ」

「叔父上の手の内をよくわかっているのだな」

「俺ならどうするかよくわかっているだけさ」

それがローレントの返事だった。


周囲の風景が変わりはじめていた。

一行が行きすぎる、斜面に点々と散る町や村もその様相を変えていた。長く低い屋根、そしてそこに見える明らかなヴァスク風の様式。ヴァスクとの交易が、デイメンが思っていたより色濃い影響をこの地にもたらしているのだ。夏だしな、とジョードが言う。途切れ途切れの交易は暖かな季節に花開き、冬には枯れる。

「山の部族もこの山あいを走り回ってる」ジョードが説明した。「奴ら相手の交易もある。たまには、ただぶんどってかれるけどな。この先に進むなら誰もが護衛をつける」

日中は次第に暑くなり、夜もまた暑かった。一行は南へと順調に進んでいた。細い隊列を組み、騎馬隊が先行して障害物を排除したり、時おり行き合う荷車を片側に寄せて部隊を通す。アクイタートまであと二日の地域ともなると、王子の名は広く知られ、時に地元の者たちが道にずらりと並んでうれしそうに優しいまなざしでローレントを歓迎していた。実際のローレントを知っていればありえない目つきだ。

デイメンは、ジョードが一人になるのを見計らってから火のそばの彼に近づくと、半割りの丸太の隣に腰をかけた。

「王子の近衛兵として五年前から仕えていると聞いたが、そうなのか？」

デイメンはたずねる。ジョードがうなずいた。

「ああ」

「オーラントのことも、それだけ長く知っていたのか」

「……もっとだ」

一瞬の間を置き、答えた。それで終わりかと思ったが、予想に反して、

「前もあったことだ。王子は隊から兵を蹴り出した。つまり、叔父上の息がかかっているとしてな。金が忠誠を腐らせることなど、俺も、とうにわかっていた筈なのにな」

「残念だ。つらいだろう、知った相手だと――友人だと、なおさら」

「前に一度、あいつはお前を片付けようとしたことがあったな。お前がいないほうが王子に手

が届きやすくなると踏んだのかもな」

「俺もそれは気になっていた」

また、沈黙がよぎった。

「多分俺は、この間の夜まで、これが生きるか死ぬかの道行きになるとは思っていなかった」

ジョードが呟いた。「兵の半分も、そんなことを思ってたかどうか。あの人は別だがな。知ってたんだよ、はじめからずっと」とローレントの天幕の方角へ顎をしゃくる。

それは真実だ。デイメンは天幕のほうを見た。

「手の内は明かさぬ男だ、責めてやるな」

「責めちゃいない。戦うなら誰よりあの人の下がいいね。もしこの世に、生きのびて執政の鼻柱にガツンと一発かませる奴がいるとするなら、あの王子だけだろうよ。それが無理でも——俺は腹が立ってるんでね、戦えりゃそれでいいさ」

ジョードはそう結んだ。


次の晩、二人目のヴァスクの女が馬で野営地を訪れた。彼女は、ドレスを運びにやってきたわけではなかった。

デイメンは目録を渡され、荷車の中からその物品を集めてくると、布で包んで女の鞍袋へそれをおさめた。凝った装飾の銀杯が三脚、香料が詰められた飾り箱、女ものの宝飾品と繊細な彫りの櫛をひと揃い。

「これは？」

「贈り物だ」とローレントが答えた。

「つまり、賄賂だな」

デイメンは後に、眉を寄せてそう言ったのだった。

ヴェーレが、アキエロスやパトラスすら及ばぬほど友好的な関係を山岳民たちと築いているのは知っていた。ニカンドロスの話が真実なら、ヴェーレはきめ細かに金品を贈ることでその仲を保っていた。支援のお返しに、ヴァスク人たちはヴェーレに指示されたところを襲撃するのだと。事実、その通りなのかもしれないと、デイメンは包みをじろじろと見やった。執政から贈られる賄賂もこれほど気前がいいのなら、ニカンドロスを翻弄しつづけるだけの掠奪団などいくらでも雇える。

デイメンは、女の使者がとてつもない額の金を、銀と宝飾の形で受け取るのを見つめた。安全。岐(みち)。首領。また前と同じ言葉がいくつも交わされる。その時やっと、一人目の女の使者もドレスを届けるためにやってきたわけではなかったのだと気付いた。

次の夜、天幕で二人きりになると、ローレントが言った。

「国境が近づいた以上、今後はお前の言葉で論じたほうがより安全——しのびやすかろうと思う」

それは、慎重に発音されたアキエロス語であった。

デイメンはローレントをじっと見つめて、天地がひっくり返ったような気分を味わっていた。

「何か？」とローレントが問う。

「いい発音だ」

言いながら、どうしてかつい、口元が止められずにゆるんでいた。

ローレントが目を細める。

「聞き耳を立てられないように、ということだな」

デイメンはそう、ほとんど〈聞き耳〉という言葉をローレントが解するかどうか見るためだけにたしかめた。

落ちついた「そうだ」という返事。

そして、二人は話し合った。軍事の話題や戦術を練る段になるとローレントの語彙では足りなかったが、デイメンがその穴を埋める。優雅な言い回しや下卑た言葉返しに長けているくせに、気を使う細部の話になるとお手上げというのは、思えばいかにもこの男らしい。

デイメンは幾度も口元のゆるみをこらえねばならなかった。ローレントが言葉を探しながらアキエロス語を話している、その何が楽しいのかは自分でもわからないが、事実そうなのだ。発音にヴェーレ風の訛りがあって、子音が曖昧にぼかされ、抑揚が加わって、思わぬところが強調される。それがアキエロスの言葉を変化させ、異国の雰囲気やいかにもヴェーレらしい絢爛さを添える。その一方、ローレント自身の精緻な話し方はどこかそれとそぐわない。ローレントは、まるで汚れたハンカチを親指と人さし指でつまんで拾い上げるがごとく、慎重で潔癖に、アキエロス語を話した。

自国の言葉で自由に話していると、知らずに負わされていた重荷がデイメンの肩から除かれたようだった。夜も更けた頃、ローレントは二人の話を切り上げ、半分空いた水のゴブレットを押しやって、のびをした。

「今宵はここまでとする。そばへ寄って、仕えよ」

その命令が、デイメンの虚を突いた。ゆっくりと、立ち上がる。自国語で放たれた命令に従うのが、とりわけ卑屈に感じられた。

目の前には見慣れた、すらりとした肩から華奢な腰への線がある。ローレントの鎧や上着を脱がせるのにはもう慣れている。二人にとってはいつもの夜の慣習にすぎない。デイメンは前へ進み出ると、ローレントの肩甲骨の上の布地に手を置いた。

「どうした？　始めよ」

「ここにまでアキエロス語を使う用心はいらんと思うが」

「気に入らないか？」

ローレントが問い返した。

気に入ったかどうか、わざわざ答えるような真似はしないほうがいいとわかっていた。デイメンの不快感にローレントが興味を示すのは、いつも危険な兆しだ。二人ともまだアキエロス語で話していた。

「もっと適した言葉を使えばいいのか」とローレントが続ける。「アキエロスで、主人は閨奴隷に何と命じる？　教えよ」

デイメンの指は留め紐に絡んでいた。白いシャツの生地の上で、その手が止まる。

「閨奴隷への接し方を教えろと？」

「ネッソンで、奴隷を使っていたと言っていたではないか。俺も命じ方を知っておくべきとは思わぬか？」

手を、意識してまた動かしはじめた。

「奴隷の主人であるなら、いかようにも好きに命じればいいだけだ」

「俺の経験によると、必ずしもそうはいかぬようでな」

「俺は、一人の男として扱われるほうがいい」

気付けばそう言っていた。ローレントが、デイメンの手の下でこちらへ向き直った。

「前もほどけ」と命じる。

デイメンは従った。上着をローレントの肩から押しやろうと、一歩近づく。上着の中へと手がすべりこんだ。ひどく密接な距離の中、己の声の揺らぎを、耳よりも肌で感じた。

「だがもし望むなら――」

「下がるがいい」

命令が放たれた。

デイメンは後ろへ下がる。シャツ姿のローレントは、いつもにも増して彼らしく見えた。優美で、律され、危険。

二人の視線が絡み合った。

デイメンの口から言葉が出ていた。

「ほかに用がなければ、もっと火鉢の炭を取ってくるが」

「行くがいい」とローレントが答えた。


朝。空は、目を奪うような青の明暗。陽は強く、全員が騎乗用の革服をまとっていた。なにしろ、鎧では昼には全員蒸し上がっている。

デイメンが腕に馬具をかかえ、ラザール相手に今日の道程について話していた時、野営地を横切るローレントの姿が目に入った。視線で追うと、ローレントはさっと鞍にまたがり、背をのばして、手袋の片手で手綱をまとめて握った。

昨夜、火鉢の火を整えてすべての仕事を終えると、デイメンは近くの流れへ沐浴に行ったのだった。流れのふちは底を丸石が覆い、清水の流れは危険なほどの勢いではなく、中央あたりで深さが増している。無灯の川では二人の雑役が布地を棒で打ち洗っている最中で、朝にはそれも乾いているだろう。生ぬるい夜だが、水は清冽に冷たかった。デイメンは頭までざぶりと浸し、その水を胸から肩へと滴らせながらざっと体を擦り、流れをかきわけながら、髪から指で水を払ったのだった。

彼の横で、ラザールが話していた。

「アクイタートまではあと一日の道のりだ。ジョードの話じゃラヴェネルまでもう次の補給地はないと。何か聞いてないか——」

ローレントは姿もよいし、多才だ。そしてデイメンは男だ——ほかの男たちと同様に。部隊の半分の男たちがローレントを組み敷きたいと狙っているのだ。デイメンの肉体が反応しようと、そこに深い意味はない、あの宿屋でもそうだったように。どんな男だろうとローレントが膝にのって色子を演じてみせれば欲情する。耳飾りの下の素顔を知っていようとも。

「……わかったよ」

ラザールがそう言っていた。

この男の存在をすっかり忘れていた。たっぷり間を置いてから、デイメンがローレントから視線を外してラザールを見ると、ラザールは皮肉っぽいが同情するような笑みを唇の端に溜めて、デイメンを凝視していた。

「何がわかった？」

「わかったよ、お前は王子と犯ってない」

そう、ラザールは答えた。

第十章

「ようこそ、我が先祖伝来の城へ」

ローレントが、ひややかに告げた。

デイメンは横目で彼をちらりと見てから、アクイタートの古びた城壁へ視線を走らせた。兵もおらず戦略的な重要性も皆無に等しい、とローレントは、宮廷でそうアクイタートを許したのだった。執政によってほかのすべての所領を取り上げられたあの日。

アクイタートの砦は小さく、古く、城下の村は内砦の根元のあちこちにへばりついた石のあばら屋にすぎなかった。耕せるような土地もなく、狩りをするにも岩場にいる数匹の羚羊(レイヨウ)くらいしか目ぼしい獲物はなく、それも人の気配あらば岩をとび上がって馬では追えぬ高みへ逃れてしまいそうだった。

それでも、砦に近づくと、決していい加減な手入れはされていないのがわかった。宿舎は丁寧に修繕され、中庭も同様で、食料も蓄えられており、傷んだ荷馬車を取り替えられるだけの資材もあった。どこを見ても、手配りが行き届いていた。この備蓄はアクイタートやその周辺から集められたものではなく、どこか遠方からローレントの到着に合わせて準備されたものだ。

アクイタートの門番はアーヌルという名で、陣頭指揮を取って下働きと荷車、さらに全員に指示をとばしはじめた。その皺だらけの顔がローレントを見て喜びに輝く。デイメンを見てまた渋面に戻った。

「アクイタートは叔父上にも没収できないと、前に言っていたが」デイメンはローレントにたずねた。「何故だ?」

「独立した統治体制を持つからだ。お笑い草だがな。地図の上では一点の染みにすぎぬ場所だが、俺はヴェーレの王子であると同時にアクイタートの王子でもあり、アクイタートの法によれば二十一歳を待たずとも王位を相続できる。ここは俺のものだ。叔父の手は届かぬ」

ローレントはそう説明した。それから「侵略することはできるだろうが」とつけ足す。さらに「叔父の兵が塔の階段でアーヌルとやり合う気なら」と。

「アーヌルは、俺たちがここに泊まることに何か複雑な思いがあるようだが」

「ここには泊まらぬ。今夜はな。日が落ちて、いつもの仕事をすべてすませたら、厩舎へ来い。人目を避けて」

ローレントはそれをアキエロス語で命じた。

デイメンがいつも通りの仕事を終えた時には、もう暗かった。補給物資と荷車、そして馬の世話係たちは暇を与えられ、兵たちにもくつろいでいいと一夜の許可が下っている。ワインの樽が開けられて、今宵の宿舎はにぎやかだった。厩舎のそばにも、東へ向けても、一人の見張りも立てられていない。

砦の角を曲がりかけた時、デイメンは人の声を聞いた。人目につくなというローレントの指示を思い出し、身を隠したままにする。

「俺は、宿舎のほうがよく眠れる」とジョードが言った。

ジョードが、勇んだ表情のアイメリックに手を引かれて行くところだった。上等な部屋で眠ることにジョードはどこかぎくしゃくとした様子で、それはアイメリックが汚い言葉を使おうとする時とよく似ている。

「貴賓用の間で眠ったことがないからだよ」とアイメリックがうながした。「本当に、天幕の寝袋とか宿場のぐしゃぐしゃの敷布なんか比べものにならないから。それに――」

声を落とし、アイメリックはジョードに身を寄せたが、まだその声はデイメンへ届いた。

「寝台の上で抱いてほしいんだ」

ジョードが「なら、行こう」と答える。

それからアイメリックへキスした。アイメリックの頭を手で支え、ゆっくりと、たっぷり唇を重ねる。アイメリックは見事なほどしなやかに体を預け、ジョードの首に両腕を回した。あの刺々しい態度も寝床ではなりをひそめるようだ。どうやらジョードの前になると、アイメリックも素直になるらしい。

二人は互いに夢中で周囲に目が行っていない。下働きたちのように、宿舎にいる兵たちのように。アクイタートの砦の誰もがこの一夜を楽しんでいた。

デイメンはそっと物陰を抜け、厩舎へ向かった。


今回は、前に二人で部隊を離れた時よりもひっそりと、そしてはるかに計画立てて実行された。身にしみて学んだおかげだ。それでもデイメンは、部隊から切り離されるのが落ちつかなかったが、その点はどうしようもない。

人気のない静かな厩舎へ着いた。馬のかすかな鼻息と藁がこすれる音の中、ローレントを見つける。デイメンを待つ間にすでに馬に鞍を着けていた。二人は、東へと馬を向けた。

蟬の声が二人を押しつつむ。夜気はぬるかった。アクイタートの砦の物音と明かりに背を向け、二人は夜空の下で馬を駆る。ネッソンでそうだったように、ローレントはこの夜闇の中でもどちらへ向かえばいいのかよく心得ていた。

そして、その馬が止まる。山を背後に、亀裂の入った石に囲まれて。

「見えるか？　これぞまさに、アクイタートよりはるかに手入れの及ばぬところだ」

ローレントがそう言った。

それはそびえ立つ城塞のように見えたが、石のアーチからは月光が透け、城壁の高さはところによりまちまちで、一部は崩れ、失せていた。

廃虚だ。かつては見事だった建物も、今やただの石と、ところどころのアーチに支えられた名残の壁だけとなっていた。残骸の至るところを蔦や苔が這っている。アクイタートより古い、つまり相当に昔の建物で、ローレントの――あるいはデイメンの――先祖よりもはるか以前の君主が作ったものだろう。夜咲きの花が地を覆い、今まさに香りを放たんと白い五弁の花びらを開いたばかりだった。

ローレントはさっと馬から下り、つき出た石のひとつへ馬を引いて行くと、そこにつないだ。デイメンもそれにならうと、ローレントについて石のアーチの間を抜けていった。

この場所に、デイメンの心は不吉に騒ぐ。いかにたやすく王国が失われてしまうのか、その証を目の当たりにして。

「ここで、一体何を？」

ローレントはアーチをくぐって数歩先へ進む。靴で花たちを踏みつぶしながら。そして、崩れ落ちた石壁のひとつに背をもたせかけた。

「幼いころ、よくここへ来たものだ」と彼は言った。「兄と一緒に」

デイメンの動きが止まり、全身が凍る。だが次の瞬間、彼は馬蹄の音に振り返り、鞘から剣を抜き放っていた。

「かまわぬ。俺の待ち人だ」

ローレントが言った。


来たのは、女たちだった。

幾人かは男も混じっている。ヴァスクの方言は、一度に幾人もにまくし立てられると余計に聞きとれなかった。

デイメンの剣は取り上げられた。腰帯の短剣も同じく。それが気に入らない。かけらも。

ローレントは帯剣を許されたままで、おそらく王子という身分への敬意ゆえだろう。周囲を見やると、武器を帯びているのは女だけだった。

それからローレントが、さらにデイメンの気に入らぬことを言った。

「彼らの陣への道を見るのは禁じられている。我々は目隠しでそこへ向かう」

目隠し。デイメンにその言葉を噛み砕く間も与えず、ローレントがそばの女にされるがままになった。ローレントの目の上に目隠しが当てられ、結ばれる。その様をデイメンは半ば打たれたように凝視した。目元が覆われたことでローレントの顔立ちがより際立つ。冴えた輪郭の顎、淡い金髪の房。否応なく、ローレントの口元へ視線を引きつけられていた。

一瞬後、デイメンの目にも目隠しがかぶせられ、ぐいと引いて結ばれた。視界が奪われる。

徒歩でつれていかれた。アーレスの城内で目隠しされた時のように念を入れて複雑な順路を歩くような真似はしない。単に目的地へ向かうだけだ。半時ほども歩いた頃、低く規則的な太鼓の音が近づいてきた。目隠しは警戒のためというより服従のしるしなのだろうと、デイメンは感じる。なにしろ、来た道をたどるのは充分に可能だ――兵士として訓練をつんだデイメン自身や、そしておそらくローレントのように精緻な思考力を持つ男には。

目隠しが外されると、陣地には原皮をかぶせた長い天幕が並び、杭につながれた馬たちと二つの篝火が見えた。火の周囲を動き回る人影の中、太鼓を打つ鼓手の姿もあり、打音が夜の中にこだまする。人々が躍動し、興奮が立ちこめていた。

デイメンはローレントへ向き直った。

「今夜はここに泊まる気なのか？」

「信頼を示すためだ」ローレントが応じた。「彼らの文化には通じているか？　食べ物も飲み物も、供されたものはすべて口にしろ。お前の隣にいる女はカシェル、お前の介添え役として付けられた。高座（たかくら）に座っている女は名をハルヴィク。彼女に目通りする時は膝をつけ。その後、地面に座るがいい。俺について壇上には上がってくるな」

信頼のあかしというなら、ここまで供もつれず、目隠しを許し、武器もなくついて来ただけで充分示しただろうとデイメンは思う。高座は木組みにたっぷりと毛皮をかけたもので、炎のそばに置かれていた。半ば玉座、半ば寝床だ。ハルヴィクが上に座り、近づく二人を黒い目で――アーヌルを思い出させるような――見据えていた。

ローレントは堂々とその壇へ上ると、ハルヴィクの横へ、半ば横たわるように気怠げに落ちついた。

一方のデイメンはどやされて膝をつき、すぐさま引き起こされると高座の横へつれていかれて、そこに座らされた。せめて、地面には毛皮が敷かれていた。火を取り囲んでそこかしこに毛皮が積まれている。それからカシェルがやってきてデイメンの隣へ座った。杯をさし出してくる。

デイメンはまだムッとしていたが、ローレントの忠告を思い出した。用心しながら杯を唇へ近づける。白く濁った飲み物の、きつい酒香が鼻を刺した。ほんの一口含むと、喉から血管へ熱い炎が流れこんだようだった。

壇上では、似たような杯を出されたローレントが手を振って断っている。デイメンへは正反対の忠告をしたくせに。

当然か。勿論。ローレントが酒を飲むわけがない。高級娼婦のごとき豪奢な贅沢に取り囲まれながら、ローレントは修業僧なみに禁欲的にふるまってきた。どうしてこんな男との関係を勘ぐられねばならないのか、デイメンには心底納得いかない。ローレントを知ってさえいれば、まずそんな発想すら浮かばないだろう。

デイメンは酒を飲み干した。

余興の闘いを楽しむ。組み打ちの試合だ。勝者の女は見事な腕前で、熟達した技で相手を抑えこみ、鑑賞に値するいい試合であった。

三杯目にして、デイメンは段々と、この酒も悪くないと思いはじめる。

強く、煽られるような酒で、気付けば酒をまた注ぎ足すカシェルのことを新たな目で見つめ直していた。ローレントに近い年齢か、魅力的で、熟れた女の体をしている。やわらかな茶色の目が、長い睫毛ごしに時おりデイメンを見上げていた。長く一本に編んだ黒髪を肩に回して、垂らした先がしっかりと盛り上がった胸元にふれていた。

ここに来たのもそう悪くはなかったかもしれないと、デイメンは思う。裏表のない文化だし、女たちは率直で、食事も手はこんでいないが心がこもっている。うまいパンと串焼きの肉。

ローレントとハルヴィクの二人は話しこんでいた。矢継ぎ早に交わされる二人の声のリズムは、交渉をまさに煮詰めている時のものだ。ハルヴィクの情け容赦ないまなざしを、ローレントの無感情な青い目が受けとめる。石と石が交渉しているのを見せられている気分だった。

デイメンは壇のほうを気にするのをやめ、かわりにカシェル相手のもっとあけっぴろげなやりとりを楽しむことにした。言葉は用いず、長く、ゆったりとした視線を使う。カシェルが彼の手から杯を取ろうとした時、二人の指が重なり合った。

彼女は立ち上がると、壇へ近づき、ハルヴィクの耳へ何か囁いた。

ハルヴィクは後ろにもたれて、視線をデイメンへ据えた。彼女が何かローレントへ話しかけると、ローレントまでデイメンのほうを向いた。

「ハルヴィクが、丁重にたずねている。お前が、ここの娘たちのためにひとつ奉仕してはくれぬかと」

「奉仕とは、どのような?」

「昔ながらのものだ」ローレントが答えた。「ヴァスクの女たちが、力ある男から得るもの」

「俺は奴隷だ。あなたのほうが身分が高いだろう」

「身分の問題ではないのだ」

ここでハルヴィクが、濃い訛りのあるヴェーレ語で口をはさんだ。

「この男はお前より小さく、男妾(おとこめかけ)のような口を叩く。この男の種では強い女は生まれぬ」

ハルヴィクの言い回しにもローレントはかけらも気分を害した様子はなく、応じた。

「実のところ、俺の血統は女をまるで生まぬ血でな」

デイメンは、高座の前から戻ってくるカシェルをじっと目で追った。ほかの火の前から太鼓の音が低く、規則正しく、空気を震わせる。

「それは——俺に、従えと命令しているのか?」

「命令が必要か?」ローレントが返す。「指示してやってもよいぞ、お前にその技量が欠けているというなら」

カシェルはまた隣へ座りながら、包み隠しのない情熱をこめてデイメンを見つめていた。少しはだけた上衣が片方の肩からすべり落ちて、胸の盛り上がりだけで支えられているように見えた。

「くちづけるがいい」とローレントが言った。

何をしろとかどうしろとかローレントの指図など必要ないとばかりに、デイメンは長く、深々としたキスでそれを証明してみせた。カシェルは甘く、従順な息をこぼし、さっきまでまなざしで追っていた肌を指先でたどっていく。デイメンの両手がカシェルの上衣をたくし上げると、ほっそりとした腰がほとんど手の中におさまりそうだった。

「ハルヴィクに伝えてもらってかまわない、ここの娘たちと共寝(ともね)するのは俺にとっても誉れなことだと」

身を引き、デイメンはそう言った。声は、快楽がにじんで低い。親指でカシェルの唇をなでると、カシェルが舌でその指を味わった。二人の息につのる期待がこもっていた。

「若い雄は群れにまたがる時がなにより幸せだ」ローレントにヴェーレ語で話すハルヴィクの声が聞こえた。「来い、まぐわいの炎から離れたところで交渉を続けるとしよう。この男は、用が済めば届ける」

ローレントとハルヴィクが去っていくのを感じた。同様に、ほかの恋人たちが火のそばの毛皮の上に陣取っているのにも気付いたが、どれもカシェルへの欲望に支配されたデイメンの意識の端でのことで、二人の肉体はひとつの目的のために動き出していた。

熱く、激しい交合になった。一度目は。ほっそりと引きしまった体のカシェルは、デイメンの服を引っぱっては笑い声を立て、勢いのままデイメンにも負けない情熱を見せた。自由に、思うがままの快楽をむさぼるのはデイメンにとっても久々のことだ。カシェルは、ヴェーレの装束をほどくのがデイメンより上手かった。彼の初めての時よりも。巧みさというより熱意の差か。カシェルは熱意を見せていた。彼女はデイメンの上で、のたうつように身を震わせて激しい絶頂を迎えた。頭を垂れ、編んだ髪はほどけて流れ、彼女の動きにつれて揺れる黒髪が二人を包んだ。

二度目の時には、カシェルはもっとされるがままに体を開いて身をまかせ、デイメンはそんな彼女が無我夢中にうかされたようになるまで追い上げた。なによりその様子が、デイメンにもたまらない。

その後、息荒くぐったりと毛皮に横たわる彼女の隣に添い寝して、片肘で上体を支えながら、デイメンは投げ出された女体を慈しむように見下ろした。

あの白濁した酒に何か入っていたのかもしれない。二回達したが、疲弊感はなかった。そんな自分に満足もし、ヴァスクの女たちは噂ほどに精力絶倫ではないのだなとも思っていた時、新たな娘がやってきてカシェルにからかうように話しかけ、それから呆気にとられているデイメンの腕の中へすべりこんできた。カシェルは座りこんで見物の体勢に入ると、楽しそうな励ましの声を立てた。

　そしてデイメンは、その新たな務めを果たしながら、近くの火のそばからの太鼓が耳に響く中、背にまた誰かの肌が押し当てられたのを感じ、この場に加わった娘が一人だけではないと悟ったのだった。


　服とは、なんと厄介なものだろう。紐が手から逃げていく。デイメンは幾度かためした末、シャツは要らないと思いきる。ズボンを手で支えておくだけでやっとだ。

　目的の天幕にたどりついた時には、ローレントはもう眠っていたが、入り口の幕が上がると彼は毛皮の中で身じろぎし、その金の睫毛が揺れ、目が開いた。デイメンの姿を見ると片腕で体を起こし、ローレントは一度、大きくまばたきした。

　それから、声もなく、口を片手で覆って、止めようもなく笑い出していた。

　デイメンは言い返す。

「やめろ。今、笑ったら、俺は倒れる」

　ローレントの隣の、隙間を空けて敷かれた毛皮に目を細めて焦点を合わせ、デイメンは全力を尽くした。左右によろめきながら、やっと毛皮の上に倒れこむ。それだけで最大の難関を突破した気分だった。ごろりと仰向けに転がる。微笑していた。

「ハルヴィクのところには、娘が大勢いるな」と言う。

その声は今のデイメンの気分そのままに、性交の気配にたっぷりまみれて満たされ、疲れきって、機嫌よく響いた。毛皮に温かく包まれる。幸福なまどろみの中、もう眠りのふちだった。

「笑うなって」と呟く。

顔を横へ向けると、ローレントは体を横倒しにして片手で頬杖をつき、デイメンを明るい眸で見つめていた。

「この様子は、示唆に富んでいるな。お前が幾人もの男たちを汗もかかずに叩き伏せるのを見たこともあるのだぞ」

「今は駄目だ……無理だ……」

「そのようだな。明朝の役目は免除する、休んでいていい」

「それはありがたい。起きられない。ここで寝かせてもらうとしよう……それとも何か、本当は用があったのか？」

「ほう、よくわかったな？」ローレントが問い返した。「俺も寝床で世話になろうか」

デイメンはうなって、結局は笑い出し、すぐに毛皮を頭の上まで引き上げた。ローレントから笑うような息が聞こえたのを最後に、眠りがデイメンを呑みこんだ。

暁の、帰りの道程はのどかで気楽なものだった。空には雲ひとつなく、昇ってくる陽がまばゆい。美しい一日になるだろう。デイメンは機嫌よく、満ち足りた沈黙の中、馬を走らせた。

アクイタートまで半ばというところで、やっと思い出して馬を並べているローレントにたずねた。

「交渉はうまくいったのか？」

「互いに新たな友誼を結んで別れることができた」

「ヴァスクともっと頻繁に取引すればよいのだ」

その言葉は、まさにデイメンの機嫌のよさの表れだった。そしてやがて、彼らしくもなくためらいがちに、ローレントがたずねた。

「相手が男の時とは、異なるものか？」

「ああ」とデイメンは答えた。

性別に関係なく、誰が相手でもそれぞれ異なるものだ。だが口に出しては言わなかった。一瞬、ローレントがさらに踏みこんで何かたずねそうな気配があった。だがローレントはただ長々と、遠慮のない目つきでデイメンを観察しただけで、何も言わなかった。

デイメンは聞き返した。

「興味があるのか？　禁忌ではなかったか？」

「ああ、禁忌だ」

また沈黙が落ちる。

「私生児は血統の穢れだ、その地の乳は苦くなり、作物は死に絶え、空から太陽は消える。だが私生児は俺の邪魔はしない、俺の敵は常に由緒正しい血統の奴らだ。お前は風呂に入ったほうがいいな」とローレントはつけ加えた。「戻ったら」

その最後の提案にデイメンは心から賛成だったので、砦に戻るやすぐそうしようとした。二人はローレントの居室へと、半ば隠された通路を抜けて向かったが、あまりに幅が狭く、デイメンはかなり苦労して体をねじこまねばならなかった。それからローレントの部屋の扉を開けて廊下に出た瞬間、ばったりと、アイメリックと顔を合わせていた。

アイメリックははっと足を止めてデイメンを見つめた。それからローレントの居室の扉を見た。またデイメンの顔を見た。今の自分がまだ見るからにご機嫌で、きっと一晩中肉欲にふけってから狭い通路をこっそり抜けてきたように見えるだろうと、デイメンは気付いた。事実、その通りだ。

「扉を叩いても返事がなかったので」とアイメリックが言った。「ジョードが、人をやって探させていたところだ」

「何か起きたか?」

ローレントが、扉口に姿を見せて言った。

頭から爪先までひとすじの乱れもない、冷たく整った姿だった。デイメンと異なり、よく休んでさっぱりした様子で、髪一本ほつれていない。またもアイメリックはローレントを凝視した。

それから、はっと己を取り戻して説明する。

「一時間前に知らせが入りました。国境で、襲撃がありました」

第十一章

ラヴェネルの城塞は、他所者をよせつけぬ作りだ。いくつもの門を馬で抜けながら、デイメンは砦の威厳と圧力をひしひしと感じる。

しかもその来訪者が、叔父に言い含められてやっとご尊顔を見せにのこのこ国境へやってきた怠惰な王子ともなれば、なおさら歓迎はされない。巨大な中庭に据えられた壇上にずらりと居並ぶ城役人たちの顔は石のようで、難攻不落の砦の外郭と似合いに見えた。

そして、来訪者がアキエロス人ともなれば、まさに敵意をもって出迎えられる。ローレントに続いて壇上への階段を上ったデイメンへ刺さる怒りと嫌悪は、ほとんど実体のように感じられた。

己が生きてこのラヴェネルの砦の中に立つことがあるなど、デイメンは考えたこともなかった――巨大な格子門が引き上げられ、重々しい木の扉の掛け金が外されて開き、城壁の中へ招き入れられることがあるなどとは。彼の父、テオメデス王は、この偉大なヴェーレの城塞への畏怖をデイメンに植え付けた。テオメデス王は、アキエロス軍の進攻をマーラスで終わらせた。このラヴェネルの城を陥としてさらに北へ進軍するとなると、砦を包囲しての大規模かつ長期の攻城戦が避けられず、ひいてはとてつもない兵力を必要とする。それほどの資金を注ぎこんで、首長たちの支持を失い王国を弱体化させかねない消耗戦に挑むほど、テオメデス王は愚かではなかった。

フォーテイヌとラヴェネルの二つの城塞は、手つかずで残された。国境線の、軍事の二大拠点。

その威圧的な存在に対峙するアキエロス側もまた武力の増強を強いられ、戦力の差を兵数で埋めようとしてきた。結果、この国境地帯では二国の守備隊同士が神経を尖らせ、大量の兵士たちが戦争とは言えずとも決して平和でもない状態に置かれていた。多すぎる兵士、少なすぎる戦いの数。高まる緊張感は、小規模な襲撃や小競り合い――どちらの国も関与は否定するが――だけでは発散しきれない。正式に申しこまれた模擬戦でも。その公式の模擬戦において、規則と軽食が揃えられ、両陣営ともにこやかな顔で殺し合いすら見逃そうとも。

抜け目ない君主ならば、この膠着した緊張状態をやりすごすこなれた外交をここに求めるだろうが、ローレントは違う。まるで野外の宴席にまぎれこんだスズメバチのごとく、その存在で全員を不愉快にしていた。

「殿下。二週間前においでになると思い、お待ちしておりましたが。しかしながらネッソンでの宿りを楽しまれたと聞いて、喜ばしく思っております」とトゥアルス大守が言った。「こちらでも何かお楽しみを見つけていただけるかもしれませんな」

ラヴェネルの大守トゥアルス卿は、戦士らしい肩幅と、片目のふちから口元まで走る傷を持つ男だ。話しながらローレントを無感情に睨め付けている。長子のテヴェニン――青白くずんぐりした九歳ほどの子供――が同じ表情でローレントを見つめていた。

その背後では、残る迎賓団たちが身じろぎもせず立っていた。デイメンは、自分に向けられる重く刺々しい視線を感じる。ここにいるのは国境で暮らす人々であり、生まれてこのかたアキエロス人と戦ってきた人々だ。そして全員が、今朝の知らせを重く受けとめていた――アキエロスの強襲によってブルトーの村が壊滅したと。空気には戦争への気配がみなぎっていた。

ローレントが言った。

「楽しませてもらうためにここへ来たわけではない。報告を聞きに来たのだ、この朝、我が国境を越えてきた襲撃についてな。隊長と参謀を大広間へ集めよ」

到着した客にはまず休息をとらせて騎乗服から着替えさせるのが慣例だが、トゥアルス大守が気の進まぬ様子で手ぶりを送ると、集まっていた廷臣たちはのろのろと建物の内へ向かいはじめた。兵たちと一緒に去ろうとしたデイメンだったが、「いいや、ついて来い」というローレントからのぶっきらぼうな命令に驚いた。

デイメンはまた、堅固な城壁へ目を走らせた。今はローレントの偏屈さを発揮している時ではあるまいに。大広間への入り口で、役服をまとった召使いが二人の前へ歩み出ると、浅い礼をして告げた。

「殿下、トゥアルス様はアキエロスの奴隷がこの中へ足を踏み入れるのを望まれませぬ」

「俺は望む」

それだけを告げてローレントは前へつかつかと歩み、デイメンはついて行くよりほかなかった。

王子ともあろう者の普通の入城ではなかった。大抵は華やかな行列が城下町を練り歩き、城主から数日間は宴と娯楽で歓待されるものだ。なのにローレントはただ部隊の先頭で馬にまたがり、見せ場ひとつなく町へ入ってきた。それでも人々は通りへ集まり、輝く黄金の髪を見ようとしきりに首をのばしていたが。平民が王子にどんな反感を抱いていても、そんなものは一目ローレントを見れば霧散してしまう。熱烈な崇拝にとらわれる。アーレスでもそうだったし、これまで通ってきたすべての町でも同じだった。この金髪の王子は、六十歩ばかり離れたところから見るのが丁度いい。その本性が見えぬ、唾も届かぬ距離から。

城下町に入ってからというもの、デイメンの視線はラヴェネルの城塞に釘付けであった。そして今、彼は大広間の中を見渡す。

巨大な広間は、守りの要として設計されている。二階分の高さの扉がいくつもあり、この広間に守備隊全員を呼び集めて命令を下すことも、そしてここから皆が一斉に城郭内へと散っていくこともできる。もし城壁が破られたならば立てこもることも可能だ。この砦に駐屯している兵の総数を、デイメンはおよそ二千と見積もった。ローレントに従う百七十五騎の一隊などいとも簡単に押しつぶす数だ。これが罠であるならば、彼らの死地も同然だった。

次に二人の前へ割りこんできた肩は、肩当てをまとい、そこからマントが垂れていた。地位を示す上等なマントだ。それをまとった男が口を開いた。

「これは人の会合だ、アキエロスごときの席はない。殿下にもおわかりいただけるでしょうが」

「我が奴隷との同席が不安か？」ローレントが問い返した。「ああ、よくわかる。並みの男の手には余るからな」

「アキエロスどもの扱い方は存じてます。連中を扉の内側に入れたりはせぬ」

「このアキエロス人は我が家従だ。下がるがいい、隊長」

男は下がった。ローレントは長い木のテーブルの上座に座った。トゥアルス大守がその下位、右手の席に座る。ここにいる幾人かの名と評判はデイメンも聞いたことがあった。マントと肩当ての男はエンゲラン、トゥアルス大守の部隊の指揮官だ。さらに下座には参謀のヘスタル。九歳の息子のテヴェニンも皆に混じって席についていた。

デイメンには椅子は与えられなかった。ローレントの左手後ろに立つ彼は、また新たな男が入ってくるのを見た——デイメンも実によく知る男が。もっとも、これまではいつも縛り上げられた体勢だったので、デイメンが自らの足で立ってこの男と対峙するのは初めてであった。

アキエロスを訪れたヴェーレの大使、執政に仕える元老の一員、そしてフォーティヌ城の大守、さらにはアイメリックの父親。

「グイオン元老」とローレントが呼んだ。

グイオンはローレントに挨拶はせず、ただデイメンに視線を走らせて顔に不快感をあらわにした。

「獣（けだもの）をこんな席までつれてくるとは。叔父上がご指名くださった隊長はどちらです？」

「あの隊長なら我が剣で肩を串刺しにしたのち、裸に剝かせて隊から追放した」

ローレントが答えた。

短い沈黙。グイオン元老は気を取り直して続けた。

「叔父上はご存知で？」

「自分の犬が私に去勢されたことをか？　ああ。だが今はもっと重要な話をする時では？」

しんと静まり返った中、エンゲラン隊長が簡潔に「同感だ」と述べた。

襲撃についての論議が始まった。

デイメンは、すでに今朝アクイタートでローレントの横に立って最初の報告を聞いていた。アキエロスの兵団がヴェーレの村を壊滅させたと。だが、デイメンの怒りはそのことに対してではない。アキエロスによる襲撃は報復行為であった――その前日、国境地帯のアキエロスの村が掠奪されたことへの。ローレントへのなじみ深い怒りに支えられ、その勢いでデイメンは彼を問いただした。執政が金をやってアキエロスの村を襲わせたのだな？「ああ」村人が死んだぞ。「ああ」こんなことが起きるだろうとわかっていたのか？「ああ」

ローレントは淡々とデイメンへ言った。

「お前も、叔父上が国境で衝突を引き起こしたがっていたのは知っていただろう。これ以外、どんな手があると思っていた？」

そんなやりとりが終われば、もう馬に乗ってラヴェネルへ向かうほかにできることもなく、ただ前をゆく金の後頭部を馬上からにらみつづけるしかなかった。どれほど責めたくとも、腹立たしいことに、この男に責任はないのだ。

アクイタートで聞いた一報では、報復の規模まではわからなかった。村へのアキエロスの襲撃は、夜明け前に始まったという。小さな掠奪団ではなく、そう見せかける擬装すらしていない強襲だった。襲ってきたのはアキエロス軍の一隊で、人数も揃い、剣と鎧で武装し、自分たちの村への襲撃の報復であると言い残していった。陽が昇ったころにはブルトーの村人数百人が斬り殺され、犠牲の中にはアドリクとシャロンという下級貴族も含まれていた。二人は村人を守ろうと、わずかな随行団とともに一キロあまり先の宿営地から村に向かったのだ。アキエロスの掠奪者連中は村に火を放ち、家畜を殺した。男も女も殺した。子供も殺した。

まずひと通りの話が終わると、誰あろうローレントが「アキエロスの村も同じく襲われたそうだな?」と指摘した。デイメンは驚きの目を彼に向ける。

「襲撃はあった。だが規模がずっと小さい。我々のしたことでもない」

「ならば誰の仕業だ?」

「掠奪団、山岳民、誰でもよいでしょう。アキエロス人は、理由を見つけては血を求める」

「つまり元の襲撃を誰が仕掛けたのかは探しもしていないと?」とローレントが問いかける。

トゥアルス大守が応じた。

「見つけたらその手を握って、狩りの礼を言ってやりたいものですな」

ローレントは椅子の背もたれに頭を預け、城主の息子のテヴェニンを眺めた。少年にたずねる。

「父上は、お前にもいつもこんなに甘いのかな?」

「ううん」

つい、テヴェニンはそう口をすべらせていた。父の黒い目に見据えられて、さっと顔を赤らめる。

「王子はいささか作法に欠けておられる」グイオン元老が言いながら、デイメンに目を据えた。

「その上、アキエロスの狼藉について非難される様子もない」

「私は、巣を蹴とばされた虫けらがいきり立つのをとがめはしない」ローレントが応じた。

「むしろ興味があるのは、その虫に私が刺されるところを誰が見たがっているかだ」

またもや沈黙。トゥアルス大守の目が冷たくデイメンを刺し、また戻った。

「アキエロス人のいるところでこれ以上の話はせぬ。これを追い払っていただこう」

「トゥアルス卿への礼儀だ、去るがいい」

振り向きもせず、ローレントがそう命じた。

先刻、ローレントは己の権力を見せつけた。ここでデイメンへの支配力を見せれば、さらに己の力を誇示できる。

この会合は、戦争の火種を焚きつける会合になる——あるいはそれをくいとめる会合に。デイメンは己にそう言い聞かせる。アキエロスの未来を決めるかもしれない会合なのだ。彼は一礼し、ローレントの命令に従った。


外に出たデイメンは、砦の端までずっと歩いていきながら、ヴェーレの政治的駆け引きと策謀の網の粘つく不快感を払い捨てた。

トゥアルス大守は戦いを求めている。グイオン元老もあからさまに好戦的だ。今や母国の未来がローレントと、彼の弁舌にかかっているのだという事実には、あえて目を向けたくなかった。

国境地帯の城主たちが執政の側になびいているのは、当然でもあった。執政の治世で権勢をふるった男たちだ。おそらくはこの六年間、様々な恩恵にもあずかってきたのだろう。そしてこの国境に領土を持つ彼らは、若く青臭い王子のたよりにならぬ采配で失うものも多い。

歩きながら、デイメンは視線を遊ばせ、砦の城壁を眺めた。ラヴェネルの指揮官は実に巧みに兵を配置している。番兵の見事な位置取りと、よく練られた守りがうかがえた。

「貴様。ここで何をしている？」

「俺は王子直属の者だ。王子の命令によって宿舎へ戻る途中だ」

「こちらは逆側だぞ」

デイメンは眉を上げて驚きの顔をしてみせ、指さした。

「あっちが西か？」

兵が「あっちが西だ」と答え、近くにいる別の兵に「この男を、王子の兵が駐屯する宿舎へ届けてこい」と手招きした。

すぐさま、デイメンの上腕がきつくつかまれた。そこから宿舎まで油断なく行進させられて、宿舎で丁度見張りに立っていたヒューエットの前へ「もううろつかせるな」と放り出された。

ヒューエットがニヤリとした。

「道に迷ったのか？」

「ああ」

笑みは消えない。

「精根果てて、ぼんやりしてたか？」

「どっちに行けばいいか教わってなかったんだ」

「成程？」

まだニヤついている。

そう、当然のように、こういうことになった。今朝のアイメリックを起点に、人の口から口へ噂が伝わるうちに尾ひれがつき、すっかり話が出来上がってしまっていた。今日一日、デイメンは皆からニヤニヤと笑いかけられたり、背中を叩かれたりしてきた。ローレントのほうはといえば新たな賞嘆のまなざしを集めていた――兵たちの間でまたひとつ名を上げたのだ。これまでの夜の噂がどうであれ、今やはっきりしたのだから。王子は、蛮族の奴隷をきっちり乗りこなしていると。

デイメンは、無視していた。小さなことにわずらわされている時ではない。

ジョードは、デイメンがこうも早く戻ってきたことに驚いた顔をしたが、パスカルが人手をほしがっていたと告げた。デイメンが適任だろうと。どうせ王子は、国境の連中の固い頭に理屈を叩きこむのに一晩かかるだろうから。

　奥行きのある部屋へ歩み入る前に、何の手伝いで呼ばれたのか予期しておくべきだった。

「ジョードがお前をよこすとは」とパスカルが言った。「皮肉のわかる男だな」

「戻ってもいいが」

「いい。腕力のある者を、とたのんでいたのだ。まず湯を沸かせ」

　デイメンが沸かした湯を運んでいくと、パスカルは人々の切られた体を縫い合わせる作業に没頭していた。

　デイメンは口をとじたまま、ひたすらパスカルに命じられた作業をこなした。一人の男は肩の、首にひどく近いところに傷を負い、服を大きく切り開かれていた。斜めに斬り下ろされたその傷は、デイメンにはなじみのものだった。アキエロスの兵たちが、ヴェーレ兵の鎧の弱点を狙って訓練する斬撃だ。

　パスカルが手を動かしながら話していた。

「アドリクに随行していた何人かの平民が、ここまで運びこまれてきたのだ。担架の上で長々と揺られた末にな。砦の医師のところへ運ばれたが、見てわかる通り、ろくに何もしなかった。兵士でもない平民にはその程度の手間でいいというわけだ。その短剣をくれ。お前の胃はどうだ、腕っぷしに負けぬくらい強いか？　この男を押さえていろ、このように」

　デイメンは前にも医師の仕事を見たことはある。軍の指揮官として負傷者を見回った時に。

ごく基礎的な手当ても教わった——自分が怪我を負って孤立した場合にそなえて。子供の時はそんな想像に胸が高鳴ったものだったが、実際にはまずありえない状況だった。

それでも、誰かの命を長らえさせようと医師の横で働くのは今宵が初めてであった。終わりのない、集中と力を要する仕事だった。
一、二度、デイメンは部屋の奥まった暗がりにある、布がかぶせられた低い担架へ目をやった。数時間後、入り口の縄簾が分かれてまとめて結ばれ、人々が連れ立って入ってきた。
三人の男と一人の女、全員が下民の生まれだ。縄簾を結んだ男が、彼らを担架のところへつれていった。女はその横へドサリと崩れると、低い嗚咽をこぼした。

下働きの女だ。その帽子と力強い前腕からして洗濯女か。若い女。そこに横たわっているのは彼女の夫、それとも親族、従兄弟や兄弟か。

パスカルがデイメンへ囁いた。

「隊長のところへ戻っていろ」

「後はまかせた」とデイメンはうなずいた。

女が、濡れた目で振り返った。デイメンの発音が聞こえたようだった。デイメンの肌と髪の色はアキエロスの、そして南方の出自を示している筈だ。ここ国境地帯では、それだけではアキエロス人とは決めつけられないだろうが、話し方を聞かれては別だった。

「連中の仲間が、ここで何しているの！」

彼女が声を上げた。

パスカルが「行け」とデイメンをうながしたが、すでに遅かった。

「こいつらのせいだ！　こいつらが――！」

一歩踏み出そうとしたパスカルの横を女がさっと抜けた。

気分のいい終わり方はしなかった。女はまさに働き盛りで、日々水を運んだり布地を打っている筋力があった。彼女を引きはがそうと苦心しつつデイメンはその手首をつかんだが、パスカルの長卓のひとつが倒された。連れ二人が、やっと彼女を引き離す。片手を上げ、デイメンは爪に引っかかれた頰にふれた。べたりと血がついた。

男たちが彼女をつれ出していく。パスカルは無言のまま道具を元通りに並べ直しはじめた。少しして男たちが戻ると、遺骸を木枠にのせて運び出していった。一人はその足をデイメンの前で止め、じろじろと彼をにらんだ。それからデイメンのすぐ前の地面に唾を吐く。二人は去った。

デイメンの口の中に不快な味が広がった。マーラスの陣の天幕で、父の足元に唾を吐いた使者の姿が、まざまざとよみがえる。同じ表情だった。

パスカルを見やる。ヴェーレ人のこうした一面は、わかっていたことだ。

「我々を憎んでいるな」

「何を期待していた？」パスカルが答えた。「ここでは常に襲撃が起きている。それにアキエロスが人々を故郷から追い立て、追い出したのはたかだか六年前のことだ。彼らは友や家族が殺され、子供が奴隷として奪われるのを見たのだぞ」

「俺たちも殺された。デルファは、エウアンドロス王の代にアキエロスから奪われた。その地がアキエロスの手に戻るのは、当然の理だ」

「そしてそうなった」パスカルが言った。「今はな」


ローレントの冴えた青い目は、会合がどうなったのか何ひとつうかがわせない。どれほど長くに及んだのかすら――実に四時間の話し合いだった。彼はまだ上着と騎乗靴を脱ぎもしていない。デイメンに、待っていたとばかりの視線を向けた。

「報告せよ」

「城壁を一周回ってくることはできなかった、西側で止められた。だが見た限り、千五百から千七百の兵が砦に駐屯しているようだ。ラヴェネルの、通常の防衛部隊だろう。備蓄倉庫には充分な物資があるが、満杯とまではいかない。戦争に備えて備蓄をしている気配はない。今朝から騎馬の斥候を出したり見張りを倍に増やしたのは別として。それも、あの襲撃に慌ててのことだと思う」

「大広間でも似たようなものだ。トゥアルス大守は戦いに臨もうとしている男の態度ではない。

戦いを欲してはいても」

「つまり、国境の城主たちは、叔父上とともに戦争を引き起こそうと企んでいるわけではないのか」

「トゥアルス大守のほうはな」ローレントが答えた。「ブルトーの村へ向かうぞ。二、三日の猶予をもぎ取った。不承不承な。だが叔父からどんな形で連絡が届くにもそれだけはかかるだろうし、トゥアルス大守は勝手に一人でアキエロス相手の戦争を始めたりはせぬ」
二、三日。
迫りつつあるのだ、すぐそこまで。もう地平の向こうに見えてきている。デイメンは息を深く吸った。国境をはさんで二国の兵が向き合うのならば、それまでにアキエロスの側に戻り、戦列に加わらねばならない。ローレントへ視線をやり、戦場でこの男と対峙する瞬間を思い描こうとした。

ここまでデイメンは、この——何かを成そうという勢いに流されてきた。ローレントの不屈の意志、不利な状況を逆手にとる才覚に魅せられてもきた。だがもはや、これは町の中での追跡劇やカード遊びとは違うのだ。今やヴェーレの、もっとも力ある領主たちが、戦争のために己の旗を打ち広げようとしているのだった。

「ならば、ブルトーへ向かおう」とデイメンは言った。

そして立ち上がり、もはやローレントのほうへ目は向けず、寝床の準備の仕上げにとりかかった。

ブルトーの村へ到着したのは、彼らが最初ではなかった。

トゥアルス大守がすでに分遣隊を送りこんで、村の残りを守り、疫病や屍肉に寄ってくる獣を退けるために死骸を焼き、あるいは埋めさせていた。

少人数の隊だが、よく働いていた。生き残りはいないかとあらゆる納屋や小屋、離れの建物を調べ、見つかった数人は医師の幕屋へ担ぎこまれた。木や藁の燃えた臭いが立ちこめていたが、地面に燃えくすぶるところはなく、片付けられていた。火は消された。墓穴もその半ばが掘り終えられている。

デイメンの目が打ち捨てられた小屋を、命なき残骸から鋭く突き出た柱を、人々が野外で集まっていた痕を、倒されたワインの杯たちをかすめた。村人は戦おうとしていたのだ。そこかしこに倒れ伏したヴェーレ人たちは鍬や石を、あるいは大きな刈りばさみを、村の暮らしですぐつかめそうな粗雑な武器を、それぞれ握りしめていた。

ローレントの部下たちは丁重に、骨惜しみせず働き、てきぱきと片付け、死体が子供の時にはより優しい手つきになった。

兵たちは、デイメンの出自など忘れているようだ。デイメンにもほかと変わらぬ仕事を与え、肩を並べて働いた。デイメンは自分が場違いではないかと、ここにいていいのかと身が縮む思いだった。ラザールが女の遺骸にマントをかけてやり、別れの仕種をするのが見えた。南部のならわしだ。この村がいかに無防備だったのかと、その思いがデイメンの骨身まで染みとおる。

　アキエロスの村が襲われたことへの当然の報復だと、己に言い聞かせた。どうしてどのようにこんな事態に至ったのかも、見当がついた。アキエロスの村への襲撃は、報復を呼ばずにはおさまらない。だが襲うにも、ヴェーレの国境守備隊は手強すぎる。かつてテオメデス王さえ——首長（キロイ）たちの絶大な支持を得ていてさえ——ラヴェネルの砦に挑みはしなかったのだ。その点、少規模な一隊ならばその守備隊の目をかいくぐってヴェーレへ侵入することができる。領土内へ入りこみ、守りなどなきに等しい村を見つけ、蹂躙もできる。

　ローレントが、デイメンの横手に立っていた。

「生き残りがいた」と告げる。「お前に尋問してもらいたい」

　あの女を——デイメンの腕の中で暴れた彼女を思い出していた。

「俺などが行っては——」

「アキエロス人の生き残りだ」

　ローレントが簡潔に言った。

　デイメンは息を大きく吸う。嫌な状況だった。

　慎重に口を開く。

「もし、アキエロスの村が襲われてヴェーレ人がとらえられれば、さっさと処刑されている」

「それは後だ」ローレントが応じた。「彼らを挑発したアキエロスの村への襲撃について、知っていることを聞き出せ」

はじめの予想に反して、アキエロスの捕虜は縛られてはいなかったが、暗い小屋の敷き藁に近づくと、この男を縛る必要などないのがよくわかった。吸って、吐く、その呼吸音が耳ざわりだ。腹の傷の手当てはされていた。だが癒えるような傷ではなかった。

デイメンは敷き藁のそばに座った。

知っている顔ではなかった。豊かな巻き毛の黒髪、睫毛の濃い黒い目。髪は汗まみれでもつれ、額も汗が覆っていた。その目は開いて、デイメンを見ていた。

母国の言葉を用いて、デイメンはたずねた。

「話せるか？」

男は苦しげに震える息をついて、言った。

「お前、アキエロス人か」

血にまみれた顔は、はじめにデイメンが思ったよりも若い。十九か、二十歳か。

「アキエロス人だ」とデイメンは答えた。

「我々は――村を、奪回したのか……？」

この男には真実を言うべきだろう。同胞であり、死に瀕した男だ。

「俺は、ヴェーレの王子に仕えている」

「この一族の恥さらしが……！」

男は、憎しみがこもった声で吐き捨てた。残されたすべての力で。

捨て身の無茶は痛みを呼び、それが落ちつくまで、デイメンは待った。小屋に入ってきた時のような苦しげな息に戻るまで。戻ったと見ると、たずねた。

「アキエロスの村への掠奪がきっかけで、ここを攻撃したのか？」

また一回分の呼吸。吸って、吐く。

「……ヴェーレ人のご主人に言われて、それを聞きに……？」

「ああ」

「なら奴に言え――あの情けない襲撃より、俺たちのほうが、ずっと大勢殺してやったぞ、とな」

誇らしげだった。

怒りなど今は無意味だ。だが波となって押し寄せてきた怒りに、しばらくの間デイメンは何も言えず、ただ死にゆく男を見下ろしていた。虚しく。

「襲われたのはどこだ？」

苦々しい笑いのような息を吐き、男は目をとじた。もう言葉はないかと思ったが、やがて――。

「……タラシスだ」

「山岳民による掠奪か？」

タラシスの村は丘陵地帯にある。

「奴らが、部族に金を払ってやらせたんだ」

「山からやって来たのだな」

「お前のご主人様は、なんでそんなことを、知りたがる……？」

「タラシスを襲った者を止めようとしているのだ」

「そう、言ってるのか？　嘘だ。ヴェーレ人だぞ……お前は、そいつに利用されてるだけだ……こんなふうに……同胞相手にけしかけて……」

その声はさらに苦しげになっていた。デイメンは目の落ちくぼんだ顔全体を眺めた。汗まみれの黒髪。今までとは声の調子を変えてたずねた。

「名は何という」

「……ナオス」

「ナオス。お前はマケドンの兵だな？」革帯に入った刻みがそれを物語っている。「マケドンは、不服とあらばテオメデス王の命令にすら抗った。だが常に己の民には誠を尽くした。カストールの定めた和平をこんな形で破って、マケドンは民に恥じていることだろう」

「カストール……」ナオスが呟いた。「偽りの王だ。デイミアノスこそ――我らの王であるべきだった。王子殺しの、デイミアノス。ヴェーレ人のこともよくわかっていた……嘘つきで、口先ばかりだと……デイミアノスならば、奴らの寝床にもぐりこんだりはせぬ……カストールのようには……」

「──そうだな」

デイメンは、長い沈黙の後にそう言った。

「ナオス、今やヴェーレは兵を挙げようとしている。お前たちが求めた戦争を、もう止めるすべはほとんどない」

「来るならこい……ヴェーレの腰抜けどもは砦に隠れて……まともに戦えぬ弱虫だ……出てくるがいい──斬り倒してやる……奴らにふさわしく……」

デイメンは何も言わず、ただこのヴェーレの無防備な村を思った。小屋の外で、今やその村は抜け殻のように静まり返っている。

そのまま、ナオスの喘鳴が絶えるまでそばについていた。それから立ち上がって小屋を出ると、村を抜け、ヴェーレの兵の宿陣へと戻っていった。

第十二章

デイメンはナオスの話を簡潔に、余計な部分ははぶいて伝えた。聞き終えると、ローレントは抑揚の失せた声で言った。

「死んだアキエロス人の言葉では、残念ながら何の役にも立たぬな」

「俺に問わせる前に、あの男の答えが山にあるというのはわかっていたのだろう。この襲撃は、我々の部隊の到着に時を合わせて仕組まれている。ラヴェネルの砦からあなたを誘い出そうとしてな」

ローレントは長く、陰鬱なまなざしでデイメンを眺めてから、やがて言った。

「そうだ。罠は口を閉じる寸前、そしてほかに打つ手はない」

ローレントの天幕の外では、気の滅入る片付けが続いていた。馬に鞍を着けに向かう途中、デイメンは、重さに手こずりつつ天幕に張る布をせっせと引きずっていくアイメリックに行き合った。デイメンは、アイメリックの疲れた顔と埃まみれの服を見やる。富裕な生まれ育ちなのに、よくここまでついて来たものだ。ふと初めて、己の父と対立する側についたアイメリックの心境はいかばかりかと、思いを馳せた。

「陣を離れるのか?」アイメリックが、デイメンが持つ荷を見てたずねた。「どこへ行く」

「とても信じまい。たとえ、俺が答えたとしてもな」

デイメンはそう答えた。


今回ばかりは、人数は何の意味もない。頼みとなるのは隠密性、機動力、そして土地勘だ。山あいの掠奪者について調べにいく時に、馬蹄の轟きや磨かれた兜の輝きで自分の存在を知らせる者はいない。

この前、ローレントが部隊と別行動に踏み切ろうとした時、デイメンは反対した。「叔父上があなたを片付ける一番たやすい手は、部隊から切り離して単独行動をさせることだ」そう、彼はネッソンで主張した。

今回、デイメンは一言の異議もさしはさまなかった。たとえローレントの狙いが、国境のもっとも堅い守りの間を馬ですり抜けることであっても。

二人が行こうとしている道のりは、一日がかりの南への騎乗、それから山中へというものだった。野営の痕跡を探す。それがかなわない時は、地元の部族と接触をこころみる。猶予は二日間。

一時間馬を走らせて自分の部下たちと遠く隔てられた頃、ローレントが手綱を引くと、デイメンの周囲を馬で小さく回った。まるで何かを待ち受けるように、デイメンを見ながら。

「俺から、手近なアキエロス兵に売りとばされるかもしれないと疑っているのか？」

「これでも馬には自信があってな」

ローレントが答えた。

デイメンは、自分の馬とローレントの馬との距離を目で測る——およそ三馬身。大した有利とは言いがたい。二頭は、今や互いの周りを回っていた。

ローレントが馬に踵を入れた時、デイメンはすでにそれを待っていた。大地が一気に二人の後ろへとび去り、息もつかせぬ激しい疾駆に時がすぎてゆく。

こんな走りは続けられない。予備の馬もいないし、二人を待ち受ける下り坂はまばらな木立で、木々の間を縫うには全速力よりゆるめた駈歩でも難しかった。速度を落とし、二人は葉が積もった道へ入った。午後も半ば、太陽は天空でぎらつき、高い梢を抜けた木漏れ日が地をまだらに染めて葉をきらめかせていた。デイメンはいつも野山での遠乗りは大勢でしてきた。このような、一つの目的を抱いた二人組では初めてだ。

さっぱりした気分だった。前をのどかに進むローレントの馬がちらちらと見え隠れしている。この遠乗りの目的が果たせるかどうかは自分にかかっていて、人任せでないというのはいい気分だった。国境の城主たちがすでに心を決め、デイメンたちがどんな証拠をつきつけようとも意に沿わぬものは否定し無視されるだけかもしれないというのはわかっている。それでも、ブルトー村への襲撃から手がかりを追って、ここまで来た。真実を探して。そこには充実感があった。

数時間後、流れに面した空き地に出たデイメンを、ローレントが馬を休ませながら待っていた。流れは澄んで、速い。ローレントは指の間から手綱をゆったり垂らして馬の背に楽に座り、水を求めて首をのばした馬の鼻息が水面を揺らしていた。

陽光を受けて肩をくつろがせ、ローレントは近づくデイメンへ、まるで親しいなじみの相手を迎えるような目を向けた。彼の背後で水面が鮮やかに照らされている。デイメンは手綱をゆるめ、馬を前へ歩かせた。

静寂を、アキエロスの角笛の音が引き裂いた。

不意打ちの、けたたましい音。近くの枝の鳥たちが驚いて鳴き交わし、飛び立っていく。ローレントが馬首をさっと音の方向へめぐらせた。角笛の音は丘向こうから聞こえていて、鳥の慌てぶりもそれを裏付けていた。デイメンに視線をとばし、ローレントは己の馬を流れへ進めると丘の上へ向かった。

二人が斜面を上っていくにつれ、早瀬の音をかき消して別の音が高まる――大勢が足並みを半ば揃えて行進していくような。デイメンの知る音だった。革靴が大地を踏む音だけでなく、馬蹄、鎧のきしみ、車輪の音、それらすべてが入り混じって不規則な音を響かせているのだ。

丘の頂点でローレントは手綱を引いた。むき出しの岩の後ろに二人がぎりぎり姿を隠せるかというところだった。

デイメンは見下ろした。

隣の谷に、赤いマントの一糸乱れぬ隊列が長く広がっているのが見えた。デイメンにはこの距離から、角笛を吹いている男が、その唇に当てられた象牙色の曲線が、先端にきらりと光る青銅色までもが見える。たなびく軍旗はマケドンの旗――。

デイメンは、マケドンを知っていた。この陣形を、具足の重さを、その槍柄を手に握りこむ感触を知っていた――すべてがなつかしい。帰ってきたのだという実感がつき上げ、望郷への焦がれる思いに圧倒される。皆のところへ戻り、加わるのは、あまりに自然なことのように思えた。ヴェーレの権謀術数ばかりの濁った迷路に背を向け、よく知る世界へと帰るのだ。敵味方がはっきり見えて、戦える、風通しのいい世界へ。

振り向いた。

ローレントが、彼をじっと見つめていた。

あの夜、ローレントは隣のバルコニーとの距離を目で測り、「おそらく」と言ったのだった。一度そうと見なしてしまえば、それだけで虚空へと踏み切った。今、彼は同じ表情でデイメンを見ていた。

ローレントが言った。

「直近のアキエロスの部隊は、俺の予想より近くまで来ていたな」

「あとは、俺の馬にあなたを積んでしまえばいいだけだな」

デイメンはそう応じた。何もそこまでしなくともいい、ただここで待てばいい。いずれ斥候が丘という丘を駆けてくる。

また角笛の音が空気を裂いた。その音に、デイメンの体のすみずみまでもが震えたようだった。帰還は、これほどまでに近い。ローレントをとらえて丘を下り、アキエロスの虜囚とするのは簡単だ。血管の中で衝動がドクドクと脈打つ。何ひとつデイメンを止めるものはない。

一瞬、きつく目をとじた。

「身を隠せ」とデイメンは言った。「ここは斥候の探察範囲内だ。部隊が通りすぎるまで、俺は見回りに出る」

「よかろう」

わずかな間をはさんで、デイメンをまっすぐ見据え、ローレントはうなずいた。


合流地点を決めると、ローレントはこれから立派な体高を持つ鹿毛の馬を茂みに隠さねばならない男の抑えた切迫感をたたえて去った。

デイメンの役割はさらに難しい。ローレントが視界から消えて十分もしないうちに、まぎれもない馬蹄の響きが迫り、下馬した彼がもつれた下生えの中にそっと馬を押しつけた直後、二騎の馬が駆け抜けていった。

慎重にいかなければ。それもローレントのためばかりではなく、己のために。今はヴェーレの衣服を着ているのだ。常ならば、ヴェーレの兵がアキエロスの斥候と行き当たったところで危険はない。せいぜい刺々しい態度をとられるくらいだ。だがここにいるのは軍将マケドンであり、率いる兵の中にはブルトーの村を壊滅させた者たちがいる。そのような兵たちにとって、ローレントはこれ以上ない獲物となる筈だ。

それでも、確認したいことがあるデイメンは、暗く静かな岩の隙間をやっと見つけて馬を隠すと、徒歩でそこを離れた。それからおよそ一時間がかりで部隊の行軍の陣形、主力、兵数、目的と方角をつかんでいく。

千人以上はいるだろう。武装し、物資もたっぷりそなえて、西へ行軍していた。おそらくは国境を守る守戍隊(しゅじゅ)に合流し、補給品を届けるためだ。ラヴェネルの砦にはなかった、これは戦争への準備だった。備蓄を溜め、兵を増強する。戦争はこんなふうに、守りの陣容と戦術の変化から始まる。国境地帯の村が襲われたという知らせはまだカストールには届いていまいが、北方の領主たちは何をすべきかすでに心得ているのだ。

マケドン――ブルトーの村を攻めてヴェーレとの膠着状態に亀裂を入れたこの将は、おそらく己の首長(キロイ)ニカンドロスのもとへと兵を運んでいくところなのだろう。宗主ニカンドロスはこの西に、今この時はそれこそマーラスに腰を据えているか。そしていずれ、ほかの北方の諸侯もマケドンに倣う。

戻って馬にまたがると、デイメンは岩だらけの広い瀬に沿って、浅い岩窟まで慎重に進んだ。近づいても、窟は一見無人に見えた。うまい隠れ場所だ。どの角度からも入り口はほとんど見えず、きわめて見つけづらい。先導の斥候の仕事は、進軍の妨げになるようなものがないかたしかめることだ。どこかの王子がひそんでいないかと岩の隙間や裂け目をいちいちのぞくような非現実的なことはしない。

蹄が石を踏む、鈍い音がした。岩窟の影の中から馬にまたがったローレントが、用心をごくさりげなく隠して、何でもないように出てきた。

「とうにブルトーへ逃げ帰っているかと思ったが」

デイメンは声をかけた。

ローレントの一見無造作なたたずまいは変わらず、ただ薄皮一枚下には警戒がひそむ。身構えているのだ、まさに、この一瞬にもとび出せるよう。

「あの連中の手に落ちたところで、まず命は取られないだろうからな。俺は交渉の駒としてあまりにも貴重だ、たとえ叔父から切り捨てられようとも――まず確実に。それでも一報が届いた時の叔父の顔は見物だろうな、色々な意味で叔父にはありがたくない事態だろう。どう思う、デルファのニカンドロスと俺は気が合うかな？」

アキエロス北方の政治の舞台にローレントを解き放つのは、あまりいい気のしない想像だった。デイメンは眉をしかめた。

「別に、王子だと言わずとも売り渡せるぞ」

ローレントは平然と言い返した。

「そうなのか？　てっきり二十歳というのはそれには少し育ちすぎかと思っていたぞ。売れるのは金髪だからか？」

「いや、その素敵な性格のおかげだ」

デイメンはそう返してやった。

だが、その考えは尾を引いた。もしローレントをアキエロスへ伴えば、この男はニカンドロスの虜囚とはならないだろう──きっと俺のものとなる。

「俺をかつぎ上げる前に」とローレントが言った。「マケドンについて聞かせろ。あれはマケドンの旗だな。ニカンドロスの意を受けて動いていると思うか？　それとも命令に反して俺の国に攻め入ったか？」

「反してのことだと思う」デイメンは本心を答えた。「怒りに駆られて、独断でブルトーの村を襲撃したのだろう。ニカンドロスならばあのような報復には訴えず、王の決断を待つ。首長（キロイ）として、それがあの男のありようだ。だがひとたび事が起きた今、ニカンドロスはマケドンを支持すると見ていい。ニカンドロスは、トゥアルスのようなものだ。いざ戦争となれば奮（ふる）い立っ」

「楽しいのは勝っている間だけだがな。アキエロス北方の属州はカストールへの忠誠が薄い。カストールにすれば、デルファを切り捨てるのが最善の手だ」

「カストールはそのような——」

デイメンは言葉を切った。その、ローレントが描き出した戦術はカストールが即座に思いつくようなものではあるまい、苦労して手に入れたものをあえて犠牲にするというのは。だがカストールには無理でも、ジョカステならば思いつく。

そう、デイメンはずっと以前からわかっていたのだ、己の帰還によって国の政情がさらに不安定になるだろうと。

「求めるものを手に入れるためには、どこまで犠牲を払う覚悟があるか、己を知らねばならぬ」

ローレントが揺るがぬ目でデイメンを眺めながら、そう言った。

「お前の素敵なレディ・ジョカステがそれを知らぬと思うか？」

デイメンは心を鎮める息を吸い、吐き出した。口を開く。

「もうぐずぐずしている必要はない。斥候は先へ向かった。進んでも安全だ」

安全な筈だった。デイメンはそれだけ、念には念を入れてたしかめたのだ。

斥候の動きを観察し、彼らが引き上げて隊の後ろにつくのも見た。だがよもや、一人の斥候が不注意か事故で馬を失い、本隊と合流しに徒歩で戻ってくるとは予想の外だった。

ローレントは、流れの向こう岸へ着いていた。デイメンはまだ流れの途中にいた。

赤い影が動いた時、デイメンが得た前兆だった。だがローレントの馬のそばの茂みにちらりと
その影だけが、デイメンが得た前兆だった。ローレントにはまったくの不意打ちだっただろう。

弩をかまえた男が、防具すら付けていないローレントの体めがけて、矢を放った。

ぞっとするような一瞬、すべてが渾然となり、いくつものことが同時に起きた。ローレントの馬が、いきなりの動きや風を切る音、人や服の音に敏感に反応し、荒々しくとびのいた。弩の矢が肉を引き裂く音はしなかった――どのみち馬の悲鳴にかき消されただろうが。水に磨かれた川石の上で蹄が滑り、足元を失った馬はどっと倒れた。

濡れた石の河原を、潰れるような嫌な音を立てて馬体が重く打った。ローレントは幸運にも――あるいは巧みな身ごなしで――馬の下敷きを逃れていた。ひとつ間違えれば脚や背中がひとたまりもなく砕かれていたところだ。しかしまた立ち上がる時間はなかった。

ローレントの体が地面に落ちるよりも早く、男が剣を抜いていた。

デイメンはあまりに遠すぎた。ローレントと男の間に割りこむには遠すぎた。それを知りつ

つ剣を抜き、知りつつ馬首をめぐらせて、またがる馬体の力強さを感じる。手段はひとつしかなかった。馬が巻き上げた水しぶきの中、デイメンは剣を上げ、握りを持ちかえて、投げた。決して投げるための武器ではない。ヴェーレの鋼剣は三キロ近い重さがあり、両手持ち用に鍛えられたものだ。しかもデイメンがいるのは動く馬上で、距離もあり、相手の男もまた動いていた。ローレントめがけて。

空を裂いた剣は男の胸に一線に吸いこまれ、そのままの勢いで地面に突き立って、男をそこに貫きとめた。

デイメンは馬からさっと下り、ローレントの横の濡れた川石に膝をついた。

「落ちたな」その声は自分の耳にも荒かった。「怪我は?」

「ない」ローレントが答えた。「なにも。お前のほうが、あの男より……」

上体を起こしてだらりと座り、「……早かった」と彼は続けた。

デイメンは眉をひそめ、片手をローレントの首の付け根や肩、胸元に走らせた。だが出血はなく、矢や矢羽根も見当たらない。落下でどこか傷めたのだろうか、ローレントの声は自失して聞こえた。

デイメンの意識はすべてローレントの体に向けられていた。傷を心配するあまり、ローレントに見つめられていることも半ばしか頭にない。彼の手の下でローレントの体はまるで動かず、瀬の水がみるみる服に染みていく。

「立てるか？　移動しないと。ここにいるのは危険だ。お前を殺したがっている人間が多すぎる」

　一拍置いて、ローレントが言った。

「国境より南では全員、北はたった半分だな」

　彼は、まだデイメンを見つめていた。デイメンがさしのべた腕をぐっとつかむと、それを支えに、滴を垂らしながら立ち上がる。

　早瀬と岩が立てる小さな音以外、周囲は何の音もしなかった。ローレントの馬は少し前に後脚を踏んばって立ち上がっており、傾いた鞍を背に、左脚を不吉にかばいながら数歩ふらふらと歩いた。

「すまない」とローレントが言った。続ける。「彼を、このまま残してはいけない」

　馬の話をしているわけではなかった。

　デイメンは「俺がやる」と答えた。

　終えると、デイメンは茂みから出てきて、場所を見つけ、剣を清めた。

　ローレントのところへ戻り、ただ「出発しないと」とだけ告げた。「この男が戻らないことにいずれ気付かれる」

それはつまり、馬への二人乗りを意味した。

ローレントの去勢馬は片足を引きずっていた。片膝をついたローレントは慣れた手を脛に走らせ、馬が鋭くいななくと「腱をひねった」と診断した。荷物を積んで後ろをついてくるだけならできるだろうと。人を乗せるのは無理だ。

デイメンは己の馬をそばまで引いてきて、はたと止まった。

「俺の体形のほうが、後ろ馬に向いている」ローレントがあっさり言った。「乗れ。俺が後ろだ」

そこでデイメンは鞍にまたがった。ローレントの手が太腿にかかるのを感じる。ローレントの爪先が鐙に押しこまれるのを。デイメンの背後に体を引き上げると、ローレントは鞍に落ちつくまで細かく身じろぎした。いとも自然に、腰をデイメンの腰にぴたりと押し当ててくる。体勢が定まると、デイメンのみぞおちあたりに腕がしっかりと回された。二人乗りの騎乗はこういうものだとデイメンも知っている。二人の体が密着するほど、馬の負担が減る。

背後でローレントの、いつもより奇妙に抑えた声が言った。

「ついに、俺を馬に積んだわけだな」

「人に手綱をまかせるとは珍しいな?」とついデイメンは言い返す。

「どうせお前が邪魔で前が見えないしな」

「ほかの形をためしてもいいぞ」

「名案だな。俺が鞍に座るから、お前は馬を担ぐがいい」

デイメンは一瞬目をとじてから、拍車を入れ、馬を走らせはじめた。背後のローレントを感じる。ずぶ濡れで、当人も気分よくはあるまい。鎧ではぶつかりあって二人乗りにも苦労しただろうから、二人とも騎乗服で幸いだった。馬の足並みの上下動が二人の体を同じリズムで揺らした。

瀬をたどって足跡を隠した。斥候が一人戻らないと気付かれるまで、一時間というところか。さらにその男の馬が見つかるまで少しある。男本人は見つかるまい。たどれる足取りもなければどこを探すべきかの手がかりもない。部隊は選択するだろう――捜索するべきか、先を急ぐべきか？　どこを、何のために探す？　結論を出すまでまた少し時が経つ。

一頭に相乗りして荷馬を従えていてさえ、逃げおおせられるかもしれない。とはいえ、道からは大きく外れるしかなかった。何時間か川辺をたどった末に、分厚い下生えが痕跡を隠してくれるところでデイメンは川を離れた。

夕暮れ時になると、アキエロスの軍から追手がかけられてはいないと見て、足取りをゆるめた。デイメンは言った。

「ここで止まれば、さほど人目につかずに火をおこせる」

「では、ここだ」

ローレントは馬の世話を、デイメンは火の世話をした。ローレントが必要以上に、あるいはいつも以上に長く馬のそばから戻らないことに、デイメンは気付いた。無視する。火をおこしにかかった。地面から邪魔なものを払い、枯れ木を集めて丁度いい大きさに折る。それから火のそばに座って、無言でいた。

あの男が何を思ってローレントを襲ったのか、それはもうわかるまい。自分の部隊の安全のためか。それともタラシスやブルトーの村々での経験が、彼を攻撃的にしていたか。もしくは単に馬を奪うためか。

地方の、凡庸な兵士。よもや己の国の王子で軍の総指揮官である男とここで出会い、戦うとは、思いもしていなかっただろう。

長い時間の末、荷を持って戻ってきたローレントが濡れた服を脱ぎはじめた。垂れた枝に上着を吊るし、ブーツを足先で脱ぎ、最後にはシャツとズボンの留め紐を一部ゆるめて、全身を楽にした。それから荷物から出した寝袋に座った。

全身を乾かせるほど火に近く——だらりと結い紐を垂らし、いささかだらしなく、うっすらと湯気までまとって。手を、体の前で軽く組んでいた。

ローレントが呟いた。

「お前にとって、殺すのは簡単なことかと思っていた。深く考えずにできることかと」

「俺は兵士だ。もう長い間。闘技の場で殺したこともある。戦争でも殺した。簡単というのはそういうことか？」

「そういう意味でないのはわかっているだろう」

　ローレントはそう、同じ静かな声で答えた。

　もう、炎はよくおこっていた。黄赤の炎が中心に置かれた幅広の薪の根元を食い荒らしていく。

「アキエロスへ、どういう気持ちを抱いているかは知っている」とデイメンは言った。「ブルトーの村であったことは……蛮行だ。すまないと、俺が言ったところでその耳には何の意味もないだろうがな。俺にはあなたが理解できないが、戦争がこれ以上の惨禍をもたらすことはわかっているし、それを止めようとしている者はほかにいない。あの兵にあなたを殺させるわけにはいかなかった」

　長い沈黙の後、ローレントが口を開いた。

「ヴェーレの文化の慣例では、見事な献身には褒美で報いるものだ。何か望むものはあるか？」

「俺の望みは知っているだろう」

「お前を解放はできぬ」とローレントが答える。「それ以外のものを求めろ」

「手枷の片方を外すというのは？」

　いつの間にか――自分でも意外だったことに――ローレントの好みを読めるようになってきたデイメンは、そう返した。

「どうやらお前を野放しにしすぎたようだな」

「どうせ、自分の心積もりぴったりのものしかやらぬのだろう、誰にだろうと」

ローレントの声が決して不機嫌なものではなかったので、デイメンはそう言いやる。

それから、顔をそむけ、地を見下ろした。

「望みなら、ひとつある」

「言ってみろ」

「俺を、同胞と敵対させないでくれ」とデイメンは告げた。「選ばせないでくれ。……もう二度と、あんなことはできない」

「もとからそんな真似をさせるつもりはない」

デイメンからほとんど信じていない目を向けられて、ローレントは続けた。

「温情からなどではないぞ。小さな義務感をより大きな忠誠心にぶつけて何の得がある？　どんな指揮官だろうと、そのような状況で服従が期待できるわけがない」

デイメンはそれに答えず、ただ火に顔を戻した。

「あのように剣を投げるところを、俺は初めて見た」とローレントが呟いた。「あんなもの、これまで見たこともない。お前が戦うところを見るたび、どうやってカストールがお前を鎖につないでヴェーレ行きの船に乗せられたのかと不思議になる」

「あの時は……」

デイメンは言葉を切った。かなわぬほどの数がいた、と言おうとしたところだった。だが真実はもっと単純なもので、今夜は、己に正直でありたかった。

「……まるで思いもしていなかったのだ、あんなことが起きるなど」

あの頃のデイメンは一度たりとも、カストールの立場に身を置いて考えようとはしなかった。周囲の男たちの心の内を推しはかることもなかった。皆の野心、望み。明らかな敵でない相手は、基本的に自分の同類だと見なしていた。

ローレントを見やり、その抑制されたたたずまいを、冴えた、読みとれぬ青い目を見やった。

「あなたなら、かわせただろうな。執政の刺客に襲われた夜を覚えているぞ。初めて彼から殺されかかったというのに、驚きもしていなかった」

沈黙があった。デイメンは、ローレントがじっと己の内側をはかっているのを感じる。周囲では夜が深まっていったが、炎の熱が二人をうっすらと包んでいた。

「いや、驚いた」ローレントがそう答えた。「初めての時はな」

「初めての時？」

またもや沈黙。

「……叔父は、俺の馬に毒を盛ったのだ。お前も見た馬だ、狩りの朝。馬は、すでに感じとっていた。狩りに出るよりも前から」

デイメンはあの狩りの日を覚えていた。神経質になり、全身に汗を吹いていた馬を。

「あれは……叔父上がしたことだったのか？」

沈黙が長くのびた。

「俺が、したことだ」ローレントが答えた。「奴隷たちをトルヴェルドがパトラスへつれ帰るよう俺が仕掛けたことで、叔父の背を押したのだ。そうなるとわかっていてやったことだ……俺の戴冠まで十月。俺に対して、最後の手段をとる時間はもう残り少ない。わかっていたのだ。あえて挑発した。何をしてくるか見たかったからだ。俺はただ――」

言葉をそこで切った。ローレントの口元が、何の明るさもない小さな笑みに歪んだ。

「ただ、本当に叔父が俺を殺そうとするとは思っていなかった。すべての……それまでのあらゆることがあって、それでも、なお。だから、わかるだろう、俺でも驚かされることはある」

「家族を信じるのは、心の甘さではないだろう」

「ところがな、それがそうなのだ」それが返事だった。「だが、思うことがある。一体どちらが甘いのだろうとな――気付けば俺が、よく知りもせぬ敵の蛮族を、それも手ひどい扱いをした男を、信頼しているというのと」

彼はデイメンの視線を受けとめ、そのまま時間だけが長くのびた。

「お前が、この国境での争いが片づき次第、去るつもりなのはわかっている」とローレントは言った。「わからんのは、その時、お前にまだあのナイフを使うつもりがあるかどうかだ」

「いいや」

「いずれ知れる」

デイメンは顔をそむけ、二人の野営の向こうに広がる暗闇を深々と見つめた。

「本当に、まだ戦争を止める手があると思うか?」

顔を戻したデイメンへ、ローレントがうなずいた。小さいが迷いのない、意志のこもった動き。はっきりと明快な、そして驚くべき答えだった。ある、と。

「どうして、あの狩りを中断しようとしなかった?」デイメンはたずねた。「どうして馬に乗って出て、叔父の謀(はかりごと)を隠した? 馬に毒を盛られたと、わかっていたなら……」

「俺は――どうせ、奴隷がやったことのように仕組まれているだろうと思ったのだ」

ローレントは少しばかりいぶかしげに、まるであまりに当然のことを聞かれて、問いを取り違えているかととまどうように答えた。

デイメンは足元を見下ろし、それから笑いのような息を吐き出したが、這いのぼってくる感情が何なのか己でも判然としなかった。ナオスのことを思う。あれほど確信に満ちていた彼を。己の中に揺らぐ感情をローレントのせいにしたかったが、この気持ちを名付けようもなく、結局は何も言わずに黙ったまま火に灰をかぶせて熾火(おきび)にし、眠る時間になると、自分の寝袋に横たわった。

目覚めると、目の前に弩がつきつけられていた。

ローレント――見張りについていた筈だが――は数歩先に立ち、その二の腕は山岳民の手にきつくつかまれていた。ローレントは青い目を細めていたが、いつもの遠慮ない物言いはなりをひそめている。これで、この男を黙らせるのに何本の矢で狙いを付ければいいのかわかった。六本だ。

デイメンの上に立つ男がヴァスク方言で何か命令を下す。太い指は弩の引き金にかかっていた。「立て」というような響きに聞こえた。山岳民にぐるりと囲まれ、弩の太矢に目を据えて、デイメンはその解釈が正しいかどうかに自分の命が懸かっているのだと気付く。

ローレントがヴェーレ語ではっきり「立て」と言った。

そして、そばの山岳民から荒々しく背に腕をねじり上げられ、よろめいた。金の髪をわしづかみにされて頭をこづき下ろされた。革紐で後ろ手に手首を縛られる間も、幅広の革を目隠しとして目にかぶせられる間も、ローレントは抗わなかった。ただ頭を垂れて立っている。金の髪が、拳でつかまれた分を除いて、顔にかかっていた。口枷にも抗わなかったが、驚いた様子だった。口に布を押しこまれた瞬間、反射的にはっと少し頭を引いたのが見えた。

デイメンは、立ち上がりはしたものの、何もできずにいた。一本、矢が彼に狙いを付けている。ローレントにはさらに何本も。

自分の同胞にこんな形で捕まるまいと、デイメンは人を殺した。だが今はただ無力に、きつく縛められて視界を奪われるしかなかった。

第十三章

毛がボサボサの馬の背に荒くくくりつけられて、終わりなき暗黒の道行きに、デイメンは音と感覚だけで耐えた。馬蹄が地面を打つ入り乱れた音、馬の息、馬具のきしみ。馬体にこもる力から、ほとんどの道が上りだとわかる。アキエロスから遠く、ラヴェネルから遠く――足がかりひとつない斜面が左右に切り立ち、眩暈を誘う細い山道がはりめぐらされた山の奥へ。

襲撃者の正体をうかがいながら、状況を打開できないものかと縄が肉にくいこむほど力をこめたが、実に念入りに縛られていた。その上休憩もない。馬体が激しく上下に揺れ、落ちないよう集中せねばならなかった。逃げようがない。もがいたり馬上から身を投げ出したりしても、どうせ断崖を幾段にも転がり落ちていくか、もしくは――この縄からして――猛々しい岩の道を延々と引きずられていくだけだろう。それではローレントの助けにはならない。

数時間は経ったように感じた頃、ついに馬の足取りがゆるみ、止まった。すぐさまデイメンは馬上から引きずり落とされ、無様に地面にぶつかった。口から布が外され、目隠しが剝ぎ取られる。背で手首を縛られたまま、膝立ちになった。

まずは切れ切れに、周囲の景色を見てとる。右手奥には巨大な焚き火があって、弱い夜風に火の粉が高々と舞い、囲む人々の顔が金と赤のまだらに光っていた。デイメンの周囲では男たちが馬から下り、火の熱の届かぬところでは山の空気は涼しかった。

この野営地を見て、デイメンの最悪の予想は裏付けられた。

山岳民たちは国に属さず、定住せず、山あいに散って暮らしている。女が統治し、獣の肉や川魚、野草を食い、足りぬ分は集落から掠奪する。

だが、この男たちは違った。男ばかりの戦闘集団で、馬を並べて走ることに慣れ、武器の扱いに習熟している。

これこそタラシスの村を襲った連中だ——デイメンとローレントが探していた男たち。かわりに向こうが先に彼らを見つけたというわけだった。

脱出しなければ。今すぐ。まさにこれこそ、疑惑を呼ぶことなくローレントを殺せる絶好の機会だ。二度とないほどの。そしてデイメンは、二人がまずこの陣地まで運ばれた不吉な理由もあれこれ想像できた——火のそばでのどんな戯れが待とうとも、行きつく先は二人の死だけだと。

本能的に、金色の頭を探した。左手に見つける。ローレントは、二人を縛れと命じた同じ男に引きずられてくると、デイメンと同じように肩から地面に倒れた。

デイメンの目の前で、ローレントは起き上がり、さらに後ろ手に縛られてやや傾いた姿勢ながら、膝立ちに身を起こした。途中で青い目がちらりと横目でデイメンを眺め、デイメンはその鋭い一瞥に、己と同じ現状認識を見る。

「今回は、立つな」

とだけローレントが言った。

それから立ち上がると、部族の首領へ向けて何か言い放った。

無茶で向こうみずな賭けだったが、彼らには時間がない。アキエロスの軍勢が国境へ向かっている。北方からは執政の使者がラヴェネルを目指している。二人は今や肝心の国境からほぼ二日分離れ、部族の男たちの手に落ち、この間にも国境での罠は動きつづけている。

部族の首領は、ローレントが立ったのが気にくわなかった様子で、ずかずか寄って何か怒鳴った。

ローレントは従わない。ヴァスク語で言い返したが、たった二言しか——この男にはあり得ないことに——口から出せないうちに、首領がローレントの話し相手が皆したくなることをした。ローレントを殴りつけたのだ。

それは、以前アイメリックを壁に叩きつけて地に倒したような一撃だった。ローレントはよろりと下がり、そこで止まり、底光りする目を男に据えると、悠然と、優雅に、デイメンにはわからないヴァスクの方言で何か言い放った。それを聞いた数人の野次馬が身を二つに折って笑いころげ、しまいにお互いの肩にすがって体を支える始末で、ローレントを殴った首領は彼らに向かって猛然とくってかかった。

もう少しでうまくいきそうだった。相手の男たちが笑いやんだ。怒鳴り返す。デイメンとローレントから皆の注意がそれた。弓が下を向く。

すべての弓が、ではなかったが。あと一日か二日あったならローレントはこの全員に殺し合わせてのけるだろう──その点、デイメンは疑っていない。だが彼らにはその一日か二日がない。

争いが暴力へと高まりそうなその一瞬を、デイメンは肌で感じる。ぎりぎりで足りない、勢いの欠落も──。

手に入れ損ねた好機を惜しんでいる時ではない。デイメンは、ローレントへ探るような目を投げた。もしこれが唯一の機会ならば、どれほど危険な賭けでも、今立つしかない。だがローレントはこの賭けを天秤にかけて別の結論に至った様子で、かすかに首を振った。

デイメンの腹の底に苛立ちがこもったが、すでに出遅れていた。首領は怒鳴るのをやめ、さっとローレントへ──一人で無防備に立ち、焚き火と人々から離れて馬をつないだ暗がりでも金の髪が際立つ彼へ、目を据えた。

今回は一発では済むまいと、デイメンは悟る。首領がローレントへと近づく姿にそれがにじみ出ていた。ローレントは、今から徹底的に叩きのめされる。

鋭い命令がとび、ローレントは両肩を二人の男に押さえられ、それぞれに腕を取られていた。手首は後ろで縛られたままだ。ローレントは逃れようとも振りほどこうともしていなかった。ただ来るべきものを待つ。全身がきつく、固く張りつめていた。

首領がローレントにずいと寄る。殴るには近すぎるほど――息がかかるほどに寄ると、ローレントの体を手でなで下ろした。

デイメンの体が気付かぬうちに動き、縛めが張る音と肌の内に熱くたぎる血を感じていた。怒りで判断が曇っている。計略などすでに頭にない。この男はローレントに手をふれた、ならば殺さねば――。

我に返った時には、数人がかりで押さえこまれていた。デイメンはまだ後ろ手で縛られたままだったが、周囲では怒号と人々が入り乱れ、二人の男が死んでいた。一人は相手の剣で貫かれ、もう一人は地面に倒れて喉をデイメンに踏み抜かれて。

もはやローレントに注意を払う者は誰もいなかった。

だが状況を変えられたわけではない。デイメンの両手は縛られ、敵の人数が多すぎる。押さえつけてくる男たちの手にこもる荒々しい力と、手首に容赦なくくいこむ革を感じた。

続く数秒で――筋肉に力をこめ、息を荒げて――デイメンは己が何をしてしまったのか悟った。執政は、ローレントの死を望んでいる。だがこの男たちは違うのだ。おそらく男たちは、興味が続く間はローレントを生かしておく気だ。これだけ南方では、ローレントが無造作に言ったように、金髪にはやはりそれなりの価値がある。

デイメンには、何もない。

ヴァスク語が荒々しく飛び交った。理解できなくともその命令の意味はわかった――殺せ。愚かだった。デイメン自らこの結果を招いたのだ。ここで死ぬ、こんな人里離れた地で。そしてカストールの玉座を確たるものとする。

アキエロスのことが心をよぎった。王宮から、白く高い崖をのぞむあの景色が。ずっと心から信じてきた――この、先の見えない国境の混沌をのりきって、アキエロスへ必ず帰還するのだと。

デイメンはもがいた。何の役にも立たぬまま。両手は、結局のところ今も縛られ、男たちは全力でデイメンを押さえつけにかかっている。左から、剣が抜かれる音が聞こえた。刃が首の後ろにふれ、持ち上がり――。

そこでローレントの声が空気を貫き、ヴァスク語で何かを言った。

心臓が次の鼓動を刻む一瞬、デイメンは落ちてくる刃を待つ。――それは訪れなかった。金属のくいこむ感触はやってこない。デイメンの首は元のまま、体とつながっている。

耳を圧するような沈黙の中、デイメンはさらに待った。今この時、この状況をくつがえせる言葉が存在するとは思えない――その上、たった数言でデイメンの首から刃が引かれ、首領が命令を撤回し、男たちがローレントに感嘆のような目まで向ける言葉があるとは。

だが、信じられないことに、現実にそれが起きたのだ。

茫然としたデイメンの中に、一体ローレントが何を言ったのかという疑問がよぎったとしても、惑う必要はなかった。ローレントの言葉がいたく気に入った首領は、わざわざデイメンに寄ってきて通訳してくれた。

しゃがれた、濃い訛りのヴェーレ語で──。

「聞いたか？〈たやすい死は、苦しみも短い〉だと」

言い終えるなり、拳をデイメンの腹へ叩きこんだ。


左脇腹が一番ひどかった。鈍い、わかりやすい痛み。もがくと頭を棍棒で殴られ、周囲の景色がぐらついた。

デイメンは意識を失うまいと必死で、結局はそれが報われた。いたぶられる捕虜に皆が気を取られて野営地の仕事がおろそかになってくると、首領が後はどこか別のところで片付けてこいと命じた。

男たちは四人がかりでデイメンを引きずり起こし、剣でつついて歩かせた。焚き火の炎がほとんど見えなくなり、太鼓の音が小さく遠ざかるところまで。

男たちは、デイメンに格別の用心を払ってはいなかった。両手を縛る縄だけで足りると思っっていた。デイメンの体格や、今や彼が忍耐の限界などとっくに越えて、怒りで腹が煮えくり返っていることなど、考えに入れてもいなかった。また、五十人の敵がいる野営地では、同行者の身を案じてデイメンがおとなしくしていたことも——そして相手が四人しかいない今はそんな自制はもはや必要ないということも。

ローレントが、己で仕掛けた無謀な賭けに乗らないというなら、デイメンとしては喜んでもっと荒っぽい手をためすとしよう。

縄から手を自由にするには、左側にいる男に体当たりして斜面に叩きつけ、押さえた剣の刃にその縄をすべらせるだけで事足りた。その剣の柄に手をかけ、持ち主の腹へ逆しまに突き立てると、男は身を折り、喉を詰まらせた。

これで、自由と武器を得た。デイメンは存分にそれを活用し、剣をはね上げて敵の剣を払うと、その腹を貫き通した。革、羊毛の布、そして筋肉までも切り裂いた手ごたえがあった。刃にかかる男の重さを感じた。殺し方としては利口ではない——剣を引き抜く貴重な数秒を失うからだ。だがデイメンには時間があった。残る二人は今や、彼から距離を取っていた。

デイメンは剣を引き抜いた。

この男たちが本当にタラシスの村を襲ったのか、残っていた疑いは、目の前の二人がアキエロス兵の剣術に対応した隊形をとった瞬間にすべて確信に変わった。デイメンは目を細めた。刺した男が腹を押さえて立ち上がってきたが、放っておく。三対一で有利だと敵に過信させておいたほうが、野営地へと逃げられる心配が減る。それからデイメンは、激しく容赦のない剣で男たちを倒すと、一番いい剣と短剣を奪った。

そうして武器を探し、辺りの様子をたしかめ、己の状況をじっくり把握した。左脇腹は今や弱点ではあるが、充分動ける。ローレントについては無駄に心配はしなかった。こういう形での逃亡を仕組んだのはあの男のほうなのだ。大体にして、処女を失うのが怖くて無力にうち震える乙女とはほど遠い。

実のところ、ローレントなら今ごろはもう悪知恵で何人かを片付けていそうなものだが――。

そして、そのデイメンの予想は当たっていた。


野営地に戻ったデイメンの前に、まさに混沌がくりひろげられていた。

タラシスの村人たちにとっても、襲撃はこんなふうだったのだろう。闇から死の矢が降り注ぎ、蹄の音が鳴り響く。

予告ひとつない不意打ちだが、部族同士の争いはこういうものだ。火のそばで、男が矢の生えた己の胸を見下ろした。別の男が膝をつく――またもや矢に射貫かれて。そこに間髪入れず、馬にまたがった戦士たちが駆けこんでくる。野営地に集まっていた男たちが――国境を越えて村を襲い人々を殺した彼らが――別の部族に蹴散らされていく様に、デイメンは皮肉な爽快感を覚えた。

見ていると、新たな騎手たちがさっと隊形を変え、陣を駆け抜ける五騎の両側に十騎ずつの守りがついた。はじめのうち、彼らは暗く見分けのつかない動く影にすぎなかった。それがいきなり眩く照らされる――二人の騎手が焚き火から半焼けの木を拾い上げて天幕に放り、天幕を炎に包んでいた。

火焔が、襲撃者たちが女であると――山岳部族では女が戦士となるのが普通だ――照らし出す。彼女たちがまたがった小馬は羚羊（レイヨウ）のように跳び、瀬の魚のごとくたちまち隊列をそろえた。だが男たちもまた部族であり、この戦術には慣れていた。慌てふためいて散り散りになるようなこともなく、少し乱れただけで数人がさっと岩と闇の中へ駆けこむと、剣でなぎ払って射手を狩り出しにかかる。残りの男たちは馬へ駆け寄り、地を蹴って、またがった。

それは、デイメンが体験したどの戦闘とも違っていた。残忍な刃の一閃、馬の乗りこなし方、不安定な足元、闇を使ったしたたかな戦法。これは部族同士の夜戦だ。襲われたのがローレントの部隊ならたちまちに圧倒されていただろう。アキエロスの兵でも同じことだ。部族たちは、どんな戦士よりも山中での戦いに通じている。

だがいつまでも見物しているわけにはいかない。彼には彼の用がある。

金の頭のおかげで、ローレントはあっさり見つかった。野営地の端まで移動していたローレントは、自分の代わりにほかの者たちに戦わせながら、手の縄をほどく手段を求めて悠然と周囲を見回していた。

デイメンは物陰から出ると、ローレントをぐいとつかんで向き直らせた。それから短剣を抜き、ローレントの手首を自由にする。

ローレントが言った。

「遅かったな、何を手間どっていた？」

「これも計画のうちか？」

デイメンは問い返した。どうしてわざわざ聞いたのか、自分でもわからない。勿論、すべて計画なのだ。続けた言葉はもう問いかけではなかった。

「あの女たちのところでこの討撃の手配をつけてから、こいつらをおびき出すために自分が囮となったわけか」苦々しく続けた。「助け手が来るとわかっていたなら――」

「アキエロスの軍をかわすのに道を外れすぎて、女たちと合流できないかと思ったのだ。あの男には俺も殴られたぞ」

「一度だけ、な」

デイメンは言い返しながら、二人へ向かってきた男のほうへ剣を振り上げた。てっきり一撃で仕留められると思っていた男が、斬撃を受けとめられて仰天する。次の瞬間、死んでいた。ローレントが男の肋骨の間から短剣を引き抜き、それ以上のやりとりはなかった。もはやそこは戦いの渦中となっていた。

デイメンの横で戦いながら、ローレントは見事な先読みを見せた。倒れた男からやや短めの部族の剣を奪うと、さっとデイメンの左側に付き、デイメンにほとんどの戦いをまかせた。いかにもこの男らしいと、もはやデイメンは意外にも思わない。

だが、左側から襲いかかられたデイメンが痛む左腹に力をこめようとした時、するりと出たローレントが相手の刃を受けとめて無駄のない優美さでその息の根を止め、デイメンの弱い側を守った。面食らったデイメンはローレントの勝手にさせた。

そこから先は、二人で肩を並べて戦った。ローレントはたまたま戦場の端にいたわけではなく、あえてあの場所にいたのだ——野営地から出る最北の道に。ここはデイメンが戻ってきた道にもつながっていて、ほかの相手なら彼を探しに来るところだったと思ったかもしれない。だがローレントがローレントである以上、理由は別にある。

この道が唯一、野営地からの脱出路の中で、女たちが見張っていない道だからだ。逃げようとする部族の男たちは一人、あるいは二人で、彼らに向かってつっこんできた。ここを逃れて執政に報告するような者が出ないほうが、誰にとってもありがたい。二人は共に、手際よく、確実に相手を仕留めた。すべてうまくいくかと思えたが、その時、男が一人、馬でつっこんできた。

疾駆する馬を剣で殺すのは難しい。間合いの上にいる乗り手を殺すのは、もっと難しい。それでも馬の行く手に立ったローレントが、まるで算術でも解くように状況を分析しているのを見て、デイメンはその上着の後ろをつかむとぐいと引き戻した。

やはり馬で猛追してきた女が、追いついて男を殺す。男が鞍上につっぷすと、馬は足取りをゆるめ、やがて止まった。

周囲では天幕がほとんど燃え尽きていたが、それでも勝利の時が近いのは見てとれた。野営地の男たちのうち、半数は死に、半数は降伏した。いや降伏という言葉は当たらないか。彼らは一人、また一人と制圧され、虜囚となって縛り上げられていた。

月光と、くすぶる炎の残滓――その中から、二人の連れを左右に引きつれた女が馬にまたがって現れ、戦場を通ってデイメンたちのほうへ導かれてきた。

「俺たちのどちらかが死人と捕虜の顔をあらためて、一人も逃してないかたしかめないと」

デイメンは、近づく女を見ながら言った。

ローレントが答える。

「俺がやっておく。後でな」

デイメンはローレントの手が強く上腕をつかみ、引いたのを感じた。

「頭(こうべ)を低く」とローレントが命じた。

デイメンがひざまずくと、その肩に、ローレントが念を入れて指をのせた。

近づいてきた女が、小さくたくましい馬からひらりととび下りた。肩を包む見事な毛皮が格の高さを示している。ほかの女より年上で、少なくとも三十歳以上は離れている。黒い目と石のような顔——デイメンは彼女を覚えていた。ハルヴィクだ。

前に見た時、彼女は高座（たかくら）に敷いた毛皮に鎮座して命令を下していた。その冷徹な声もデイメンの記憶のままだったが、今回、彼女は訛りの濃いヴェーレ語で話した。

「火を、またここにおこす。今宵はここで眠るぞ。男たちは見張らせておく。よい戦いだった、捕虜もたくさんだ」

ローレントはたずねた。

「首領の男は死んだか？」

「死んだ」ローレントへ向けて、彼女は続けた。「よく戦っていたな。お前が、屈強な戦士を生むだけの体つきでないのは哀れなことだが、歪（いびつ）というわけでもない。お前の女も不満は抱くまい」

それから一瞬の情けを見せて「顔は均整がとれておるし」とつけ足した。励ますようにローレントの背を叩く。

「睫毛も大層長い。牛のようにな。来い。共に座り、飲み、肉を食おう。お前の奴隷は雄々しい。後でまぐわいの炎のそばで奉仕するがいい」

デイメンの左脇は一息ごとに痛み、意識して押さえないと腕に小さな震えが走った。長すぎた縛めのせいか、通常の限界を越えて酷使したせいか。

ローレントが揺るがぬ、にべもない声で答えた。

「その奴隷が仕えるのは、俺の寝床の中のみだ」
「お前は男とまぐわうのか。ヴェーレ式だな?」ハルヴィクがうなずいた。「ならばこの奴隷はつれていってお前のために準備させよう。肉の良いところと、ハケシュを与えてやる。これでお前に乗る時も精力が持ち、大いなる愉悦をもたらすであろう。これぞヴァスクのもてなしじゃ、なあ?」

デイメンは腹を据え、残る体力をかき集めてその先の成り行きに身がまえたが、ほとんど驚いたことに、すぐさま口をこじ開けられてハケシュを流しこまれるようなことにはならなかった。何ひとつ強いられはしなかった。デイメンは客として、少なくとも客の持ち物として、整えて磨かれ、客の望むようにと扱われた。

野営地の逆側に、体の泥をすすぎ落とせる場所があった。捕らわれて一日馬に揺られ、何回か馬上から落とされ、相手を幾人か殺せば泥だらけになろうともいうものだ。

女が桶でデイメンに水を勢いよく浴びせかけ、垢落としで体を擦り、てきぱきと体を拭ってくれた。それから、ヴァスクの男がつける下帯をまとわされる。腰に回した一本の革紐から前掛けが垂れていて、望ましい時に横へめくり上げられるのだと、女の一人が親切にも実演してみせてくれた。デイメンはその親切を、どうにか耐え抜いた。

身支度がすんだ頃には野営地の中はすっかり片付けられ、新たに張られた天幕は内側のランプに照らされてまるでやわらかに輝く球体のようで、天幕の皮を透ける光はあたたかい金色だった。捕虜は見張られ、焚き火がふたたびおこされ、高座(たかくら)が据えられる。デイメンには食事が与えられた。それも、やはり驚いたことに、気前よく丁重に。

さすがに、このまま火のそばに行ってローレントとくんずほぐれつとはなるまいと、デイメンも承知している。せいぜいがところ、火のそばで、ローレントが工夫を凝らした言い訳でのらくらとかわすところを見られるくらいだろう。

だが結局、火のところへは行かなかった。かわりに、低い天幕へとつれていかれた。ハケシュが水差しに注がれ、好きな時に飲めるように湾曲した杯とそろえて幕の内側へ置かれた。女は、天幕の入り口を、下帯の前を持ち上げたのと同じ、無駄のない動きで持ち上げた。

ローレントの姿は、天幕の中にはなかった。後から来るに違いないと、デイメンは見なす。

結局、うまくかわしたわけだ。

中はひどく狭かった。細長く低い天幕が、親密な空間を作っている。毛皮が分厚く積まれ、羚羊の毛皮数枚の上に狐の毛皮が、それもウサギの下腹の皮よりもやわらかく仕上げられたものが敷かれていた。さらに、男の快楽のための準備が整えられている。足元にはハケシュと、水をたたえた水差しがもう一つ。さらに栓をした小瓶が三つ、灯りのためではない油をたたえて置かれていた。

中へ入ったデイメンは体を起こして座ることはできたが、頭上には余裕がない。立ち上がれば天幕ごと持ち上げてしまうだろう。何もすることがなかったので、デイメンはわずかな布を身につけただけの姿で毛皮に寝そべった。

毛皮は暖かく、誰かと一緒なら狭い天幕で身を寄せてすごすのもいいだろうが、一人でいるとどうしても自分がどこにいるのか、もしかしたら今日どんな運命を迎えていたのか考えてしまう。一歩間違えれば、己がどうなっていたか。デイメンはあちこちの痛みをなだめながら体をのばした。

膝がのびきらないうちに、足が天幕の端にぶつかる。体を斜めにした。この体勢でも駄目だ。横倒しになると、背中が支柱に当たった。左足の置き場を探して見回しながら、デイメンは笑いの息をこぼした。疲れきってはいたが、この状況の滑稽さはよくわかる。天幕の大きさからして、むしろ朝までローレントが戻ってこないほうがありがたいくらいだろう。デイメンは体を丸め、四肢をどうにか落ちつかせ、やわらかな毛皮とクッションの上で力を抜いた。

丁度その時、入り口の幕が上がって、金の頭がのぞいた。

入り口を背に浮き上がったローレントの姿は、やはり身を清め、着替えていた。肌はさっぱりして、ハルヴィクと似たヴァスク式の毛皮の長衣をまとっている。ランプの光を浴びて、それは王子の体を飾りそうな豪奢な装束に見えた。玉座でまとっていそうな。

片肘で身を起こし、デイメンは手に頭を預けた。指に髪が絡む。ローレントがデイメンを見ているのがわかった。時おりするようなじっくり読みにかかる目ではなく、ただ見ているのが。ふとまなざしを奪った彫刻を眺めるように。

やがてデイメンと視線を合わせ、ローレントが言った。

「これがヴァスク式のもてなしというわけか」

「伝統的な衣装だ。男たちは皆これをまとう」

デイメンは、ローレントの毛皮の服を好奇の目で見た。

ローレントはその長衣を肩からすべり落とした。下はどうやらヴァスクの寝着らしき、ごく上等でやわらかな亜麻布の白いトゥニカとズボン姿で、前を何箇所か紐でゆるく留めていた。

「俺のほうはもう少し布が多い。がっかりしたか？」

「かもな」デイメンは、また足の位置をもぞもぞと動かす。「灯りが逆光でなければな」

それを聞いたローレントがほんの一瞬、片手を毛皮についた体勢で動きを止めたが、すぐデイメンの横で体をのばした。

デイメンのように横たわりはせず、座って、後ろについた両手に体重を預ける。

デイメンが言った。

「さっきはありがたかった、おかげで、あの――」

露骨でない言葉が見つからず、曖昧に天幕の内側を手で示した。

「初夜権を主張したことか？　……お前、どのくらい煽られている？」

「よしてくれ、ハケシュは飲んでないぞ」

「それが答えになるのかどうか何とも言えんな」

ローレントが答えた声は、彼のまなざしと同じ空気をたたえていた。

「ここは随分と狭いな」

「睫毛まで見えるほどに」とデイメンは応じた。「あなたが屈強な戦士を生むほどの体つきでなくて幸いだった」

そこで、己を制した。雰囲気がおかしい。これは、そばにいるのが心の通じた、戯れで引き寄せてもいい人肌の相手の時の雰囲気だ。氷柱のようにふれがたいローレントではなく。

「俺の体格は」とローレントが返した。「普通だ。小ぶりに作られてはいない。これは比較の問題だ、お前と並べられてのな」

まるで、茨の茂みを楽しむようなものだ——ちくちくと刺さる刺激を愛でるような。もう一息で、何かそんなふうに馬鹿げた言葉が口から出てしまいそうだった。

やわらかな毛皮のぬくもりに包まれ、デイメンはゆったりとくつろいだ気分でローレントを見上げた。口元に小さな笑みが浮いているだろうと、自分でもわかる。

わずかな沈黙の後、ローレントがほとんど探るような口調で言った。

「思うに、お前は俺の元に仕えてからこのかた、あまり——通常の形での発散の機会がなかっただろう。もしお前がまぐわいの炎に加わりたいのであれば——」

「いいや」デイメンは答えた。「女は欲してない」

外では太鼓の音が低く、絶えることなく響いている。

ローレントが命じた。

「起きろ」

起き上がるだけで、狭い空間をほとんど使いきってしまっていた。ローレントを見下ろす体勢になり、デイメンの目はゆっくりと、その繊細な肌から、明かりで暗く見える青い目、優美な頬の輪郭とその線を乱す金のほつれ毛を追った。

デイメンの気がそれている間にローレントが長衣の内側から布を取り出し、まるで湿布のように片手に丸めて持つと、それを今から貼ろうかというふうにデイメンの体を眺めていた。

「一体——」

「じっとしてろ」

そう命じ、ローレントは布をかかげた。

息を呑む冷たさ——何か濡れて凍てついたものがデイメンの肋骨の上、胸筋のすぐ下に押しつけられていた。その刺激に、デイメンの腹の筋肉が引きつる。

「膏薬だと思ったか？　お前のために、峰の上から彼女らが取ってきてくれたのだ」

氷だ。布に包まれた氷が、デイメンの左脇へしっかりと押しつけられていた。呼吸につれて胸が上がり、下がる。ローレントは力をゆるめなかった。一瞬の違和感に慣れると、傷めた部位の熱を氷が吸いとり、ひんやりと痛みを鎮めて、氷とともに周囲の筋肉の緊張が溶けていくのがわかった。

「俺が、長く苦しませろとあの男たちに言ったのだ」

「それで俺の命を救った」

デイメンは答えた。

間を置いて、ローレントが「俺には剣は投げられないからな」と言った。

デイメンは、引いていくローレントの手から氷を包む布を受けとる。ローレントが言った。

「もう気付いたろうが、あの男たちがタラシスの村を襲ったのだ。ハルヴィクとその戦士たちが、我々とともにあの中の十人をブルトーまで、そしてラヴェネルまで護送する。ラヴェネルであの連中を使い、膠着した状況を打破する」

そして、ほとんど申し訳なさそうにつけ足した。

「残りの男たちとすべての武器は、ハルヴィクの手に渡る」

その言葉の先をたどって、デイメンは結論づける。

「そしてハルヴィクは、その武器を使ってヴェーレの国境の内ではなく南のアキエロスから掠奪すると約束したか」

「そんなようなところだ」

「ラヴェネルに戻って、襲撃者を雇っていたのが執政だと暴露するつもりだな？」

「ああ」ローレントが肯定した。「おそらく……そろそろ状況は非常に危険になってくるだろう」

「そろそろ」とデイメンはくり返す。

「トゥアルスを、説得する必要がある。もしお前がアキエロスを何より憎んでいて、そのアキエロスを攻めるこれまでにない好機が訪れたら、何がお前を止められる？　何のためなら、振り上げた剣を下ろす？」

「下ろさないだろうな」デイメンは答えた。「もしかしたら、それを上回るほどの怒りをほかの誰かに抱けば、あるいは」

ローレントは奇妙な息をこぼし、それから横を向いた。外では太鼓の音が絶えることなく鳴り、だがこの天幕の静けさを通すと、その音もどこか遠く聞こえた。

「戦争の前夜を、こんなふうにすごす予定ではなかったがな」

ローレントが呟いた。

「俺と同じ寝床で？」

「それも、信じる相手として」

その言葉を、ローレントはデイメンへ視線を戻して言った。ほんの一瞬さらに何か続けそうな気配があったが、言葉はなく、彼はただ邪魔な毛皮の長衣を押しやって横たわった。その動きが、会話はこれで終わりだと暗に告げていたが、ローレントは額に手首をのせ、まだ深々と考えこんでいるように見えた。

彼が言った。

「明日は長い一日になる。捕虜をつれて五十キロの山道だ。もう眠らねば」

氷は、すでに濡れた布を残して溶けていた。デイメンは布をどかした。平らな腹の上に滴がついている。それを拭い、布を天幕の奥へ放った。またもやローレントから見られているのを感じる――くつろいで横たわりやわらかな毛皮に淡い髪を散らして、ヴァスクの寝着のゆったりした胸元まで白い肌の色をはだけたローレントから。

だがすぐに、ローレントは目をどこか別のところへ向け、それから瞼をとじる。二人はともにそのまま眠った。

第十四章

「殿下！」

ジョードが馬の背から歓迎の声を上げた。松明を持った兵が二騎、闇を照らしながらつき従っている。

「捜索の兵を出しておりました」

「呼び戻せ」とローレントが命じた。

ジョードが手綱を引き、うなずく。

捕虜をつれた五十キロの山道。その道のりには十二時間を要し、鞍の上で揺れもがく男たちをつれての緩慢な足取りで、女たちが時おり男を棍棒で殴りつけ、意識を朦朧とさせて言いなりにしていた。あの感じは、デイメンもよく知っている。

その長い一日は、実に清らかに始まった。目覚めたデイメンの体はこわばっていて、一晩中寝返りひとつ打とうともしなかったのがわかった。隣には見るからに無人の毛皮。ローレントの姿はない。さっきまでそこに存在した気配はあって、二人を隔てた隙間はほんのわずかだったが、不埒というほどの近さではない――夜の間も自制心が効いて、寝返りを打たないようデイメンを止めていたに違いない。ローレントの体に腕を投げかけて引き寄せ、狭い天幕を少しでも広く使いにかかったりしないよう。

その結果、五体満足で目覚め、服まで返されていた。ローレントに感謝だ。急坂を馬で慎重に下る時に下帯一枚という事態はなるべく避けたい。

一日の道行きは、ほとんど不安になるくらい順調に進んだ。午後には下りの勾配もゆるやかになり、一度も――珍しいことに――待ち伏せや邪魔者にも出くわさなかった。うねる山腹の斜面はごくのどかに南と西へのび、その光景を乱すものといえば異彩を放つ彼ら自身の行列くらいだ。先頭のローレントが、毛むくじゃらの小馬に乗ったヴァスクの女たちを率い、縄で巻かれて馬にくくりつけられた十名の捕虜を引きつれながら進む。

そして今、日暮れの中で馬たちは疲れ果て、一部はすっかりうなだれて、捕虜たちは随分前からもがくのすらやめていた。ジョードが隊列の横へついた。

「ブルトー村の片付けは完了しています」と報告する。「トゥアルス大守の兵たちは今朝ラヴェネルの砦への帰途につきました。我々は残りました。殿下について何の情報も——国境からも砦からも、ご本人からもなく、兵たちは不安がっています。お帰りを喜ぶことでしょう」

「全隊、明朝の暁に出立する」

ローレントが命じた。

ジョードはうなずいてから、途方にくれたように残りの行列と捕虜を見た。

「そう、この男たちが国境での襲撃を行った者どもだ」

問われてもいない問いに、ローレントが答えた。

「アキエロス人には見えませんな」

「違う」

ジョードは深刻な顔でうなずき、一行は最後の丘を登りきると、広がる暗がりの中、夜を迎えた野営地の点々と散る明かりを見た。

伝聞に次ぐ伝聞で、人の口を介すたびに話がみるみるふくらみ、野営地の兵たちの間で勝手に物語が出来上がっていった。

いわく、王子は馬にまたがり、たった一人の兵をつれて出撃した。山中深くであの殺戮を引き起こした畜生どもを狩りたてた。隠れ家の穴から引きずり出して少なくとも三十人を相手に一人で戦った。そして連中を打ち破って縄をかけ、従えてきた。これがあの王子だ、得体の知れぬ冷血な悪鬼。己の首が皿に載っているのを見たくなければ、あの王子には決して逆らうな。狩りの時、王子はパトラスのトルヴェルドに先んじて獲物を仕留めんがためだけに己の馬を死ぬまで走らせたのだぞ――。

兵たちの目には、まさにすべてが驚異の離れ業として映っていた。王子が二日間も消えていたかと思うと、捕虜の一群をかついでいきなり闇から現れ、己の兵たちの前に彼らを放り出して言ったのだ。探しものか？　ほらここだぞ、と。

「殴られたのだな」とパスカルが、後にデイメンに言った。

「相手は三十人だったのでな、少なくとも」

デイメンはそう言ってやった。

パスカルは鼻を鳴らした。それからデイメンへと、

「お前はよくやっている。王子の傍らについて。王子と共に行って。この国には何の思い入れ

もないというのに」

　焚き火のそばへ来ないかという誘いを断り、デイメンは何気なく野営地の端へ足を向けていた。背後の話し声が遠くなる。ロシャールが何やら、金髪は気性がきついという話をしている。ラザールが、ローレントとゴヴァートとの決闘を語ってみせていた。

　ブルトーの村は、デイメンが最後に見た時とすっかり様変わりしていた。くすぶる木材の山は消え、辺り一面片付いていた。墓穴も半ば埋められている。折れた槍などの戦闘の残骸も消えている。手のつけようがないほど壊された住居も、ほぼ材の状態にまで解体されている。

　兵の野営地は、村の西側にきっちり四角く並んだ天幕の列だった。布地がぴんと斜めに張られ、一番奥にはローレント用の天幕が、不在だったにもかかわらず設置されていた。整然とした列の間を、前よりうちとけて自然な足取りの男たちが焚き火を中心に行き来している。

　勝利とは呼べない。今は、まだ。ラヴェネルの砦までは馬で一日かかる。つまり彼らの不在は少なく見ても四日。よい馬でよい道を来るだろう執政側の早馬は、おそらく一日以上先んじて到着している。

　きっとこの朝、ローレントがいない天幕でデイメンが目覚めたあの頃に、執政の早馬が砦の巨大な中庭へと駆けこみ、使者はすぐさま大広間へと案内され、運ばれてきた言葉を聞こうと大守たちが顔をそろえたのだろう。そんな中、この緊急事態をよそに、怠け者の王子がふらりと消えて約束した日にすら戻らず、存在感を示すべき瞬間にも不在だったという事実は、局面の流れを決してしまったかもしれない。そうであればもはや手の打ちようはない。

だが、今日の奇異な行列は、ローレントによって精巧に計画されてきたものだ。デイメンがこれまで認めようともしてこなかったローレントの、深慮に富んだ一面。この男は、国境の村襲撃の第一報が届くより前にハルヴィク相手に罠の計画を打診していたのだ。それに何日も先んじて、ハルヴィクの部族へはローレントからの信書や贈り物が続々と流れこんでいた。国境の紛争を叔父がどうやって煽るか予想したローレントは、はるか事前から対抗手段を練っていたのだ。

シャスティヨンの城での一日目の夜を、デイメンは思う。兵たちのたるんだ働きぶり、小競り合い、あのお粗末な軍隊を。執政が己の甥にろくでもない寄せ集めの男たちを投げ与えれば、ローレントはそれを統制の取れた部隊へ叩き直してみせた。横暴な隊長を押しつければ、それを打ち倒した。国境地帯に血に飢えた掠奪者たちを解き放てば、ローレントはそれを制圧し、縛りつけて引きずり戻った。一手、一手、また一手と、仕掛けられた攪乱の種はことごとく、ローレントの手で確実に摘みとられた。

心、肉体、精神。この兵士たちは、王子にすべてを捧げている。部隊の勤勉さと規律は、野営地のすみずみまで、そしてそれを囲む村にまで、目に明らかであった。

涼しい夜風に吹かれながらデイメンはしみじみと、自分も一員となったこの旅路の、鮮やかなまでの道のりを嚙みしめていた。皆、どれほど遠くまでたどりついたことか。

そして、涼しい夜風の中、デイメンは初めて、これまで自分の中で押し殺していた思いを解き放つ。一度も許してこなかった形で。

——故郷だ。

帰る国は、もうラヴェネルの砦の向こう側に広がっている。ヴェーレを去る時が近づいてきている。

自分の鼓動のごとく、帰還のひとつひとつの流れはつぶさにわかっていた。逃亡して国境をアキエロス側へ越えれば、どこの鍛冶職人だろうと喜んでデイメンの手首と首の黄金の枷を外す。その黄金を用いれば北方の味方へのつなぎも取れる。中でももっとも力を持つニカンドロスは、長年カストールを目の敵にしてきた。

そうすれば、デイメンは南進するための軍勢を得る。

彼はローレントの絹の天幕を、夜風にそよぐ三角旗を、そこに波打つ星光の紋章を見やった。遠くから届く男たちの話し声がふと大きくなり、そして沈んだ。二度と、こんなことはあるまい。イオスを目指す南進は、首長(キロイ)たちの支援を受けての組織立った進軍となるだろう。夜半にこっそり宿営地を抜け出して正気とも思えぬ計画に挑んだり、なじみのない服を着せられて流浪の部族と同盟を結んだり、小馬にまたがった戦士たちと共に戦ったり、期せずして山中で蛮族をとらえたりすることは、もうない。

もはや、もう二度と。


デイメンが天幕へ入っていくと、ローレントは座って片肘を卓上につき、地図を眺めていた。火鉢のおかげで暖かい。ランプの焔がちろちろと周りを照らしていた。

「あと一晩だな」とデイメンは言った。

「捕虜どもを生かし、女たちに心変わりさせず、兵を女たちから遠ざけておく」ローレントが予定表でも読み上げるように言った。「こっちに来い、地勢について話し合うぞ」

命じられたように前へ出ると、デイメンは地図をはさんだ向かいに腰を下ろした。

ローレントは——またも、そして恐ろしく徹底的に——ここからラヴェネルの砦までの地形についてきめ細かく論じたがった。国境の北東部分の地域も含めて。デイメンは知識を振り絞り、二人は馬で越えてきたばかりの地形や丘の斜面について様々に比較しながら、数時間がかりで分析した。

天幕の外の野営地がすっかり静まり返り、夜も更けた頃、ローレントがやっと地図から目を上げて、言った。

「よかろう。ここでやめないと、朝まで話が終わらん」

デイメンは、立ち上がる彼を見つめた。ローレントはまず滅多に疲れを表に出さない。ローレントが部隊を掌握するその支配力は、彼が自分自身を律する力の延長なのだ。それが今、いくらかほころびて見えた。たった今の言葉のせいかもしれない。ローレントの顎に黒ずんだ痣が、部族の首領に殴られたところにくっきり残っていた。熟れた果実のようにたやすく痣が残る白く繊細な肌だ。どこかぼんやりと手首に手をやり、袖口の結い紐をほどこうとするローレントの上に、ランプの光が揺らいだ。

「ほら」とデイメンは言っていた。「俺がやる」

習慣というやつだ――デイメンは立ち上がって間を詰め、ローレントの手首の結い紐をほどく指に意識を集中させ、続いて背中にとりかかった。上着が豆の殻のように開くと、それを押しやって肩から脱がす。

上着の重さから解放され、ローレントは肩を回した。馬上で一日すごした後も、時々そんな仕種をする。反射的に、デイメンは手をのばし、ローレントの肩をゆっくり揉み――その手を止めた。ローレントは身じろぎもせず、デイメンは今さら自分の行為と、まだローレントの肩に置いたままの手を意識していた。手の下で、筋肉は木のように硬い。

「凝ってるか？」

何気ない調子で、デイメンはたずねた。

「……少しな」

ローレントが答えるまでの一瞬の間に、デイメンの胸では心臓が二つ、鼓動を打っていた。

もう片方の手も肩にのせたが、むしろローレントが不意に向きを変えたり去るのを止めるような手だった。デイメンはローレントの背後に立ち、できる限り淡々と、実務的な手つきを保った。

「カストールの兵士は肩揉みまで習わされるのか?」

「いいや。だが初歩くらいならすぐ身につくものだろう。その気になれば」

デイメンは親指に少しの力をこめる。それから、言った。

「氷を持ってきてもらったからな。昨夜」

「これは、少し――」とローレントが一息に「密接に思えるな」と言う。「氷よりも」

「近すぎるか?」

ゆっくりと、デイメンはローレントの肩の筋肉をほぐしていった。

あまり普段、己に自殺願望があるたちだとは思ったこともない。ローレントはまるで体の力を抜かず、ただひたすら身じろぎもせず立っている。

その時、親指の先で、圧した筋肉がふっと動き、ローレントの肩から背までの緊張が一気にほどけた。ローレントが、やや渋々と、

「別に……そこだ」

「ここか?」

「ああ」

デイメンは自分の手が、ごくひっそりと、ローレントに受け入れられたのを感じる。だが崖ふちであえて目をとじるような緊張感がまだ残っていて、受容というにはほど遠い。デイメンは本能的に、一定の、感情のない動きを保ちつづけた。呼吸も慎重にする。ローレントの背中全体の作りを手で感じとった。肩甲骨の曲線、その中心、手の下に広がった平たく引き締まった部分はローレントが剣をふるう時に使う筋肉だ。

ゆっくり、揉みつづける。ローレントの体にまた、かすかな、半ば押し殺すような反応が起きた。

「ここか？」

「ああ」

ローレントの頭が少し前へ倒れた。自分が何をしているのか、デイメンにはまるでわからない。頭のどこかで、かつて一度ローレントの体にふれたことがあるなと思い、今となってはあんなことがどうしてありえたのかと信じられなかった。それでもあの日のことが今、ここにつながっている気もする――たとえ背中合わせの対比としてであっても。今のデイメンならば、あんなうかつにローレントの濡れた肌に手を置くべきでないとわかっている。

見下ろすと、自分の親指の下で白い布地が小さく動いていた。ローレントのシャツが彼の体を薄く包みこんでなじんでいる。それからデイメンのまなざしは上へ、均整のとれたうなじまで、耳の後ろにたくし上げられた輝く金髪までをたどった。

　次にほぐす筋肉を見つける分だけ、わずかに手を動かした。ローレントの体には常に緊張がにじんでいる。

「そんなに、力を抜くのが難しいか?」デイメンは静かに問いかけた。「外に出てみれば、自分がやり遂げた成果がすぐ見える。兵たちを皆、自分のものにした」

　前触れに、そのかすかな体のこわばりに、デイメンはあまり注意を払っていなかった。

「明日何が起ころうと、すでに充分、誰にもかなわぬほどのことを成し遂げただろう――」

「もういい」

　ローレントがそう言って、不意にデイメンから離れた。

　振り向いた時、ローレントの目は暗かった。唇が、どこか心もとなく開いていた。手を持ち上げて自分の肩に、感触の名残を追うようにふれた。緊張がほどけたとは見えなかったが、動きはさっきより少し楽になっているようだった。

　それに気付いたかのように、ローレントはほとんど嫌そうに「ありがとう」と言い、やや苦々しくつけ加えた。

「縛り上げられるというのは、後を引くものだな。囚われの身がああも心地悪いものだとは知らなかった」

「まあ、そういうことだな」

デイメンの言葉は、ほとんど自然に響いた。

「俺はお前を馬の背に縛りつけたりはしないと、約束しておこう」

ローレントから辛辣なまなざしと言葉を返されて、一瞬、間が空いた。デイメンは答える。

「たしかに。まだ俺は囚われの身だ」

「目が言っているぞ、今はなと」

ローレントが言った。

「お前の目はいつもそう言っていた、今だけだとな」と続ける。「もしお前が色子であったなら、俺はこれまで、己の契約を買い戻すのに充分なだけの贈り物を取らせていただろう。それこそその幾倍も」

「たとえそうでも俺はここまで来た。この国境の成り行きを最後まで見届けると、言った筈だ。俺が約束を違(たが)えると思っているのか？」

「いや」

ローレントはそう、初めてそのことに気付いたかのように、言った。

「お前は、約束を違えぬだろう。だが本意でないのもわかっている。王宮で、縛られて力を奪われたお前が、どれほど怒り狂っていたか覚えているからな。俺も昨日、お前がどれだけ誰かを殴りたかったか、その気持ちを味わった」

気付けばデイメンは動いて、ローレントの顎に残る痣のふちに指でふれていた。

「殴りたかったのは、これをやった男だ」

その言葉は、ただ口から出ていた。指にふれる肌のあたたかさに心奪われていたデイメンが己を取り戻すより早く、ローレントがさっと下がって彼を、瞳孔が大きくなった目で見つめた。

突然に、デイメンは己がどれほど自制を失いかかっているのか気付き——感じて——必死に己をとどめ、この、何かの流れを断ち切ろうとした。

「すまない。これは……失礼だった」

一歩、とにかく下がった。続ける。

「俺は……見張りのところへ行ってきたほうがよさそうだ。夜番を受け持ってくる」

去ろうと踵を返し、天幕の入り口までたどりついた。出入り用の幕をからげたデイメンの手を、ローレントの声が止める。

「いい。待て。俺は……待て」

デイメンはその場で振り向いた。ローレントのまなざしは読みとれない感情でふちどられ、その顎は普段と違う形で噛みしめられていた。沈黙が、あまりに長く続いたので、言葉が聞こえてきた時はほとんど驚いたほどだった。

「ゴヴァートが言った話だが。俺が兄相手に、という……あれは嘘だ」

「本当だと思ったことなどないぞ」

デイメンは、落ちつかない気分で答えた。

「俺が言いたいのは、いかなる……いかなる腐敗がこの血筋にあろうとも、オーギュステはそんなものからは自由だったということだ」

「腐敗？」

「お前にこれを言おうと思ったのは、お前が――」ローレントは、ほとんど言葉を無理に押し出すようだった。「お前が、オーギュステを思い出させるからだ。俺の知る最高の男だった。お前には言っておかねばなるまい、せめて本当の……アーレスの城での俺のお前への仕打ちは、残忍で悪意に満ちていた。為したことを言葉だけで埋め合わせできると軽んじるつもりはないが、あのような扱いは二度としない。俺は怒っていたのだ。怒り、などという言葉では足りぬほどに」

言葉がぶつりと切れた。ざらついた沈黙が落ちた。

ローレントが、よどみのない口調で言った。

「お前は、この国境の諍いを最後まで見届けると、そう誓ってくれたな？　ならば俺も、お前に誓おう。その最後まで俺の元にとどまったならば、お前の手枷と首枷を外そう。喜んで、お前を解放しよう。その時、俺たちは自由な者同士として相まみえることができる。お互いの間に何が芽生えているにせよ、その時ならば手が届く」

デイメンは、ローレントを見つめた。胸が奇妙に締めつけられる。ランプの炎が揺らいで、明滅したようだった。

「これは、罠やごまかしではない」

「俺を解放すると」

デイメンは答えた。

今回沈黙したのはローレントで、デイメンを凝視していた。

デイメンはたずねる。

「それで——その時までは？」

「その時までは、お前は俺の奴隷で、俺はお前の王子。お互いそれだけの立場だ」

そう言ってから、ローレントはずっといつもの彼らしい口調に戻って「夜番はしなくていい」と告げた。「眠るのが利口だ」

ローレントの表情を探しても何も読みとれるものはなく、だがいつものことだと結論づけて、デイメンは自分の上着の結い紐に手をかけた。

第十五章

夜明けのずっと前に、デイメンは目を覚ました。

すべき仕事が色々とある。天幕の内でも、外でも。起き上がってとりかかる前に、彼は長い間そこに横たわり、片腕を額の上にのせ、シャツをはだけ、乱れた寝具に包まれて、長く垂れた綾織りの絹布をじっと見つめていた。

天幕の外にデイメンが足を踏み出した時、人々の目覚めの気配はなかったが、終夜の作業は続けられていた。兵たちが松明や焚き火の炎を整え、音もなく夜回りに歩き、斥候が馬を下りて、やはり起きている夜番の班長に報告を入れる。

デイメン自身もローレントの鎧の仕度を始めると、留め帯を一つずつ強く引いてたしかめ、鋲を点検した。ふちに飾り溝が入って装飾を施された精緻な金属の鎧は、すっかり自分の鎧のように手になじんでいる。ヴェーレの鎧の扱いももはや手慣れたものだった。

それから武具目録を作りにかかる。剣身を順に見て、欠けや傷がないかたしかめ、柄や柄頭に引っかかりがなく動きを妨げないか、剣を振る瞬間に乱れを生むような重心の偏りがないかを見ていった。

戻った時、彼の天幕は無人だった。ローレントも早朝の用を片付けに消えていた。周囲の野営地はまた闇の帳に包まれて、兵たちの天幕は閉ざされ、幸福な眠りをむさぼっていた。皆の胸には希望があるのだ、ラヴェネルへ到着する彼らが、昨夜のローレントの帰還と同じように賞賛の声で迎えられると。狼藉者をとらえて連行してきた彼らを。

正直なところ、ローレントがどうあの捕虜を使ってトゥアルス大守を言いくるめ、戦いをあきらめかせるのか、デイメンには見当もつかなかった。ローレントは弁が立つが、トゥアルスのような男は言葉には聞く耳持たないものだ。そしてたとえ、彼らヴェーレの国境城主たちを説き伏せたところで、すでに南ではニカンドロスの将たちが剣の柄に手をかけている――いやもはや抜いているに近い。国境の両側で村が襲撃され、ローレントはまさにその目でアキエロス軍の動きを見た。デイメンと共に。

一月前であれば、デイメンも兵たちと同じような光景を期待していただろう。捕虜をトゥアルス大守の前へ引き据え、高らかに真相を宣言し、執政の関与を衆目の前で暴くローレントの姿を。だが今は――デイメンにはたやすく想像できる。誰の仕業かまるでわからぬとローレントが首を振りながら、トゥアルス自ら執政の影に気づくよう誘導していくさまを。青い目が真相を案じるふりをして曇り、続いてその青い目が真相に驚いたふりをして見開かれるさまを、まざまざと思い描ける。この真実の追究は、時間稼ぎの戦略でもあるのだ。真実を引き出しながら、時を引きのばす。

偽り、そして二枚舌。まさにヴェーレ人の本領発揮だ。ローレントがそうと決めたならやってのけるだろうとすら、デイメンは見ていた。

そして、それから？　執政を告発し、その夜にローレントが己が手でデイメンを解放しに来て、それで終わりか？

いつしかデイメンは天幕の列を抜けていた。ブルトー村の根深い静けさが背を包む。すぐに夜明けが訪れ、鳥たちのさえずりとともに空は段々と白み、太陽の上昇につれて星が消えていくだろう。目をとじて、デイメンは自分の呼吸と、胸の動きを感じた。

決してありえないことだった。だからこそ、ただこの一度、デイメンは思い描く。ローレントと一人の男として向き合うその時を……もし憎しみが互いの国を隔てていなかったなら、ローレントはアキエロスを使節団の一員として訪れ、デイメンの目は、まずその外見に惹かれて金の髪を見つめただろう。晩餐会、狩りや乗馬で共に時をすごし、そしてローレントと――デイメンはローレントの洗練と魅力を、命の危険を感じることなく見出すだろう。そう、己をごまかさず言えば、もしそんな雰囲気のローレントと出会っていたならば、あの金の睫毛と鋭い舌鋒にデイメンは抗いえたかどうか。

デイメンの目が開いた。騎馬の音を聞いていた。

その音を追って木々の間を抜けていくと、ヴァスク人の野営地の端に出た。女の騎手が二人、汗まみれの馬で走りこんできたところで、別の一騎が入れ替わりに出ていく。そういえばローレントは昨夜、ヴァスクの女たちと何やらしばらく交渉していたと、デイメンは思い出した。そしてもう一つ、この場所が男子禁制であったことも思い出した時、まさに目の前に槍の穂先がぬっと突き出して、ぴたりと止まった。

デイメンは、両手を降伏の形に上げた。槍を構えた女は、それを突き立ててこようとはしなかった。かわりにデイメンをじろじろと探るように見てから、進めと手を振った。デイメンは槍を背につきつけられながらヴァスク人の宿陣へ足を踏み入れた。

ローレントの部隊の宿営地とは違って、こちらはすでに活気に満ちていた。女たちは起き、夜の間縛られていた十四名の捕虜をほどいてまた今日のために縛り直しているところだった。さらに何かが彼らの注目を集めていた。デイメンは自分がローレントのほうへつれられて行っているのだと気付く。ローレントは、疲れ果てた馬の脇に立つ二人の騎手と熱心に話しこんでいた。

デイメンの姿を見ると、ローレントが話を切り上げてやってきた。槍を持った女は消えていた。

ローレントが言った。

「残念ながら、もうお楽しみの時間はないぞ」

曇りのない声だ。デイメンは答えた。

「お気遣いどうも。だが馬蹄の音を聞いたので来たのだ」

「ラザールの言い訳は、道を間違えたというものだったぞ」

間が空いて、デイメンはいくつか返事を思いついては捨てた。結局は、ローレントと同じような口調で返す。

「成程。一人にしたほうがいいか?」

「俺の気分がどうあれ、無理だな。真面目な話、金髪のヴァスクの子供ひとり探してくるだけで俺の王位相続権を奪える。俺は一度もないのだが」とローレントがつけ加えた。「女とは」

「大変に気持ちいいものだぞ」

「お前は、好んでいるのだな」

「大体のところは」

「オーギュステも女を好んだ。俺に言っていた、大人になればわかると。俺は、兄が世継ぎを作っている間、俺は本を読むからいいと答えたのだ。あれは俺が……九つか？　十か？　もう己を大人だと思っていた。思い上がりとは怖いものだ」

答えそうになって、デイメンは自制した。こんな雰囲気のローレントはこの調子でいつまでもしゃべっていられるのだ、それをデイメンは知っている。何が彼を饒舌にしているのかいつもわかるわけではないが、今はわかる。

デイメンは語りかけた。

「気を楽に持て。トゥアルス大守と対面する準備は、もう充分できている」

ローレントの足が止まったのがわかった。空は闇から暗い青に変わり、刻々と明るさが増していく。その中で、ローレントの金の髪は見えたが、表情まではわからなかった。

思えば、随分と前からデイメンには、ローレントに聞いてみたいことがあったのだった。

「一体どうして、叔父相手にこれほどまでの瀬戸際に追いつめられねばならなかった？　あなたのほうが彼よりも上手だろうに。優るところを、この目で見てきた」

ローレントが答えた。

「今なら、俺が優ったように見えることもあるかもしれん。だがこの勝負は、俺がもっと……若い頃、始まったものなのだ」

二人は部隊の宿営地に着いた。天幕の列に起床の点呼がかかる。灰色の朝もやの中、兵たちが起きはじめた。

もっと若い頃。マーラスの戦いの時、ローレントは十四歳だった。いや――とデイメンは頭の中で月を数える。あの戦いの始まりは早春だった。ローレントは晩春に二十一の年齢に達する。だから違う、さらにもう一つ若い。十三歳だ。十四を目の前にして。

十三歳のローレントを思い描こうとしたが、まるで想像が及ばない。同様に、その年齢のローレントが戦場で戦う姿も、敬愛する兄の背を追いかけて回る姿も想像できなかった。誰かを敬愛するローレントというのが、もうデイメンの想像力を超えている。

天幕が解体され、兵たちは鞍にまたがった。デイメンの前にあるのは凜然とのびた背すじと、かつて戦場で対峙したあの王子の深い金髪よりも淡い金の頭だった。

オーギュステ。あの卑劣漢ばかりの戦場で、ひとり誇り高かった男。

デイメンの父は、信義を持って、ヴェーレの使者を王の天幕へ招いた。そしてヴェーレ側にきわめて公平な条件を出した。この領土を明け渡し、命は長らえよと。使者は地面に唾を吐いて言った――ヴェーレはいかなる時もアキエロスには伏さぬと。その言葉に外から迫ってきたヴェーレ軍の進攻の音が重なった。

和平の話し合いと見せかけた攻撃。王同士がまみえる戦場で、誇りなき、まさに恥知らずの所業であった。

奴らと戦え、と父はデイメンに言った。奴らを信じるなと。父の言葉は正しかった。そして父はあの時も裏切りにそなえていた。

ヴェーレ人たちは卑劣で怯懦（きょうだ）だ。人を欺こうと仕掛けた不意打ちが、勢揃いしていたアキエロス軍の反撃にあった瞬間、本来ならヴェーレ軍は散り散りとなる筈だった。だがどういうわけか戦闘が激しさを増しても彼らは崩れず、一歩も退くことなく剣を掲げ、幾時間にもわたって戦いつづけ、そしてついにはアキエロス軍の陣形がほころびを見せはじめた。

ヴェーレの総大将は王ではなく、あの時二十五歳だった王太子が戦線を支えていた。

父上、私が彼に勝ってみせます。デイメンはそう言った。

ならばゆけ、と父は答えた。そして我らに勝利を持ち帰れ。

その地はヘレーという名で、ランプの灯りのもと、下を向いた金髪頭とさし向かいになってすっかり見慣れたあの地図のほんの一片として、デイメンはこの地を知っていた。昨夜もこの地形についてローレント相手に論じながら、彼は言ったのだった。

「この夏はそう酷暑ではない。ならばここは草地と見ていいだろう。道を外れる必要に迫られたとしても、馬の足元としては悪くない」

結果として、見立ては正しかった。草はよく茂り、一行の左右に広がるやわらかな草地となっていた。前方は丘陵地帯で、斜面がうねるように続き、東側にも山がある。

太陽が天を昇っていく。暁のうちの出立だったが、ヘレーの地に達した時にはすでに平らな草原と空の境目がはっきり見えるだけの陽光があった。あるいは、空と、その下に待ち受けるものとの境目が。

陽光を受ける南の丘の頂点が動き、丘を離れた。行進の列は段々と濃くなり、こちらへ近づくにつれ銀と赤のきらめきとなった。

部隊の先頭のデイメンは手綱を引いて向きを変え、隣のローレントも同じようにした。その目は南の丘にひたと据えられている。もはや向こうはただの列ではなく、輪郭を得て見分けのつく形となって、ジョードが全隊に停止の号令をかけた。

赤、また赤。執権の色の上、国境の砦の紋章が華麗にはためき、迫ってくる。ラヴェネルの旗だ。旗だけでなく、兵士や騎兵が丘の頂点から、杯からあふれてくるワインのごとく斜面を暗く染めていく。

すでに、隊列はよく見えた。おおまかな人数の見当が付くほどに。五百から六百名の騎兵と、百五十名の歩兵隊が二つ。デイメンがラヴェネルの砦の営所を見た限りでは、これは砦の戦馬のほぼすべて、そして全部ではないにしてもかなりの数の歩兵と言えた。デイメンの下で馬が神経質に身じろいだ。

そして次の瞬間、右手の斜面からも、まるで人々が生えてきたように見えた。今度はもっと近く——それぞれの輪郭と服が見分けられるほどに近く。それは、トゥアルス大守がブルトー村へ送りこんだ分遣隊で、一日前に村を発った筈の兵たちだった。実際は去らずにここで待ち伏せしていたのだ。これでさらに二百名。

背後の兵たちの落ちつかない緊張がデイメンにも伝わってくる。部隊の半数は、周囲をとり囲むこの緋色は信頼できぬと骨身に染みている。その色に対して、こちらの人数は十分の一。

ラヴェネルの部隊が大きく、二手に裂けはじめた。

「我々を挟撃するつもりだ。俺たちを敵兵と見誤ってるのか？」とジョードが困惑した様子で言った。

「いいや」とローレント。

「まだふさがれていない道はある。北なら空いている」とデイメンが言った。

「いいや」

ラヴェネルの部隊から小さな集団が分かれて、近づいてきた。

「お前たち二人、来い」

ローレントはそう言うなり、馬の腹へ踵を入れた。

デイメンとジョードも続き、広々とした草地へと馬を走らせ、トゥアルス大守と従臣たちとの対面へ向かった。

形式としては、最初からまるでなっていない。対峙した二軍の間でのこうした話し合いは、使者や役人を通して和平の条件を固める時か、あるいは戦いに踏みきる前の最後の形式として行われるものだ。草原を全速力で疾駆しながら、デイメンはそうした戦時の流れを思い、骨の髄まで不安を感じた。

ローレントが手綱を引いた。彼らを待つ一団の人数と、その顔ぶれがさらに不安をつのらせる。隊長のエンゲランがいた。向こうはトゥアルス大守を先頭に、隣にグイオン元老、そしてさらに従えられた十二名の騎兵。

「トゥアルス卿」

ローレントが呼びかけた。

トゥアルス大守の返答には、何の挨拶も前置きもなかった。

「こちらの軍勢を見たであろう。我らに下って、共に来られよ」

「どうやら会わぬ間に、叔父からの言葉が届いたと見えるな」

トゥアルス大守は何も言わず、背後に揃ったマントと鎧に身を包んだ騎兵たち同様に無反応で、珍しく、沈黙を破ってふたたび口を開いたのはローレントのほうだった。

「何のために下れと？」

トゥアルス大守の傷のある顔は、侮蔑をたたえて冷たかった。

「あなたがヴァスクの部族に金品を与えて手なずけていたことはわかっている。そこにいるアキエロス人になびいてヴァスク人たちと手を組み、国境での襲撃を企んで、己が国の国力を削ごうとしたこともわかっている。罪なきブルトーの村はその犠牲となった。ラヴェネルにおいて、あなたは叛逆の罪で裁かれ、処刑される」

「叛逆」とローレントが言った。

「まさに今、その襲撃に加担した男どもを一行の中につれているではないか？　その上、その者たちを使って叔父上に罪をなすりつけようともくろんでいるのだろう？　それを否定できると？」

その言葉は、斧の一撃のような衝撃であった。執政より上手だ、デイメンはそうローレントに言ったが、彼が執政の力のほどを目にしたのはもう幾週も前のことであった。背すじの寒気とともに、デイメンは思い知る——あの部族の男たちはまさにこの瞬間のために仕込まれていたのかと。ただしローレントによってではなく。ローレントは結果として、自らの罪の証拠をトゥアルス大守の前へ運んできたのだ。

「否定などいかようにもできる」とローレントが応じた。「証拠が欠けている以上」

「証拠はある。私の証言が。この目ですべて見た」

一人の騎手が周囲を押しのけて前へ出ると、そう言い放ち、マントのかぶりの部分を払って顔をさらけ出した。貴人の鎧をまとい、濃い茶の巻き毛を整えた彼は別人のようだったが、その愛らしい口元や、敵意に満ちた声、挑戦的なまなざしにはなじみがあった。

そこにいたのはアイメリックだった。

現実がぐらりと傾く——記憶の中でいくつもの何気ない光景が変容し、まるで違う影を見せていく。腹にずしりと氷を呑むようにデイメンがすべてを理解した時、すでにローレントは行動に移っていた。それも気の利いた返事を投げ返すためではなく。さっと馬首をめぐらせると、彼はジョードの馬の前に己の馬をつけ、命じた。

「部隊のところへ戻れ。今すぐ」

ジョードは、剣で貫かれたかのように顔色を失っていた。アイメリックは顎をつんと上げて彼らを見つめていたが、ジョードを特に意識した様子はない。そのアイメリックから引きはがした視線をローレントの冷徹な目へ向けたジョードの顔には、裏切りの衝撃と、罪悪感の懊悩(おうのう)が刻まれていた。

罪悪感——小さな軍律へのひびが、部隊の心臓部まで届いていたのだ。一体アイメリックはどれほど前から姿を消し、それをいつからジョードが間違った忠義心でかばってきた？

デイメンはずっと、ジョードをいい隊長だと思ってきた。そしてやはりこの時でさえ、ジョードはそういう男であった。青ざめた顔で、言い訳ひとつ口にせず、アイメリックにも言葉を求めず、ジョードはただ黙って命令に従った。

そしてローレントは一人残された。かたわらに奴隷だけを従えて。デイメンは肌に、あらゆる剣の刃を、矢尻の先を、丘陵に並ぶ兵の存在を意識する。そしてローレントの存在も。そのローレントは、周囲の剣も矢も兵も存在しないかのように冷ややかな青い目を上げ、アイメリックを見据えた。

口を開く。

「これで俺を敵に回したな。楽しい経験とはならんぞ」

アイメリックが言い返す。

「貴様はアキエロス人と寝てろ。奴らに足を開いてりゃいい」

「お前がジョードに足を開いたようにか?」ローレントが応じた。「ただし、お前は本当にその足を開いたがな。父親からそこまでやれと言い含められたのか、それとも己の洒落た思いつきか?」

「私は、自分の家族を裏切りはしない。貴様とは違う。叔父上を嫌っているんだろう?　しかも自分の兄に道に外れた思いを寄せていたんだからな」

「十三歳でか?」

その凍てついた青い目から磨き上げられた靴先まで、そこに立つローレントは、誰かへの思いなどひとかけらも身のうちに存在しないかに見えた。

「ならば、お前よりも俺のほうが早熟だったようだな」

その言葉にアイメリックはさらに激昂した。

「自分は何をしようが許されると思ってたんだろ？　その顔を面と向かって笑ってやりたかったよ。やるところだったさ、貴様に仕えてると思うだけで吐き気がしてなきゃね」

トゥアルス大守が告げた。

「自らこちらに下られるか、さもなければ我々に制圧されてからにするか。好きな道を選ばれるがいい」

すぐには、ローレントは何も答えなかった。その目は、兵隊の列を、自軍を挟撃する位置の分遣隊の騎兵を、勢揃いした歩兵の一団を見渡した。対するはローレントの小部隊、そもそも本格的な戦いのための兵数など元からそなわっていない。

アイメリックの証言とローレントの抗弁がぶつかる裁きの場は、形だけの茶番になるだろう。ここにいる人々が知るローレントは悪評まみれで、身を守れるような人望などない。対して立つのは、叔父にへつらう者たちばかりだ。アーレスの城に行けばなお悪い。執政は、手ずからローレントの評判に泥を塗ってきた。怯懦、何ひとつ成し遂げていない、玉座にふさわしくないと。

ローレントは部隊の兵たちに、自分のために死ねとは言うまい。デイメンにはわかっていた。同時に、ローレントが命じたなら兵たちはためらわず死ぬだろうと——胸の痛みのようなものとともに——悟る。この寄せ集めの男たち、ほんの少し前まではまとまりもなく怠惰で信用ならぬ連中だった彼らは今、己の王子のためならば命尽きるまで戦い抜くだろう。王子に命じられさえすれば。

　ローレントが問いかけた。

「もし私がそちらの軍に下り、叔父上の裁きにこの身をゆだねたならば、兵はどうなる？」

「あなたの罪は彼らの罪ではない。ただ忠誠から道を誤っただけのこと、兵たちには命と身の自由が保証されよう。部隊は解体され、女たちはヴァスクの国境まで送られる。この奴隷は処刑となる。当然な」

「当然」とローレント。

　グイオン元老がここで会話に加わった。

「あなたの叔父上は、決して言わぬであろうから」と息子のアイメリックの隣に馬を寄せる。

「かわりに私が言おう。叔父上は亡きあなたの父と兄への忠節から、あなたに値せぬほどの寛容さをもって接してきた。それをあなたは、侮りと蔑みをもって返礼とし、己の責務を怠り、家名へ泥を塗りつけて恥じようともしない。その自己中心的な本性がこうして叛逆にまで至ったことに驚きはしないが、叔父上からあれほど惜しみない慈しみを受けながら、その信頼をどうして裏切れたというのだ？」

「叔父上の節度をわきまえぬ慈しみ、か」ローレントがそう応じた。「誓ってもいいが、たやすいことだった」

「良心の呵責すらないようですな」

「責務を怠ると言えば、だ」

そう言って、ローレントが片手を上げた。背後で遠く、彼の部隊から二人のヴァスクの女たちが列を離れ、馬でこちらへ向かってくる。隊長のエンゲランは警戒の動きを見せたが、トゥアルス大守が手で制した。女二人ごとき来たところで大勢に変化はない。

半ばまで近づくと、女の鞍がふくらんでいるのが見えた。さらに近づくと、その膨らみの正体も見てとれた。

「そなたのものが、いくつかこちらにある。気付かぬとは不注意をたしなめたいところだが、部隊の端くれがいかにたやすくよそにまぎれこめるか、私もたった今学んだのでな」

続けて、何かヴァスク語で言った。女が鞍の上から何かが詰まった袋を地面へ落とすと、もう一人がその袋を振って邪魔な中身を外へ振り出した。

それは茶色の髪をした、一人の男であった。手首と足首を縛られ、まるで狩られて棒に吊るされた猪のようだ。顔には土がこびりつき、こめかみの付近だけは土ではなく、乾いた血が乱れた髪を固めていた。

部族の男ではない。

ヴァスクの野営地を、デイメンは思い出していた。今朝、捕虜は十四人いた。昨日までは十人だったものが。デイメンはさっとローレントを見やった。

グイオンが口を開く。

「もし、この拙劣な人質工作で、己にふりかかるべき正義の裁きを一時でも逃れられると思っているなら、考え違いというものだ」

そこにエンゲランが「こちらの斥候の一人だ」と言葉をかぶせた。

「お前たちの斥候のうちの四人だな」とローレントが告げる。

騎兵が一人、馬からとび下りて捕虜のそばに鎧の膝をつき、屈みこむ。トゥアルス大守は眉をひそめてエンゲランへとたずねた。

「斥候の報告は遅れているのか？」

「東側からは。よくあることです。これほど範囲が広くては」

兵士が捕虜の手と足の縛めを切り、口につめられていた布を引き出すと、捕虜の男はきつく縛られていたためにままならぬ動きでぎくしゃくとその場に屈んだ。

もつれる舌で、

「閣下──東に軍勢ありて、ヘレーで我々を迎撃しようと動いております──」

「ヘレーはここだぞ」

グイオン元老が苛々と声をとばし、エンゲランは目つきを変えてローレントを見た。

「どのような軍勢だ？」

突然アイメリックが発した声は、上ずって張りつめていた。

その瞬間、デイメンは思い出す。屋根の上での逃走劇を、星を抱いて回る夜空の下、路上の男たちめがけて洗濯物を落としたことを――。

「どうせ、部族の郎党どもか、アキエロスの傭兵か何かであろう」

――宿の一室で片膝をついた顎髭の使者を――。

「それならお気に召すだろうな、そなたは?」とローレントが切り返す。

――そして城のバルコニーでローレントが親しげにトルヴェルドに何か囁き、とてつもない価値のある奴隷たちを彼に与えたことを。

斥候の男は報告を続けていた。

「彼らは王子の旗とともに、黄色いパトラスの旗を掲げ――」

ヴァスクの女の片方が耳をつんざくような音で角笛を吹き鳴らすと、それに遠く、悲しげなこだまのような音が応えた。ひとたび、さらにふたたびみたびと、東から。そして広い東の丘の稜線がざわめき立つように、旗が次々と現れる。刃のきらめきと、揃いの軍装も。

皆の中でただひとり、ローレントのみが丘には目もくれず、トゥアルス大守を見据えていた。

「好きな道を選べとな?」

ローレントが問いかけた。

謀ったな! とニケイスはかつてローレントをなじった。わざと目の前で見せようと!

「思っていたか? 戦いを挑めば、私が受けて立たぬと?」

パトラスの軍勢は東の地平を埋め、真昼の陽光に燦然と輝いていた。

　ローレントが言い放った。

「我が侮(あなど)りと蔑みに、お前たちの許しなど要らぬ。トゥアルス卿、そなたが私に相対するこの地は我が王国。そなたが生きるは我が土地、その息すら我が心のままだ。さあ、好きな道を選べ」

「攻撃を！」

　アイメリックがトゥアルス大守と父グイオンへ目を走らせる。手綱を握りしめる手が白い。

「この男を、今すぐ！　あの軍勢がここへ届く前に――！　この男がどんな男か知らぬでしょう、あの手この手で――物事を都合よく歪めて――」

「殿下」とトゥアルス大守が呼びかけた。「私はあなたの叔父上より勅命を戴いております。執権により裏付けられた国命を」

　ローレントは答えた。

「執権は、我が玉座を護持するためにこそ存在する。叔父がそなたに示した国権はあくまでも我が権威によって成り立つものだ。その裏付けなき今、そなたがすべきは、叔父を退けることだ」

「……考える時間を。参謀たちとも、今ひとたび話し合わねば。これより一時間」

「行くがいい」

　ローレントは命じた。

トゥアルスの号令に従って、奉迎の一団は味方の陣へと一斉に戻っていった。

ローレントは馬首をさっとめぐらせ、デイメンと向き合った。

「お前には兵の指揮を取ってもらう。ジョードから指揮権を受けとれ。お前が指揮官だ。そうあるべきだったのだ、最初から」

そして、トゥアルスについて口にするローレントの口調は険しかった。

「あの男は戦うだろう」

「迷っているぞ」とデイメンは言う。

「ああ、あの男はな。グイオンがその背を強引に押す。グイオンは、叔父の輿をかついでここまで来た。どうなろうが、とにかく俺が玉座に坐せば己の首が落ちると知っているのだ。グイオンは、トゥアルスが戦いから退くようなことは許すまい」

ローレントは続けた。

「俺はこの一月、お前と地図の上で戦術ごっこをしてきた。戦場でのお前の兵法は俺に勝る。ヴェーレの国境城主たちにも勝るか？　意見を述べよ、隊長」

デイメンはまた丘陵を見やった。この一瞬、二つの軍にはさまれて、彼とローレントは二人きりであった。

東から挟撃するパトラスの軍勢を得た今、ローレントは兵数においては対等、そして位置取りは優位だ。その優位を勝ちに結びつけるには、部隊の位置関係を崩さず、慢心に陥ることな

く、逆転をもくろむ相手の一手をいかにしのぐかにかかっている。

だがトゥアルス大守を隠れるところのないこの原野へと迎え、今、デイメンの内ではアキエロスの血が猛々しく騒ぐ。ヴェーレ人を砦から引きずり出すのがいかに困難か、アキエロスではそれこそ無数の逸話が語られてきた。

「この戦い、あなたに勝たせることはできる。だがもしラヴェネルの砦を陥としたいのなら——」

デイメンは言いかかる。あまりに大それた言葉に、戦いの本能が体の奥で目覚めるのを感じた。ヴェーレの国境でも一、二を争う強大な砦を陥とす。それは、デイメンの父すら挑んだことのない、実現を夢見たことすらない覇業であった。

「もしラヴェネルを陥としたいなら、向こうの軍を砦から完全に切り離しておかねばならない。使者も騎手も、誰ひとり逃さず近づけず、迅速で決定的な勝利をおさめ、相手に潰走させないことだ。何が起きたかラヴェネルの砦に伝われば、防備を固められる。パトラス軍の一部で防衛線を作って相手の主力を牽制しつつ、前衛を切り崩す。できればトゥアルス大守の近くを。より堅いだろうが」

「一時間やろう」

「もっと楽にいったのだぞ——もっと早くに、少しでも先の成り行きを教えてくれてたらな。山でも。ヴァスクの宿陣でも」

「誰だかわからなかったのでな」

まるで闇色の花びらのように、ローレントの言葉がデイメンの内側で開いてゆく。

ローレントが言った。

「お前があの者について言ったことは正しかった。あれは一週目に争いを引き起こそうとして、それがうまくいかぬと見るや、今度は隊長を寝床に引きこんだ」

まるで抑揚のない声だった。

「どうだったのだろうな？　お前はどう思う、オーラントがそれに気付いて、アイメリックの剣に串刺しにされたのか？」

オーラント——その名を思い、デイメンはいきなり胸が悪くなった。

だがその時にはもうローレントは馬に踵を入れ、部隊のほうへと馳せ戻っていた。

第十六章

戻った二人を迎えた部隊の空気は張りつめていた。兵たちは執政の旗に囲まれて神経を尖らせている。

すべての準備を終えるには、一時間などないも同然だ。誰もがせき立てられる。皆で荷車を、雑役の者たちを、予備の馬を解き放った。武装し、盾を取った。戦うほどの義理もないヴァスクの女たちは荷車とともに引き上げていったが、倒した男の馬を好きなだけ分捕っていいと知って二人の女が戦列に残った。

「執権側は」とローレントが部隊に言い渡した。「我々に数で勝れると思っていた。戦うまでもなく下せると」

デイメンが先を引きとる。

「我々は、奴らからなど退かぬ、屈さぬ、折れぬ。突き進め！　止まらず、斬りすすめ。奴らの陣を斬りくずすのだ。今こそ戦いの時だ。王子のために！」

叫びが起きる。王子のために！と。兵たちは剣の柄を握り、兜の面頬を荒々しく下げ、一斉に雄たけびを上げた。

隊列に沿って馬を走らせていく。デイメンが命令を下すと、部隊は前進しながら忠実に隊形を組み直した。だらけて不格好な動きだった日々はもう遠い。新しく経験も浅い部隊だが、この初夏のたゆまぬ訓練の数々が皆を支えている。

ジョードは、横へ馬をつけたデイメンへと言い切った。

「今日この身がどうなろうと、とにかく一戦ぶちかましてやる」

デイメンはうなずいた。それから向き直り、トゥアルス大守の部隊へさっと目を走らせた。

戦いにおける最大の真実を、デイメンは知っている。戦いを勝つのは兵たちだ。数の差が、その数が拮抗していれば兵の質の差が物を言う。隊長がどんな命令を下そうと、兵がそれを実行できなければ意味などない。

そして彼らには、はっきりとした戦略上の有利があった。トゥアルスの部隊はローレントと正対しながら、側面をパトラスの軍へ向けている。前衛が向きを変えてパトラス軍相手に新たな先陣を作らなければあっという間に横から蹴散らされてしまう。

しかしトゥアルスの部隊はよく訓練されて大人数の陣立てにも慣れている。二方向の敵を相手に隊を分け、前衛を二つにして戦う戦法も、きっと熟知しているだろう。

ローレントの部隊には、戦場での複雑な動きは期待できない。肝心なのは能力以上のことはさせず、隊列の保持に集中させることだ——訓練で徹底的に叩きこみ、身についたことだけを。それでトゥアルスの前衛を崩すしかない。できなければこの戦いは負け、ローレントは叔父の力に屈する。

いつしか、デイメンの内に怒りがたぎっていた。アイメリックの裏切りへの怒りではない、執政に対する怒りだった。執政は悪意に満ちた噂につけこんだ——そうやって真実を歪め、人の運命を歪め、己ひとりは手も汚れぬ高みから、手駒の男たちを己の王子にけしかけようとしているのだ。

向こうの布陣は、必ず崩す。何があろうと、この手で。

ローレントの馬がデイメンの横へつけた。草木や踏みしだかれた葉の青々とした匂いは、もうじき別の匂いに変わるだろう。ローレントは長い沈黙の後、口を開いた。

「トゥアルスの兵たちは見た目ほど一枚岩ではない。叔父が俺についてどのような噂を広めようと、星光の紋章は、この国境地帯ではまだ意味を持つ」

ローレントは、兄の名は口にしなかった。彼は今ここに、先陣に立って戦うためにいる。兄がいつもそうしていたように。ただ兄と異なり、ローレントが殺しに行くのは自国の民なのだった。

ローレントが続けた。

「わかっているように、隊長の本当の仕事は戦いの前にすでに終わっているものだ。そして、お前はずっとこの部隊の隊長だった——長い時間を費やして俺とともに教練の計画を練り、皆を鍛え上げた。お前の進言をもとに、教練の中身はごく単純なものにとどめ、ひたすら隊列の保持と撃破を学ばせてきた」

「派手な動きは見世物用だ。戦いに勝つには、確固たる基礎だ」

「俺ひとりだったなら、その方針は取らなかった」

「だろうな。いつも物事を複雑にしすぎている」

「ひとつ、お前に命じる」

ローレントが言った。

ヘレーの広い草原をはさんで、トゥアルスの兵たちがひとすじの乱れもない隊列で彼らと向き合う。

ローレントの口調は明瞭だった。

「お前の求める、相手の潰走を許さぬ迅速で決定的な勝利——つまりこの戦いは短くなければならず、しかも兵の半数を失うようでは意味がないということだ。そこで命令だ。前衛を突破したら、俺とお前は向こうの指揮官を探す。グイオンは俺にまかせろ、だがお前が先に見つけたなら、その時は——」とローレントは続けた。「トゥアルス大守を殺せ」

「何だと？」

すべての言葉に迷いがなかった。

「アキエロスの勝ち方だ、違うか？　どうしてわざわざ軍勢すべてと戦う、頭ひとつ切り落とせば片付くというのに？」

長い沈黙の後、デイメンは言った。

「わざわざ探しに行く必要はない。向こうからあなたを見つけに来る」

「ならば、いち早く片付くというものだ。前にお前に言ったことは本気だ、もし我々がラヴェネルの城壁の内側でこの夜をすごせたならば、明日の朝、その首から枷を外す。お前は、今日これを戦うためにここまで来たのだ」

一時間は与えられなかった。それどころかその半分もあったかどうか。予告ひとつなしに、トゥアルス大守は自軍の位置取りの不利を奇襲で逆転しようとした。

だがデイメンは、かつてヴェーレ軍が和平交渉を一方的に踏みにじるところを見ており、今回も不意打ちに備えていた。それに当然ローレントは、想像も及ばぬほど、裏をかくのが難しい相手だ。

野原をつっきる突撃の方陣は美しく乱れがない。常のように。トランペットが響きわたり、最初の大移動が始まる。トゥアルスの軍も向きを転換しようとしてはいたが、まっすぐ突進するローレントの騎馬隊に直面することとなった。

デイメンが号令を放つ——馬抑えよ、列乱すな。

陣形がすべてだ、高まる突撃への情熱で列を乱してはならない。ローレントの兵たちは、頭を振り立てて全速力に入ろうとする馬を固い手綱でゆるい駈足(かけあし)に抑えた。馬蹄が轟き、馬たちの興奮も高まり、血が沸き立ち、炎が駆け抜けるように突進の熱が一気に凝縮する。抑、え、よ、抑、え、よ——。

激突の衝撃は、まさにネッソンの山崩れのようであった。なじみのある乱れた激震が駆け抜け、その瞬間、突撃という部隊全体の動きが、速度がのった人馬のぶつかり合いに、肉と鉄のぶつかり合いに変わる。衝撃音と兵士の雄たけびが耳をつんざき、双方の隊列が今にも崩れんばかりにたわみ、まっすぐだった列と旗がうねりもがく塊と化した。馬が体勢を崩し、踏んばる。何頭かは斬られ、貫かれて倒れた。

斬りすすめと、デイメンはそう命じたのだった。自身もまた敵を倒し、剣をなぎ払い、盾と馬をぶつけながら陣の隙間をこじ開け、さらに奥へ、力ずくで道を斬りひらいて、続く兵たちに勢いを与える。隣で、喉に槍を受けた兵士が馬から落ちた。左手から馬のものらしき叫びが上がり、ロシャールの馬が崩れた。

目の前では、兵が一人また一人とみるまに倒れていく。

デイメンは意識を外にも広げた。剣と盾を脇へ払い、兜の兵を倒す間も、意識のどこかではトゥアルス軍の陣が崩れるその瞬間を待ち受けている。これが前線で指揮を取ることの難しさ──一瞬を生きのびながら、同時に頭では戦闘全体の流れを冷静に把握している。とは言えある面、実に爽快でもあった。まるで、大小の視野を持つ二つの体で同時に戦っているかのように。

トゥアルスの部隊が圧されはじめ、陣形が崩れかかっているのを感じた。こちらの攻勢が勝り、敵兵は退くか死ぬかの瀬戸際にいる。ならば死をくれてやろう。トゥアルスの軍を切り刻み、立ちはだかるあの男にそれを見せてやる。

向こうの部隊が陣形立て直しの号令をかけているのが、デイメンの耳に届いて──。

衝破せよ。突破せよ。

デイメンもまたローレントの兵たちに、自分の周りに集合しろと号令した。戦場で指揮官が怒鳴ろうと、すぐ隣の兵にすら届くかどうか。だがデイメンの号令は次々と復唱されて広がり、すぐさま角笛が高らかに鳴り、そしてこの動きをネッソンの野で果てることなく演習してきた兵たちは、デイメンを軸に完璧な陣形を作り上げた。人数もほぼ揃っている。

まさにその時、隊形を保ちきれないでいるトゥアルスの部隊が、側面からパトラス軍の突撃を受けて揺れた。

第一の陣の崩壊、それははじけ出す混沌であった。隣にローレントがいるのは意識していた——意識せずにはいられなかった。ローレントの馬が、肩に長い傷を負ってよろめいているのを見た。視線の先、ローレントのすぐ前で馬が一頭どうと倒れる——瞬間、ローレントは太腿を締めて姿勢を変えるや馬を駆ってのたうつ障害物を跳び越えさせ、抜き身の剣を手に向こう側へ着地するなり、たった二振りで邪魔な敵を片付けてのけた。よろめく馬上から。そう、かつてこの男は、死にかけた馬に乗りながらもトルヴェルドより先に狩りの獲物を仕留めたのだ。それが強烈によみがえる。

そしてどうやら、ローレントのあの言葉は正しかったようだ。ローレントの周囲にいる兵たちがじわりと下がった。目の前で黄金の鎧に身を包み、輝く星光の紋章をまとっているのは、彼らの王子なのだ。街で、行列で、お飾りとしてでも常に際立っていた王子だ。兵卒たちにとって、その王子に自ら斬りかかるのはやはり抵抗があった。

だがそれも、兵卒相手であれば。とにかく俺が玉座に坐せば己の首が落ちると知っている――ローレントはグイオンをそう評した。戦いの帰趨が決しつつある今、グイオンは今すぐローレントを殺すしかない。

ローレントの旗が先に傾くのが見えた。凶兆だ。ローレントと斬り結んでいる相手は隊長のエンゲランで、おそらく――とデイメンは思う――執政から吹きこまれたローレントの軟弱さがまるで嘘だったのかとこの土壇場で思い知っていることだろう。

「王子の元へ、」

デイメンは声を張り上げながら、ローレントを中心に戦いの流れが変わるのを感じる。兵たちは陣形を取ろうとしたが――遅すぎた。エンゲランが属する小隊には、トゥアルス大守その人もいた。そしてローレントへの道が開けた瞬間、トゥアルスは馬で突撃していた。デイメンも己の馬に拍車を入れた。

肉を打つ重い音を立てて二頭の馬が激突し、首を絡ませ、のたうちながらどうと地に倒れた。鎧のデイメンは地面に激しく叩きつけられた。立ち上がろうともがく馬の蹄を避けて転がり、経験からくる知恵で、さらにひと転がりした。

その兜の留め帯をトゥアルス大守の剣が断ち切り、そして刃が――首をとらえに来た刃が――金の首枷に擦れて甲高く流れ、地面にめりこんだ。デイメンは片手に剣をつかんで敵の前に立つと、兜のねじれと危機をひしひしと感じながら、左手で盾を振り捨てた。

トゥアルス大守の目を見据える。

大守が「奴隷め」と苦々しく吐き捨てると、剣を地面から引き抜き、刃をデイメンの体に突き立てようとした。

デイメンはその剣を己の剣で受け流し、返す一撃でトゥアルスの盾を粉々に砕いた。

トゥアルスには、少なくとも最初の打ち合いを持ちこたえるだけの剣の腕があった。青臭い新兵などではなく歴戦の英雄であり、突撃の前線にいなかった分、体力も温存されている。トゥアルスは盾を捨て、剣の柄を握りしめて斬りかかってきた。

あと十五歳若ければデイメンともいい勝負になったかもしれない。今は無理だと、二度目の打ち合いがはっきり示していた。

だがそこで、ふたたび剣を構えるかわりに、トゥアルスはデイメンから後ずさった。表情が変わっていた。

それは、この場にふさわしいような、目の前の技量に驚いたり戦いの敗北を感じての顔ではなかった。それは、じりじりと広がる驚愕の、そして理解の表情であった。

「その顔を知っているぞ」

トゥアルス大守の声は、まるで記憶が体から引きずり出されたかのように不意のかすれを帯びていた。そして一気に攻めかかる。デイメンは半ば茫然としていたが、反射的に一撃をはね返し、無防備となったトゥアルスの体へ下から剣を突き立てた。

「知っているぞ――」

トゥアルスがまた言った。剣がその体にくいこみ、我知らず踏みこんで、デイメンはさらに深く刃を沈めた。

「デイミアノス、」トゥアルスがそう発する。「王子殺し……」

それが男の最後の言葉となった。デイメンは剣を引き抜く。一歩下がった。

その時、横に誰か近づいた気配を感じ、戦いのさなかだというのにデイメンはその場に凍りついた。今の場面を目撃され、聞かれていたとわかった。

振り向く。真実はもはや彼の顔に刻まれている。剝き出しにされ、今は己を偽ることもできない。ローレント――と思いながら目を上げ、トゥアルス大守の最後の言葉を聞いた相手と視線を合わせた。

ローレントではなかった。それはジョードであった。

ジョードはおののいた顔でデイメンを見つめ、その手から今にも剣が落ちそうだった。

「違う」とデイメンは言う。「そうではない――」

戦いの締めくくりの瞬間が周囲から一気に遠ざかり、デイメンは不意にはっきりと、ジョードが何を見ているのか――今日二度目に、その目に何を映しているのか悟った。

「あの人は、知ってるのか？」

ジョードが問う。

答える機会は与えられなかった。部隊の兵たちがトゥアルスの軍旗を引きずり下ろし、ラヴェネルの旗を倒す。それは現実に起きつつあった――打ち負かされた戦場の中心からラヴェネルの部隊は次々と降伏していき、デイメンは兵士の渦の中に揉まれて、男たちが勝鬨(かちどき)を上げる。王子万歳！と。そしてデイメンを囲んで、彼の名がくり返し唱えられた。デイメン、デイメンと。

歓呼の中でデイメンは新たな馬を与えられ、鞍にまたがった。全身が戦いの汗でうっすら光っている。馬の脇腹も黒っぽく濡れていた。心は、まるで突撃で敵とぶつかり合う寸前のような思いであった。

ローレントがすぐ横に馬をつける。さっきと同じ馬に乗っていて、馬の肩に血の筋が乾いていた。

「さて、隊長。あとは難攻不落の砦を陥とすだけだな」

デイメンに呼びかけた彼の目は、明るく輝いていた。

「降伏した者たちは寛大に扱われる。後に、我が指揮下に加わる機会を与えられるだろう。まずは負傷者と死者の扱いをお前の裁量ですませよ。終わったら来い、半時間の内にラヴェネルへ向けて出立するぞ」

生存者への措置を——負傷者はパトラスの天幕へ送られ、そこでパスカルとパトラスの者の療治を受ける。全員が分け隔てなく手当てされる。あまり手厚くとはいかないだろうが。向こうの部隊は九百名の兵に一人の医師も帯同させていなかったのだ。戦いになるなど思いもせず。死者への措置を——通常は勝者側がまず死者を引き取り、もし慈悲深ければその後で、尊厳を認めて敗者にも引き取りを許す。だが今回はどちらもヴェーレ人であり、どちら側の死者も隔てなく扱う。

それから部隊はラヴェネルの砦へと向かうのだ、寸分の遅れも迷いも許されない。ラヴェネルにならさ少なくともトゥアルス大守が置いてきた医師がいるだろう。これだけ苦労して手に入れた不意打ちの好機だ、悟られないようにするのも大事だ。

手綱を握ったデイメンが、ふと勘が働いて草原の外れへと出ると、探していた男をすぐそこに見つけていた。馬を下りる。

ジョードが聞いた。

「俺を殺しに来たのか？」

「いいや」

沈黙が落ちた。立つ二人の間には、二歩の距離がある。ジョードは抜き身の短剣を手にし、それを低く構えて、柄を握る拳の関節は白かった。

デイメンは言った。

「まだ、王子には言ってないのだな」

「否定しようとすらしないのか？」

　ジョードが問い返す。デイメンの沈黙に、ざらついた笑いをこぼした。

「俺たちがそんなに憎いのか、ずっとここまで憎んでたのか？　この国を侵略して土地を奪うだけじゃ足りなかったわけか？　こんな芝居までして――こんな腐り切った真似をしなきゃならなかったのかよ？」

「もしお前が王子に知らせたら、俺は王子の役に立てない」

「知らせる？」ジョードが言い返した。「自分が信頼していた男が嘘つきだと、すべて嘘だったと、しかもその男にだまされて最低の恥辱にまみれたと、知らせろって言うのか？」

　デイメンは、己の言葉が鉛のように重く落ちるのを感じた。

「彼を傷つけるつもりはない」

「兄上を殺して、次は寝床で本人にのしかかっといてか？」

　そんなふうに言われると、人でなしの所業と思えた。そういう関係じゃない、そう否定するべきなのだろうが、デイメンには言えなかった。身が熱くなり、次には凍えるように感じた。

　もし、と思う。もし強引に踏みこんでいればローレントの研ぎ澄まされた周到な言葉によって氷の壁のようにはねつけられていただろうが――もしデイメンがもっとひそやかに……脈打ち、いつしか甘く深まっていった流れに少しずつ息を合わせていたなら、もしかして……もはや、己に問うことしかできなかった。彼は、いや彼らは、自分たちが何をしているのか本当はわかっていたのだろうかと。

「俺は、この国を去る」デイメンは告げた。「ずっとそうしようとしてきた。とどまっていたのは、ただ――」

「ああそうしろ、消えろ。お前に台なしにされてたまるか。お前はラヴェネルまで隊を指揮し、王子には何も言うな。砦が陥ちたら馬に乗って行っちまえ。お前がいなくなればあの人は嘆くだろうが、知らずにすむ」

まさにデイメンが計画した通りのことだった。すべての始まりの時から、デイメンが計画してきたことだった。デイメンの胸の中で、心臓の鼓動のひとつずつが剣でえぐられるかのようだった。

「朝になったら――」とデイメンは言う。「彼のために砦を陥として、朝になったら、俺は去る。それが俺の誓いだ」

「日が天頂に達するまでに消えてなければ、王子に言うぞ。そうなれば王宮でお前がされたことなど、まるで恋人同士のキスにしか思えぬ目に遭うと思え」

ジョードは、忠誠篤い男だ。デイメンはずっとジョードのそういうところが好きで、彼の揺るがぬ忠心はデイメンに故国を思わせた。二人を包むのは戦闘の終焉で、静寂と踏み荒らされた草に、勝利が刻まれている。

「いつか、気付く」

デイメンの口から言葉がこぼれていた。

「俺のアキエロスへの帰還が耳に届けば。彼は気付く。その時には伝えてもらえないか。俺が――」

「おぞましい野郎だな」

ジョードが吐き捨てた。その手は短剣をきつく握っていた。今や、両手で。

「隊長」と声が呼んだ。「隊長！」

デイメンは、ジョードの顔から目を離さなかった。

「お前のことだ」とジョードが言った。

第十七章

エンゲランの腕を強くつかみ、デイメンは手負いのラヴェネルの部隊の隊長を戦場の端に据えられたパトラスの丸い幕屋へ引きずりこむと、そこでローレントを待った。

必要以上に乱暴だったかもしれないのは、この計画が気に入らないからだった。説明を聞く間も、体がずしりと、重石の下敷きになって潰されそうな気がした。そして今、デイメンは幕屋の中でエンゲランの腕を離し、立ち上がる男に手も貸さずに眺めた。エンゲランは脇腹に傷を負い、まだ出血が止まっていない。

ローレントが幕屋へ入って、兜を取った。エンゲランの目に映るものを、デイメンも見る。鎧に血しぶきを浴びた金色の王子。その髪は汗で乱れ、まなざしは無慈悲。エンゲランの腹の傷はローレントの剣によるものであった。ローレントの鎧を覆う鮮血はエンゲランの血であった。

ローレントが命じた。

「跪け」

鎧をきしませて、エンゲランは膝をついた。呼びかける。

「殿下」

ローレントが応じた。

「俺をお前の王子と呼んでくれるのか?」

何ひとつ変わっていない。ローレントは以前とまるきり同じだ。耳に優しい言葉が何より危険なのだ。エンゲランもそれに気付いた様子だった。周囲の床にマントを溜め、膝をついたままでいた。顎がぴくりとこわばったが、目も伏せたままでいた。

「我が忠誠は、トゥアルス卿に捧げて参った。十年間、お仕え申し上げてきた。そしてグイオンには元老としての、さらにはあなたの叔父上が与えた職権があった」

「グイオンには我が継承権を奪ういかなる職権もない。そのような手段があるという話も聞かぬ」

ローレントの目がエンゲランの全身にざっと走り、垂れた頭、その傷、麗々しい肩当てのついたヴェーレの鎧を見てとった。

「我らはラヴェネルの砦へ向かう。お前が命長らえているのは、俺がその忠誠を欲したからだ。叔父を仰ぐその目の曇りがとれた時、忠誠を俺に向けてくれるであろう」

エンゲランがデイメンのほうを見た。前に二人が対峙した時、エンゲランはトゥアルスの大広間からデイメンを追い出そうとしていたのだった。これは人の会合だ、アキエロスごときの席はない、と。

デイメンの身が固くなった。これから語られることにかけらも関わりたくなどない。エンゲランは敵意に満ちたまなざしを返す。

ローレントが言った。

「ああ、思い出した。お前はこの男を好かぬのだったな。その上、そうだ、戦場でも指揮官として打ち負かされた。きっと余計に気に入らぬであろうな」

「ラヴェネルの砦には入れぬ」エンゲランが、無感情に言った。「グイオン元老は随行とともに首尾よく戦地を逃れた。今ごろは、部隊が来ると警告しにラヴェネルへ向かっている」

「そうは思わぬな。グイオンはフォーテイヌに向かっているだろうよ。そこでひっそりと傷をなめ、叔父上と俺とのありがたくない板挟みを避けていることだろう」

「でたらめだ。どうしてフォーテイヌへ退く必要がある？　ここで相手を討ち果たせるというのに？」

「俺の手の内に息子がいるからだな」

ローレントが答える。エンゲランの目がさっとローレントの顔へ上がった。

「そうだ。アイメリックだ。くくられ、縄で巻かれてなおも可愛い毒を吐き散らしているぞ」

「成程。そこでラヴェネルの砦に入るために俺が要るというわけだ。生かしておいたのも本当はそのためか。俺に、この十年仕えてきた人々を裏切れと言うのか」

「ラヴェネルへ入るために？　我が親愛なるエンゲラン、そなたは大きな思い違いをしているぞ」

ローレントのまなざしがまたエンゲランの体をたどる。青い目は凍てついていた。

「お前は必要ないのだ」と告げた。「お前の服さえあればな」

それが、彼らがラヴェネルの砦へと入る方法だった。変装して。なじみのない服に身を包んで。

はじめから、どこか現実でないような感じがあった。エンゲランの肩当ての重さを手で量り、エンゲランの手甲の中で指をなじませながら。デイメンが立ち上がると、マントがふわりと広がった。

誰もが体に合う鎧をあてがわれたわけではないが、見つけ出したトゥアルスの旗をまっすぐに直し、赤い旗のもとで兜を正せば、十四メートルも離れたところからならトゥアルスの軍勢に見える。丁度それが、ラヴェネルの城壁の高さだ。

ロシャールは羽根付きの兜をせしめていた。ラザールは旗持ちの派手やかな絹の上着を。デイメンはその赤いマントと鎧同様、エンゲランの剣と兜を身につけ、その兜が視界を細い隙間に切り取っていた。エンゲラン本人には、一行に馬で同道するというありがたくない名誉が与えられ、それも——本来ならそうであるように——むしられた鶏のように下着姿に剝かれた格好ではなく、馬に縛りつけられて平凡なヴェーレ兵の服を着せられていた。

部隊は戦闘を終えたばかりで消耗していたが、勝利と興奮の中、疲労はむしろ皆の心をはやり立たせていた。この大胆不敵な賭けを楽しんでいる。それとも楽しみなのは新たな勝利か。ひときわ趣向の違う勝利だ。まずは執政を真正面から叩きつぶし、次には巧みに一杯食わせる。

デイメンには、この偽装に拒否感があった。反論もした。詭計などもってのほかだと。友軍と見せかけるなど。昔から変わらぬ戦争の形式が今も続いているのは、敵に公平な機会を与えるためだと。

「ならばこれこそ、我らにとっての公平な機会だ」

ローレントはそう言い切った。

実に開き直った面の皮の厚さで、いかにもローレント流と言えたが、サファイアの耳飾りをして睫毛をはためかせながら小さな街の宿屋に乗りこむのと部隊まるごと着せ替えるのとはまったく違う話だ。自分ひとりの扮装と、軍全体の擬態ではわけが違う。まるで、飾り立てられた嘘の下に塗りこめられた気分だった。

ラザールがなんとか上着に体をねじこむのを見た。ロシャールがパトラスの兵の一人と兜の羽飾りの大きさを比べているのも見た。

父はこのあきれた行為を軍の戦術とは見なすまいと、デイメンにはわかっていた。なんと卑劣で不面目な息子かと、顔をしかめるだろう。

父は、ラヴェネルの砦をこんなふうに攻略しようなど思いもしなかっただろう。扮装して。無血で。合わせて一日とかからず。

拳に手綱をぐるりと巻き、デイメンは馬の腹へ踵を入れた。一行はまず第一の門を、デイメンの肩当てをきらめかせながら通りすぎた。そして第二の門では、城壁の上の衛兵が旗を左右に振って落とし格子を開けと合図を送り、デイメンはラザールに応答の旗をぐるりと振るよう命じる。その間エンゲランは——猿轡をかまされて——鞍上で身をよじっていた。

無謀で心躍る冒険と思うべきなのだろう、実際、部隊の兵たちはそういう心持ちらしいとデイメンはぼんやり感じとる。デイメンが麻痺したようにやりすごそうとしているこの長い騎乗を、兵たちは楽しんでいる。皆がその昂揚をなんとか真面目な表情で隠し、鼓動ひとつずつが長引いて感じられる中、二つ目の門をくぐりながら警笛と弩の放たれる音を今かと待ったが、音は聞こえてこなかった。

頭上に張り出す重厚な鉄の格子をくぐりながら、デイメンはその訪れを望む己に気付く。騒然となるのを、激昂のあるいは威嚇の声が上がるのを、待っている。この——感情のはけ口が欲しい。叛逆者だ、止まれ！という声を。だが何の声も聞こえてこない。

当然、その筈だ。当たり前だ、砦の兵たちは友軍と思って彼らを歓迎しているのだから。偽りの虚像を信じ、無防備に迎え入れて。

デイメンは己の仕事に心を集中させた。ここで迷うわけにはいかない。この砦のことは知っている。その守りも陥穽も知っている。砦全体を掌握せねば。城壁の中へと門を抜けながら、デイメンは狭間胸壁へ、物資倉庫へ、数々の塔へ通じる螺旋階段へと部下たちを放った。

主力部隊が中庭へ到着した。ローレントは馬を一気に進めると、そのまま段を駆けのぼって中庭の壇上に立った。その金の姿を傲慢にさらして。兵たちはローレントの背後にある大広間へ入って中心に陣取った。もはや、彼らの正体を見まごうわけもない。トゥアルスの旗は放り捨てられ、青い三角旗が広げられた。ローレントが馬をぐるりと回頭させると、なめらかな石の表面を蹄が打ち鳴らした。ローレントの姿は隠すものもなくさらけ出され、狭間から下に向いたあらゆる矢の的として、ただひとりまばゆい輝きをまとっていた。

今こそ、ラヴェネルの兵の叫びが待たれる瞬間だった——叛逆者だ、角笛を鳴らせ！

だがその一瞬が訪れた時、デイメンはすでに砦じゅうに兵を送りこんでおり、ラヴェネルの兵の一人でも剣や弩に手をのばそうものなら、たちまち首に刃をつきつけられて制された。執政の緋色を、王子の青が圧する。

デイメンの口から、よく響く声が放たれていた。

「トゥアルス大守はヘレーの地で討ち果たされた。ラヴェネルの砦はこれより王太子の治下に入る」


まるきり流血なしとはいかなかった。宿舎のほうでは剣をまじえた戦いとなった。中でも一番しぶとかったのはトゥアルスの参謀ヘスタルの護衛兵たちだ。ヘスタルは——とデイメンは思う——ヴェーレ人ぶりが足りない男のようだ、権力者がすげかわったことを喜ぶふりもできないとは。

これは、勝利だ。己にそう言い聞かせた。兵たちもすべての段階を、古今変わらぬ流れを楽しんでいる。事前準備における緊張感の高まり、戦闘での激しい昂揚、そして劇的な勝利に酔いしれる。達成感と盛り上がりのままに彼らはラヴェネルの砦へなだれこみ、ヘレーの勝利の余勢で砦をも奪った。城内での小競り合いなど物ともせず。今の彼らに敵はいない。

戦闘に勝利し、砦を占拠した。大きな拠点だ。そしてデイメンは命長らえ、この幾月もの間で初めて、自由が手の届くところまできていた。

周囲では祝宴が始まり、馬鹿騒ぎとなっていたが、兵にはこの時間が必要だとデイメンはそのままにしておいた。笛を吹く少年がいたかと思うと、太鼓の音が始まって皆が踊り出す。顔を紅潮させ、幸せそうだった。酒樽の中身が中庭の噴水に空けられて、好きなだけワインをすくえる。ラザールがなみなみとワインの入った金属の酒杯をデイメンに渡してきた。蝿が浮いている。

デイメンは鋭い仕種で中身を地面へ捨て、杯を置いた。まだ仕事があるのだ。

兵たちを城門に送って、帰還する部隊を迎え入れさせた。まず負傷者、続いてパトラス軍、そしてヴァスク人とその戦利品——縄につながれた九頭の馬。備蓄倉庫と武具庫にも兵をやり、物資の目録を作らせる。さらに居住区にも人を送って、砦の住人たちに心配いらないとふれを出す。

トゥアルス大守の九歳の息子テヴェニンのところにも兵をやり、身柄を確保して室内に軟禁させた。ローレントの所有する〈息子〉がこれでまた一人増えた。

ラヴェネルの砦は、ヴェーレの国境におけるまさに要衝であり、祝う気分にはなれずとも、せめてこの砦に充分な人員を配し隙のない防備を固めることはデイメンにもできる。ローレントのためにしっかりと礎を固めていくことはできる。デイメンは城壁と櫓の見張り順を定め、最適の人材を充てた。これまでのエンゲランの采配ぶりを把握すると、一部はそのまま引き継ぎ、ほかは己の基準にかなうまで厳しく直し、二人の男に指揮権を与えた。自分の部隊からはラザールに、そしてエンゲランの部隊からは特に選び抜かれたグイマール。指揮系統を固めておくつもりだった。ローレントに役立つように。

采配の大半が片付いた頃、胸壁の上で指示をとばしていたデイメンにローレントからの呼び出しが届いた。

砦の内側は様式が古く、シャスティヨンの城を思わせる鉄の曲線や浮彫りの木の組み合わせだが、それを飾る金箔や螺鈿の輝きは欠いている。

デイメンは、ローレントが居室と定めた奥の部屋へと通された。火がおこされ、天幕と同様の見事な調度が調えられている。祝いの騒ぎは年経た石壁で遠くくぐもって聞こえた。ローレントは部屋の中央に立ち、半ば背をこちらに向け、召使いがその肩から鎧の残りを外しているところだった。デイメンは部屋へと入った。

そして、足を止めた。ローレントの鎧を扱うのは近ごろはデイメンの仕事となっていた。胸が圧迫されたようだ。すべてになじみがある。留め革を引いた時の弾力、鎧の重さ、当て布に圧されていたシャツのぬくもり。

その時、ローレントが振り向いてデイメンを見た。デイメンの胸のつかえは、乱れた服装のローレントに明るい目で迎えられると、ほとんど痛みにまでなっていた。

「俺の砦は気に入ってくれたか？」

「気に入った。もういくつか手に入れてくれてもかまわない」とデイメンは返した。「ここより北でな」

前へと、無理に足を運ぶ。ローレントが彼に長い、輝くようなまなざしを向けた。

「もしお前にエンゲランの肩当てが合わなければ、彼の馬飾りをつけてみろと言うつもりだったんだがな」

「グイオンは俺にまかせろ？」

「言ってくれるな。俺がグイオンに近づく前にお前が戦いを片付けてしまったのだからな。せめてもう少し動けると思っていたが。お前の勝利は、いつもあのように一方的なのか？」

「そちらは、いつも自分の計画通りか？」

「今回は計画通りに進んだ。今回は、すべてがな。わかるか、俺たちは今まさに難攻不落の砦を陥としたのだぞ」

二人のまなざしが嚙み合った。ラヴェネル、それはヴェーレ国境の要衝の砦。ヘレーの草原での過酷な野戦、そして不似合いな服を着こんでの正気とも思えぬ詭計。

「……わかっている」

どうしようもなく、デイメンは答えた。

「これで兵数が、俺の心積もりの倍となった。物資は十倍だ。本音を聞くか？　俺の見通しでは、こちらは守勢に立つしかないだろうと——」

「アクイタートで」

とデイメンは言葉をはさんだ。「あれは籠城の備えをしていたのだな」自分の声がどこか遠くから、しかしいつもの口調のまま聞こえる。「ここラヴェネルは、あそこよりはまだ守りが堅い。ただ衛兵が城門を開く前に、相手の兜の下をたしかめさせることだ」

「わかった」ローレントが答えた。「ほらな？　俺も学んでいるぞ、お前の進言を聞くようになった」

その言葉を、今まで見たことのない、飾らない小さな微笑とともに口にした。

デイメンは視線を引きはがした。外で進められている作業を思う。武具庫には武器がそろい、その上どれも目配りと手入れが行き届き、研ぎ澄まされていた。トゥアルスに従っていた兵たちのほとんどがすでにローレントへ忠誠を誓った。

城壁には衛兵を立て、守りを固めるよう言い渡した。装備も万全。兵士たちは己の役割を心得ており、物資倉庫から中庭、大広間に至るまで、砦の備えに隙はない。デイメンが念を入れてそう手配した。

彼はたずねた。

「これからどうする気だ？」

「風呂に入る」

ローレントは、デイメンの質問の意味をはっきりとわかっている声で、わざとそう応じた。

「そして鉄以外のものを着る。お前もそうしろ。召使いに、お前の今の立場にふさわしい服を用意させておいた。いかにもヴェーレ風の服だ、お前は嫌うだろう。これも、お前のために用意しておいた」

デイメンが顔を戻すと、ローレントが小さく動いて、壁際のテーブルの上から金属の半円を取り上げるところだった。まるで、槍でゆっくりと肉を刺し貫かれていくようだ――もはや逃れられないと知りながら。召使いのいる、この小さな、密接な部屋では。

「戦いに臨む前に渡す時間がなくてな」

ローレントが言う。デイメンは目をとじ、また開いた。

「国境へ来るまでの間、ずっと部隊の隊長だったのはジョードだ」

「そして、今はお前が隊長だ。随分とあやういところだったな」

ローレントの視線がデイメンの首筋へ、トゥアルスの剣が首枷に刻んだ傷へと向いていた。鉄が、やわらかな黄金にくいこんだところを。

「あれは」とデイメンは答えた。「あやうかった」

喉から這い上がってきそうなものをきつく呑みこみ、顔をそむける。ローレントは隊長の記章を手にしていた。デイメンはローレントがそれを付け替えるのを一度だけ見た――ゴヴァートからジョードへと。今回はジョードから取り上げたものだろう。

目の前に立つローレントとは違い、デイメンはまだ全身甲冑姿だ。ローレントの金髪は戦いの名残で乱れて巻いていて、当て布ごしにくいこんだ鎧の痕が繊細な肌にかすかに赤く残っている。呼吸ひとつがきつく、苦しい。

ローレントの両手がデイメンの肩へのび、マントと鎧がつながる場所へ届いた。ローレントの指の下で、留め針が布に刺さり、布を貫き、閉じた。

部屋の扉が開く。デイメンは、心が定まらぬまま振り向いた。

人々がたちまち室内へなだれこみ、外の陽気な空気をここにまでつれてくる。突然の雰囲気の変化だった。デイメンの鼓動はうまくそれに調子を合わせられない。だが少なくとも、この新しい空気はローレントの気分には合ったようだ。デイメンの手にまた酒杯が押しつけられた。祝祭の奔流に逆らえず、デイメンは召使いに、そして気を回した誰かに部屋からつれ出されていく。最後にローレントの声が聞こえた。

「我が隊長の世話をよろしくな。今宵は何だろうと、隊長の望みのままだ」


踊りと音楽があふれた大広間は以前と見違えるようだった。群れた人々が笑い声を上げ、音楽につれて調子の外れた手拍子をして、ワインばかり先にがぶ飲みしたせいですっかり赤ら顔で出来上がっていた。今になってやっと食事が運びこまれてくる。

厨房は奮戦していた。料理人が料理をし、給仕が走り回る。皆、最初のうちこそ砦の主が変わったことを不安がっていたが、砦の下働きたちはもう落ちつき、今や心から仕事に精を出していた。王子は若き英雄、金貨にもその姿を刻まれているのだ――見よあの睫毛を、あの横顔を。

平民たちは常にローレントを愛した。もしトゥアルス大守が、砦住まいの人々がローレントに抗うのを期待していたなら、無駄というものだ。むしろ皆は腹を出して転がりローレントからなでられるのを待っているようなものだった。

広間に入りながら、デイメンは袖を引っぱりたくて仕方ないのをこらえた。こんなに紐飾りの多い服は着たことがない。新たな身分のせいで貴族並みに上等な衣装をあてがわれたが、着るにも脱ぐにも厄介きわまりない。着込むだけでほぼ一時間かかった。その着替えの前には風呂とすみずみまで行き届いた身繕いを受けた――髪まで切られた。報告も命令も、服の紐を念入りに締めていく召使いたちの頭ごしにやりとりするしかなかった。最新のグイマールの報告を受けて、今、デイメンは群衆の中を目で探す。

パトラスの部隊最後尾についてきた小さな随行団が、パトラスの王子トルヴェルドの一行だったと聞いたのだ。トルヴェルドは部隊に同道してきたものの、自身は戦闘に加わってはいなかった。

大広間を抜けるデイメンへ、部隊の兵たちが次々と祝いの声を浴びせ、背を叩き、肩をつかんだ。デイメンは長卓にいる金髪の姿に目を据えていたので、パトラスの随行団がそのテーブルから離れたところにいると知って驚いた。前にトルヴェルドを見た時、彼は暗いバルコニーで甘く埒もないことをローレントに囁き、下の庭では夜咲く素馨や茉莉花が咲き誇っていた。トルヴェルドが今回もローレントと親密な会話をしているだろうと、半ば予期していたが、トルヴェルドは自分の随行者たちに囲まれており、デイメンに気付くと向こうからやってきた。

「隊長」と話しかける。「まさに、しかるべくして得た地位だな」

二人はパトラスの兵について、さらにラヴェネルの砦の防備について話した。最後には、トルヴェルドが自分はこの地に長くはとどまれないと告げた。

「兄上がこころよく思ってはいないのだ。私は兄の意に逆らってここにいる。ここへ来たのは、そちらの執政相手の戦いに個人的な思い入れがあるからだ。王子とじかに顔を合わせてそのことばかりは伝えたかった。だが明日にはバーザルへの帰路につき、これ以上パトラス軍として加勢はできない。兄上のご命令に重ねてそむくことはできぬ。これが精一杯だ」

「王子の使者が、無事に印章指輪を届けることができたのは、本当に幸運でした」

デイメンはそう答える。トルヴェルドが聞き返した。

「使者とは何の話だ?」

その答えを、デイメンは政治的な配慮かと思ったが、トルヴェルドはさらに続けた。

「王子にパトラス軍の増援を求められたのは、アーレスの城でのことだ。私が受諾するまでには、王宮を去って六週間かかったがね。心を決めた理由は、そなたもよく知っていることだろう」

トルヴェルドは、随行の一人へ、前へ出るよう手招いた。

ほっそりと優美な姿が、壁沿いにいるパトラス人たちの中から進み出て、デイメンの前に両膝をつき、足元の床にくちづけた。デイメンから見えるのは、豊かに光る蜜色の巻き毛だけであった。

「立つがいい」とデイメンはアキエロスの言葉で命じた。

エラスムスは垂れていた頭を上げたが、跪いたままだった。

「そう畏まらずともよい。我々は同じ身分だ」

「この奴隷は、隊長様の前に伏しております」

「お前の助けあってこそ、隊長という身分を得た。お前には大きな借りができたな」

おずおずとした、ためらいの後――。

「私は、恩をお返しすると申し上げました。王宮で、あなたは私を救うためにあれほどのことをして下さった。それに……」

エラスムスは口ごもり、トルヴェルドのほうを見た。トルヴェルドから話してもいいというようなずきが返ると、エラスムスはつんと、彼らしからぬ仕種で顎を上げた。

「それに、私はあの執政を好きませぬ。私の脚を焼いた人ですから」

トルヴェルドから誇らしげに見つめられ、エラスムスはさっと顔を赤らめるとまた非の打ちどころのない恭順の姿勢へと戻った。

立て、と再度うながしたい衝動を、デイメンは呑みこんだ。故国では当然でしかなかった慣習が、こうも居心地悪く感じられるとはおかしなことだ。単に、この数ヵ月を気ままで図々しい色子たちや、何をしでかすか読めないヴェーレの男たちの中ですごしてきたせいだろう。

エラスムスを、彼のつつましやかな四肢を、伏せられた睫毛を見やった。かつてこうした奴隷たちと臥所（ふしど）をともにした。閨（ねや）の中でも、外と変わらず従順な彼らと。その時間を楽しんだことはたしかに記憶にあるのだが、思い出は遠く、ほかの誰かのもののようだった。エラスムスは——と思い出す——デイメンの奴隷となるために調練されていたのだ。あらゆる命令に服し、主のあらゆる意を汲む。自ら進んで。

デイメンは、ローレントへと目を転じた。

冷ややかでかたくなな、そして近づきがたい姿がそこにあった。ローレントは座して何か短い言葉を交わしていて、大卓のふちに手首を預け、ゴブレットの脚に指先をのせていた。苛烈なほどに凛と背がのびた姿勢と、顔をつつむ金髪の隙のない優美さと。超然とした青い目と、傲慢さをたたえた頬骨と。ローレントは複雑で矛盾した存在だ。そしてデイメンは、彼から目を離すことができなかった。

まるで何かの感覚が働いたように、ふと、ローレントが顔を上げてデイメンの目を見る。次の刹那には、立ち上がってこちらへ歩み寄ってきた。

「ここへ来て食べないのか？」

「外に戻って皆の仕事の様子を見ないと。ラヴェネルにはひとつの洩れもない守りがなければ。俺はどうしても……ここは、あなたの砦だからな」

「今すぐでなくともよい。お前は、俺のために砦を陥としたばかりなのだぞ」とローレントが言った。「少しはお前を甘やかさせろ」

二人は壁のそばに立っており、ローレントは話しながら、曲線で形作られた石に肩をもたせかけた。その声は二人の間の距離に合わせて、ひそかで、ゆったりとしたものだった。

「そうだったな、〈小さなことから大きな達成感を覚えるたち〉だったか」

デイメンはローレントの言葉をそのまま返す。

「小さなことではないぞ。これは俺にとって初めての、叔父相手の勝利だ」

あっさりと、ローレントはそう言った。松明の光がその顔を照らしていた。彼らの周囲で、音が満ちては引き、炎が揺らす抑えた色彩の赤や茶、鈍い青と溶け合った。

「それは真実ではないだろう。アーレスの城で、勝っている。トルヴェルドに奴隷たちをパトラスへつれて行かせた時に」

「あの勝負の相手は、叔父ではない。相手はニケイスだった。子供は簡単だ。十三歳の時なら、お前でも俺を手玉に取れた」

「いくつだろうと、あなたが簡単だった頃などないだろう」

「お前がじゃれあったことのある相手の中でも、一番初心(うぶ)で無邪気な少年を思えばいい」

ローレントはそう言った。デイメンが答えないでいると、

「忘れていた。お前は少年とは犯らないのだったな」

大広間の遠い向こう側で、何かの滑稽な仕種に皆が笑い出す声がかすんで聞こえてきた。周囲は音と形ばかりのぼやけた背景になっていく。松明の炎があたたかな光を投げかける。

デイメンは言った。

「大人の男なら、時々」

「女がいない時に？」

「欲しいと思った時に」

「それを知っていたら、お前の隣で寝る時に俺も身の危険を感じたかもしれないな」

「知っていただろう」

沈黙があった。やがて、ローレントは壁から身を起こした。

「来い。何か食え」

気付けばデイメンは大卓の前に座らされていた。ヴェーレ人にとって今宵は無礼講、人々はすでに手づかみでパンを食い、刺したナイフで肉を口に運んでいる。しかし卓上にはこの短時

間で厨房にかなう限りの贅が並べられていた。スパイス漬けの肉、雉肉の林檎添え、干し葡萄を詰めて乳で煮た鳥。デイメンは何も考えずに肉の一片に手をのばしたが、その手首はローレントにつかまれ、卓から引き離された。

「トルヴェルドが言うには、アキエロスでは奴隷が主人に食わせるのだそうだな」

「その通りだ」

「ならば何も文句はあるまい」

そう言って、ローレントは肉を一切れ取り、持ち上げた。

ローレントのまなざしは揺るぎなく、目を伏せるような慎みなどどこにもない。この男には奴隷らしいところなど、たとえデイメンがいかに想像をたくましくしても、ひとかけらも存在しない。デイメンは、ネッソンの宿で木の長椅子に座ってこちらへ体を向けたローレントが、彼の指からそれは潔癖にパンを食べてみせた時のことを思った。

「何も文句はない」とデイメンは答えた。

そのまま動きはしなかった。すぐ近くにある酒肉を求めて気を使うのは主人のすることではない。

かすかに、金の眉が上がった。ローレントは身をのり出すと、肉をデイメンの唇へと運んだ。

ひと噛みごとに、ひどく意識した。肉は味わいがあって、南方の影響を受けて温かな一皿は、故国アキエロスを思わせる。ゆっくりと、噛みしめた。ローレントが次の肉を取った時、身をのり出したのはデイメンのほうであった。

二つ目の肉を食べる。デイメンは肉を見てはいなかった。彼はローレントを見ていた――常に抑制された態度で、いかなる反応もかすかしか洩らさず、青い目の表情を読ませることもない。とは言え、冷たくはない目だった。ローレントの機嫌がいいのがわかる。デイメンがないたのを楽しんでいるのだ、稀な、己だけの特権として。

デイメンはまるで己が気付きの境界線上にいるように感じる――まるで、初めてローレントの姿が見えてきたように。

身を起こした。正しい判断だ、今の一瞬を気軽なものにとどめておける。酒席でのささやかな戯れに。皆の目を引くようなこともなく。

人々の話題は移りすぎ、国境地帯の近況、戦いの光景、野戦の戦術について言葉がとびかっていた。デイメンは、まだローレントを見つめていた。

誰かが竪琴(キタラ)を持ちこみ、エラスムスがそっと、つつましい声で歌っていた。アキエロスにおいて芸事は――ほかのすべてと同様――その抑制こそ美徳とされる。それによって全体に純朴さがにじんでいた。歌の合い間の静けさに、デイメンはつい「アルサケスの征服をやってくれ」とエラスムスに何気なく求めていた。次の刹那、なつかしい心乱す旋律が鳴る。

古い歌だ。エラスムスの声は見事だった。脈打つ音色が広間に響き出し、故国の言葉はヴェーレ人には意味不明であろうが、ローレントならそれを解するのだとデイメンは思い出す。

あの方に語りかけしはたしかに神々
たゆむことなくその耳に

あの方のまなざしひとつで人々は跪き
吐息ひとつで街は滅す

その身を征服される夢を見はしないのか
白い花の褥(しとね)で

それともそれは征服をめざす者たちが
抱くだけの虚ろな望みか？

世界はあれほど美しいひとのためには作られていないところ

歌は囁くように終わり、皆にとってなじみのない言葉だったとは言え、清楚な奴隷の歌声は大広間の空気を少しばかり変えた。ちらほらと拍手が上がる。デイメンの意識はローレントの象牙色と金色の彩りに、繊細すぎるほどの肌に、縛られ殴られた時のもうほぼ癒えた痕に奪われていた。デイメンのまなざしがごくゆっくりと動き、ローレントの顎の誇り高い角度に、にべもない瞳に、それからその口元へと移る。魅力的で、冷酷な口。

欲望がドクンと脈打つ——その訪れに、血肉が共鳴して生まれかわり、世界を塗り替えてしまう。デイメンは何も考えず立ち上がっていた。大広間を後にすると、彼は大きな中庭へと歩いていった。

砦は暗く、篝火が至るところで焚かれている。城壁は今やローレントの兵によって固められ、時おり歩哨の掛け声が響いた。もっとも今夜はすべての入り口の灯りがともされ、笑い声や大きな話し声が大広間のほうからぼんやりと流れてくる。

距離をとれば楽になるかと思った。だが痛みは増すばかりで、気付けば堅牢な狭間胸壁の上に向かい、そこを持ち場にしていた兵たちを下がらせると、デイメンは石壁に腕をのせて胸の痛みが鎮まるのを待った。

ここを去るのだ。去るのが、一番いい。朝早くに馬で発ち、昼には国境を越える。言葉を残していく必要はない。不在が知れれば、彼の旅立ちをジョードがローレントに報告するだろう。デイメンの役割はヴェーレ兵に引き継がれ、この砦で作り上げた命令系統も引き継がれる。そうできるように作ってある。

朝には、すべてにけりがつく。きっとジョードは、デイメンが斥候をかわすだけの時間を作ってからローレントのところへ出向いて、隊長がすでに遠くへ去ったと知らせることだろう。あえて現実的な物事に意識を向けた。馬、物資、斥候を避ける道筋。ラヴェネルの砦の複雑な防衛はもうほかの者たちがやる仕事だ。いずれ彼らが直面するだろう戦いは、デイメンの戦いではない。もはや切り捨てていいことだ。

ヴェーレでの暮らし、この国での自分、そのすべてにもう背を向けていい。

石段で足音がした。デイメンは顔を上げる。この狭間胸壁からは石の歩廊が南の塔までのびており、歩廊の左側に並ぶ櫛の歯のような狭間に等間隔で灯りがともっていた。デイメンは一帯の人払いを命じてある。螺旋を描く石段を上までやってきたのは、その命令を無視できる唯一の人物であった。

デイメンの見つめる前で、たった一人、供すらつれず、デイメンを探して己の祝宴を抜け出したローレントが、古びた石段を上りきり、胸壁の前に立った。デイメンの隣へと落ちつく、その気安くさりげない足取りに、デイメンの胸がふさがるようだった。

二人は、ともに勝ち取った砦の端に立つ。デイメンはなるべくさばけた口調を作った。

「あの、トルヴェルドにあなたが贈った奴隷たちは、今回彼がつれて来たパトラスの部隊にほぼ匹敵する価値があるのだぞ」

「たしかに、価値はあったと言えるな」

「てっきりあの時、奴隷たちに情けをかけて助けてくれたのかと思っていた」

「いや、お前は思っていなかっただろう」

ローレントが応じた。

デイメンの口からこぼれた吐息は、笑いとまでは言えぬものだった。彼は松明の光の届かぬ闇を、今は見えない南への地平を見つめる。

「……俺の父は」と呟いた。「ヴェーレ人を忌み嫌っていた。怯懦で二枚舌の連中だと。俺にもそう教えこんだ。父は、あの国境城主たちのようだっただろう、トゥアルスやマケドンのような。血気に逸って。今となっては、父があなたをどう思ったか、想像しかできないが」

ローレントへ目をやった。デイメンは父の気性を、その信念を知りつくしていた。ローレントがもしイオスでテオメデス王にまみえていたならば、父王が彼を認めなかっただろうこともよくわかっている。デイメンが反論し、ローレントの……別の顔を見るよう説いたところで、父には決して理解できなかっただろう。〈ヴェーレ人とは戦え、そして信用するな〉。デイメンは父に一度も逆らったことがなかった。物の見方が近かった二人には、そんな必要もなかった。

「あなたの父は、この今日の姿を誇りに思うことだろうな」

「剣を取り、似合わぬ格好で兄の真似をした俺の姿をか？　ああ、誇らしかろうな」

それがローレントの返事だった。

「……本当は玉座など、欲していないのだな」

一拍置いて、デイメンはそう、ローレントの顔を注意深く見ながら言った。

「いや、ほしいとも。お前は本気で、これだけのものを見てきた後で、俺が力の座を投げ捨てると思うのか？　その力を手に入れる機会を？」

デイメンは、己の口元が歪むのを感じた。

「いいや」

「その通りだ」

デイメンの父の統治は、剣による統治だった。アキエロスをひとつの国にまとめ上げ、国の新たな力をたばねて領土を広げ、それに猛々しいほどの誇りを持っていた。九十年間ヴェーレに支配されてきたデルファを王国に取り戻さんと北征に挑んだ。だが、もはやアキエロスは彼の王国ではない。父は——ラヴェネルの砦に足を踏み入れることもなく——死んだ。

「俺は、父の物の見方を一度たりとも疑ったことがなかった。父が誇るような息子であること、それだけで充分だった。父の思い出を汚す気など毛頭ないが、ただ、人生で初めて気付いたのだ。俺はあのようにはなりたくないのだと——父のような……」

父のような王には。

口に出せば、父の名に泥を塗るような思いにとらわれるだろう。それでもデイメンは、ブルトー村の惨状を見た。襲撃にかかわりない無辜（むこ）の人々が、怒れるアキエロス軍の剣で斬り殺されたのを。

父上、私が彼に勝ってみせます。デイメンはそう言い放ち、戦場に進み出て、そして英雄への歓呼の声に迎えられて帰還した。召使いに鎧を脱がされ、誇らしげな父に迎えられて。あの夜、そしてほかの夜もまざまざと思い出せる、大望を目指した父の進軍、王の賞賛が、勝利に次ぐ勝利の中でいかに人々の情熱を燃え立たせたか。

だが戦場の向こう側で何が起きていたか、デイメンは一度も考えたことがなかったのだった。

——この勝負は、俺がもっと……若い頃、始まったものなのだ。

「……すまない」とデイメンは呟いた。

ローレントが奇妙な目でデイメンを見た。

「いったい何を謝る」

答えられなかった。真実は言えない。かわりに言った。

「王になるということがあなたにとってどんな意味を持つものなのか、俺は今までわかっていなかった」

「それで、どんな意味だと？」

「戦いの終わり」

ローレントの表情が変わる。かすかな、隠しきれない衝撃の色に、デイメンは体の内を、胸の奥をぐっとつかまれるのを感じながら、ローレントの暗い瞳を見つめた。

「俺たちがもっと違う形で会えていたらと思うし、最初からもっと俺が敬意を持って接していられればよかったとも思う。ただ、明日何が起きようと、俺たちがどのような形になろうと、国境の向こうに友がいるということだけは覚えていてほしい」

「友」とローレントが言った。「それが俺たちのすべてか？」

ローレントの声は固く張りつめていた。まるで問うまでもないかのように。まるで二人の間に生じているものがあらわであるかのように。空気が刻一刻と薄くなっていく。なすすべもなく、ただデイメンの口からむき出しの言葉がこぼれた。

「ローレント、俺は、お前の奴隷だ」

その一言で己がさらけ出され、ここに、二人の間に秘めてきたものがあぶり出される。デイメンはそれを伝えたかった。はっきりとした形を与えぬまま、隔てる距離を何かで埋められるかのように。

ローレントの息が浅く、速いのがわかる。デイメンの呼吸をうつすように。互いの息を呼吸して。デイメンは手をのばしながら、ローレントの目の中に迷いのきざしを探した。

ふれた手は、今回は自然に許される。ローレントの顎に優しくふれる指、頰骨をかすめる親指。そっと。ローレントの自制のきいた体は力がこもって固く、鼓動は追いつめられたように速く切迫していたが、それでも彼はふれられる寸前に目をとじていた。

デイメンの手のひらが、ローレントの温かなうなじをすべっていく。ゆっくりと、ひどくゆっくりと、己の上背を威圧ではなく守りとしながら、デイメンは身を傾け、ローレントに唇を重ねた。

そのキスは、まるでただの気配のようで、ローレントの体のこわばりはわずかもほどけない。だが最初のキスが次のキスを呼び、かすかにローレントの唇が開いて、デイメンは己の唇をかすめる吐息の速さを感じた。

二人の間にあるすべての嘘の中で、これだけが真実の一瞬に思えた。明日ここを去ることなどもう関係ない。この熱に、己が作りかえられたかのようだった――ローレントにこの一瞬を与えるためだけに。ローレントが許し受け入れる限りのものを、ただ与えたい。きっかりと引かれた一線を踏み越えず、その境界すらも慈しんで。それだけが、ローレントが己に得ることを許すすべてなのだから。

「殿下――」

二人はその声と、いきなり響いた足音に、はっと離れた。石段から男が顔を出す。一歩下がったデイメンの、腹の底がねじれた。

ジョードだった。

第十八章

突然に引き離され、デイメンはローレントの向かいに立って、点々と設置された松明の光の輪の中に立っていた。左右にのびる狭間胸壁の前、ジョードは数歩先で近づく足を止めた。

「この一帯は人払いをした筈だ」

デイメンは言った。ジョードは、招かざる客だ。故国アキエロスでなら行為の手も止めずにちらっと顔を上げ、二人にしろと言うだけで邪魔者を去らせて続きに戻れたものを。

今の、胸高鳴る続きに。ローレントとのキス。邪魔など無用だ。デイメンの目はやわらかに、強く、その相手へと戻った。ローレントは、まさに胸壁に押しつけられてくちづけられたばかりの一人の若者に見えた。うなじの金髪のかすかな乱れがたまらない。デイメンの手が置かれていた場所だ。

「お前に用はない」とジョードが言った。

「ならその用をすませて立ち去れ」

「俺は王子に話がある」

そのうなじにデイメンの手が置かれ、金の髪のぬくもりをまさぐったのだ。中断されて、まだくちづけの気配は続いている——色の濃くなった瞳に、鼓動に。デイメンの目はさっと邪魔者へと戻った。ジョードの脅威が、むしろ昂揚を呼ぶ。今起きたことはもはや誰にも何にもくつがえせない。

ローレントが壁から身を起こした。ジョードにたずねる。

「下半身で物を考えるのは指揮官として危険だと、俺にも忠告しに来たか？」

短い、息を呑むような沈黙があった。揺れる炎、城壁を打つ風、その音が耳に大きすぎるほど。ジョードは凍りついていた。

「何か言いたいことは？」とローレントが問う。

ジョードの態度は突き放したものになっていた。同じく冷ややかな、根深い嫌悪感が声に宿った。

「この男の前では言えません」

「お前の隊長だぞ」

「ここから出ていくべきだということくらい、当人が一番よくわかっている」

「その間に俺とお前とで、敵に股を開くのがどんな感じか言い比べるか？」

ローレントがそう言ってのけた。

今度の沈黙は、なお悪かった。デイメンは全身に、ローレントと彼を隔てる距離を感じる

――胸壁の上、永劫のような四歩。

「どうだ？」とローレントがうながす。

さっとデイメンを向いたジョードの目には、狂おしい激昂がたぎっていた。この男はアキエロスのデイミアノスだ――とはそれでも言わず、しかし今見た光景への嫌悪感でジョードの忍耐はもう限界らしく、沈黙ばかりが長くのびた。何かを秘めて、息づまり、圧するように。

デイメンは一歩前へ出た。

「なんなら――」

また階段から急ぐ足音がいくつか近づいてきた。兵士をつれたグイマールが、デイメンが人払いを命じた筈の場所へとやってくる。デイメンは顔を手のひらで拭った。砦の皆が、人払いしたところを目指してやって来ているようだ。

「隊長、ご命令にそむいて申しわけありません。しかし下で放置できない状況が」

「どんな状況だ？」

「兵の一部が、捕虜の一人を慰み物にしようと言い出しております」

世界は、二人を放っておいてはくれない。いまいましい世界は、またもや憂慮の種を、軍律の乱れや指揮の厄介さをつきつけてくる。

「捕虜は丁重に遇せと言った」とデイメンは言った。「幾人かの兵が酒を飲みすぎたにしても、どう制すればいいかくらいはわかっているだろう。俺の指示は明確だった筈だ」

躊躇の間が空いた。グイマールは元はエンゲランの部下であり、鍛え上げられた生粋の職業軍人だ。デイメンもそうした資質を見込んでこの男を登用したのだった。

「隊長のご指示は明確でしたが、ただ――」

「ただ？」

「どうやら兵のいくばくかが、自分たちの所業を、殿下はお気に召すだろうと思っていまして……」

デイメンは考えをまとめようとした。グイマールの言い方からして、慰みものという言葉はまさにそういう意味なのだろう。部隊は何週間も、行軍についてくる酒保隊や売色の一人もいない状態であった。だがそれでもデイメンは、そんな不埒な真似をしでかすような連中はとうに叩き出せたと思っていた。

グイマールは無表情だったが、かすかながらもはっきりと、彼の嫌悪感が伝わってきた。そんな、傭兵崩れのような行為に王子の軍装をまとった兵が染まろうとしているのか。王子の兵が、その低劣さをあらわにしようと――。

ぴたりと的に矢の狙いを付けた射手のように、ローレントが落ち着き払って、一言で核心を射貫いた。

「アイメリックか」

デイメンは振り返った。ローレントのまなざしを浴びせられているジョードの表情がめまぐるしく変化し、デイメンは今の言葉が正しかったと悟る。そしてジョードは、まさしく、アイメリックのためにここへやってきたのだと。

危険な、揺るがぬまなざしを受けながら、ジョードはその場に膝をついた。

「殿下――」

呼びかけたジョードの目は誰も見ておらず、膝の下の黒ずんだ石だけを見ていた。

「俺が愚かなことをしたのはわかっております。いかなる罰も受けます。しかし、アイメリックは、己の家族に忠節を尽くしただけです。近しい者たちへ誠実であっただけです。なのに男たちにもてあそばれるなど、そんな報いはあまりにしのびない」

ジョードの頭は垂れていたが、両手は膝の上で握りしめられていた。

「これまであなたにお仕えしてきた年月に、わずかでも意味があると思われるなら、どうかこれを、お聞き届け下さい」

「ジョード」とローレントが応じる。「あれがお前と寝たのは、このためだぞ。この瞬間のためだ」

「わかっております」とジョードが答えた。

「オーラントとて、朋友と信じた相手の、己のことしか考えぬ貴族の剣にかかって一人きりで死ぬなど、そんな報いを受けるいわれはなかった」

「それも、わかっております。アイメリックを解き放ったりその所業を許していただきたいわけではありません。ただ、俺はあの者を知っておりますし——あの夜の彼は、本当に……」

「お前に見物させてやってもいい」ローレントが言い放つ。「あの者が部隊全員の前で丸裸に剝かれてものにされるところをな」

　デイメンは一歩進み出ていた。

「本気ではないだろう。アイメリックは人質として必要だ」

「純潔までは必要ない」

　ローレントが返した。

　その顔にはひとすじの乱れもなく、青い目は冷ややかで近寄りがたい。その冷徹さにデイメンは少しばかり呑まれ、気圧されていた。ローレントと共有していた筈の一瞬が、もはや決定的に遠ざかったのを感じる。できることなら今ここで全員を追い払い、そこに戻る道を見つけたい。

　しかし、事態を放置もしておけない。状況はこの場の全員にとってどうにも嫌なほうへと流れ出そうとしている。

　デイメンは口を開いた。

「もしアイメリックを裁くのなら、裁くがいい。理によって、衆目の前で糾すことだ。兵たちの私刑にゆだねるのではなく」

「ならばその言を入れて、裁きを行う」ローレントが応じた。「それほどまでに言うのであればな。求愛者どもからアイメリックを引き離し、南の塔へつれてこい。すべてを明らかにしてやろう」

「御意に、殿下」

グイマールがさっと一礼して下がっていく。続いてデイメンも歩き出し、その後ろをついて皆が南の塔へと向かった。

ローレントに届かせたい——手が無理であれば、せめて言葉だけでも。

「何をする気だ?」とデイメンはたずねた。「アイメリックに裁きをと言ったのは、後でというつもりだった。今ではなく——こんな、あなたが——」

ローレントの表情をまなざしで読もうとする。

「俺たちが……」

まるで壁を相手にしているようなものだった。金の眉がつれなく上がる。ローレントは答えた。

「アイメリックのために膝をつくのなら、ジョードは知っておくべきだ。己が誰のために這いつくばっているのかをな」

南の塔の部屋は奥が高壇になっていて、ぐるりと欄干が回されている。その欄干も実用的な直角の交差ではなく華奢で先細りのアーチの連続で、ヴェーレではすべてが華麗でなければ許されないのだ。壇の下の円形の空間では今、デイメンとローレント、ジョードが集い、そこから欄干のほうへ一本の石段がのびていた。戦いとなれば、砦へのあらゆる攻撃の間ここは射手と剣士の集合場所となるのだが、今は略式の衛兵詰所として使われ、無骨な木のテーブルと椅子が三脚置かれていた。ここや上で見張り番に立つ兵たちは、デイメンの命令を受けて引き上げた。

ローレントは、その絶対的な権力で、アイメリックをつれてこさせるだけでなく酒肴まで運べと命じた。その皿のほうが先にやってきた。肉やパンの皿にワインや水の入った水差しを山ほど抱えた召使いたちが苦心しながら塔まで上ってくる。運ばれてきたゴブレットは黄金で、狩りのさなかの鹿の絵図が刻みこまれていた。

ローレントは背の高い木の椅子に座って、テーブルの前で足を組んだ。そうやって足を組んだままアイメリックと差し向いでちょっとしたおしゃべりに興じるつもりではあるまいが。いや、この男ならやりかねないか。

デイメンは、そのローレントの表情を知っていた。これまで散々ローレントの雰囲気を読んできた肌感覚が危機を察知し、アイメリックはここでローレントと対峙するより下で幾人もの男を相手にしていたほうがはるかに安全だろうと感じる。ローレントの瞼は美しく、その下に冷ややかなまなざしをたたえ、背をのばしてゴブレットのふちに指先をのせていた。

この男にくちづけたのだ、とデイメンは思う。この小さな円形の石室にいると、それが現実のようには思われなかった。あの温かで甘やかなキスは、次への予感をはらんだ瞬間に砕かれたのだった。かすかに開きはじめた唇、ローレントはもっと深いキスを許す寸前だった——たとえ全身の緊張はわずかもほどけていなくとも。

目をとじたなら、その先の感触すら味わえそうだ。ゆっくりとローレントの口が開き、その手がためらいがちにデイメンへふれてくる。そっと——この上なく注意深く……。

二人の兵につれられて、アイメリックが入ってきた。手を背で縛られて両腕をつかまれながら、なおも抗っている。鎧はもう引きはがされ、内着は泥と汗にあちこち汚れ、紐が絡まってゆるんでいた。整っていた髪もすっかり乱れ、左頬には切り傷があった。

目にはまだ反抗心がたぎっていた。アイメリックの好戦的な気性がのぞいている。争いが好きなのだ。

ジョードを見た瞬間、そのアイメリックの顔が色を失った。「嫌だ」と言う。つれてきた兵がアイメリックを室内へ押しこんだ。

「うるわしき再会だな」とローレントが声をかける。

その言葉が届くと、アイメリックはなんとか挑戦的な態度を取りつくろった。兵が乱暴に、またその腕をつかむ。まだ蒼白になったまま、アイメリックはつんと顎を上げた。

「私をここに呼んだのは優越感に浸るためか？　己のしたことに悔いなどない。家のために、ここ南部のために行ったことだ。また何度でもやってやる」

「美しい話だ」ローレントが言った。「では、真実を聞こうか」

「今のが真実だ。お前を恐れてなどいない。お前など父上がひねり潰してくれる」

「お前の父親は、すごすごと尻尾を巻いてフォーティヌへ逃げ帰っていったぞ」

「態勢を立て直すためだ。父上は決して家族を裏切らぬ。お前と違ってな。兄のために股を開くのを家族愛とは呼ばぬからな」

アイメリックの息は浅く、速かった。

「それについてだが」

ローレントが呟いた。

ゴブレットを指先で何気なく持ったまま、立ち上がる。一瞬、アイメリックを眺めた。それからローレントは握りを変えてゴブレットを振り上げると、内から外へ腕を振り、淡々と凶暴なひと振りでアイメリックの顔面を横殴りにした。

悲鳴が上がった。アイメリックの頭ががくりと片側へのけぞり、頬骨に当たった重い黄金のゴブレットがはっきりと、胸が悪くなるような音を立てる。腕を衛兵につかまれたままアイメリックの体がぐらついた。荒々しくとび出そうとしたジョードの前へデイメンは反射的に踏みこみ、渾身の力で押し戻した。

「その口で兄のことにふれるな」とローレントが言った。

激しく揉み合い、デイメンは必死でジョードを押さえこむ。ジョードは動きを止めたが、体にはまだ力がたぎり、息が乱れていた。ローレントは手のゴブレットを、見事な精緻さで元どおりの位置へ戻した。

アイメリックはうつろな目で、茫然とまたたいた。とび散ったゴブレットの中身がすっかり自失した顔を濡らしている。その唇には――嚙んだか殴打によるものか――血がにじみ、頬骨の上が赤く変色していた。

デイメンの耳に、アイメリックのくぐもった声が届く。

「好きなだけ、殴るがいい」

「そうか？　ならお互い楽しくやれそうだな、お前とは。ほかに何をしてほしいか言ってみろ」

「やめてくれ」ジョードが訴えた。「まだ子供なんだ。まだ子供で――こんなことをされるにはあまりにも幼いくらいなんだ。怯えてる、自分の家があなたに潰されると思って――」

アイメリックは傷と血のついた顔を向け、ジョードが自分をかばおうとしていることに茫然とした様子だった。ローレントも同時にジョードを見やり、金の眉を上げていた。ローレントの表情にもいくらか、信じられないという色があったが、それはもっと冷たく、底深いものだった。

その正体を悟るのに、デイメンは一瞬かかった。不吉な胸騒ぎを抱いた彼は、ローレントとアイメリックの顔を見比べて突然に、初めて、この二人が同じ年頃だと気付く。せいぜいが六ヵ月ほどの年の差しかあるまい。

「ここの家は叩き潰してやるとも」ローレントが告げた。「だがこいつは、家のために戦っているわけではないぞ」

「そんなわけはない」ジョードが反論する。「ほかに何のために仲間を裏切る？」

「わからないか？」

ローレントのまなざしはアイメリックへ戻り、ゆっくりと歩みよって、見つめ合った。恋人のごとく、ローレントは微笑んでひとふさ乱れた巻き毛にふれ、アイメリックの耳の後ろへかき上げてやる。ぎょっと、アイメリックの体が激しくはね、ついで動くまいと身をつっぱらせたが、呼吸がそれを裏切っていた。

愛でるように、ローレントは指先で、アイメリックの切れた唇からあふれる血をすくいとった。

「愛らしい顔だ」

その指がまた戻って口元をなで、くちづけるかのように顎をくいとすくう。苦痛にアイメリックの喉が引きつった。ローレントの指の下で、傷ついた肌はほとんど白かった。

「さぞや愛くるしい子供であったことだろう。まさに匂うような。お前は一体何歳だった？叔父に犯された時」

デイメンは凍りついた。塔の中の全員が凍りつく中、ローレントが重ねてたずねた。

「射精できるだけの年齢には達していたか？」

「黙れ」とアイメリックが言った。

「叔父に言われたか、これさえやり遂げればまたお前と一緒になれると？　お前がいなくてどれほど淋しかったか、囁かれたか？」

「黙れ！」

「すべて嘘だ。あの男は、お前を二度とそばにはよせつけぬ。お前は年をとりすぎた」

「そんなのわからないくせに――」

「声変わりして髭の痕のある顔。吐き気をもよおさせるだけだ」

「あんたは何もわかってない――」

「その育ちすぎた体、引き時をわきまえぬ図々しさ、今のお前はただの――」

「そんなことはない！　あの人は僕を愛してるんだ！」

アイメリックが高飛車に言い返した、その叫びはいささか大きすぎた。デイメンは腹の底が虚ろになったようで、あまりにも邪な気配に全身がぞっと凍りつく。気付けばジョードを抑えていた手が離れていたが、彼の横でジョードは二歩、後ずさっていた。

ローレントは唇を軽蔑にうっすら歪めて、アイメリックを見ていた。

「愛？　とるにたらぬ成り上がりの身で、下らない。叔父がお前を好んでいたかどうかすら疑わしい。あの男の目がほかに移るまで、一体どのくらいかかった？　田舎での退屈しのぎに幾度か犯されたくらいか？」

「僕らのことを、何も知らないくせに……」

「叔父が、お前を宮廷に伴ってこなかったのは知っている。お前をフォーテイヌに置き去りにして去った。それがどうしてか、考えはしなかったか？」

「僕を残していきたくはなかったんだ、そう言っていた——」

「お前などひとひねりだっただろうな。少しおだてて目をかけてやれば、田舎の子供の初々しい純潔を摘むのなどわけもない。叔父にはいい退屈しのぎになっただろう。はじめのうちはな。フォーテイヌでほかに何の気晴らしがある？　だが新鮮さはいずれ色褪せた」

「違う」

アイメリックは抗った。

「お前は愛らしく、しかもどうやら熱意もあった。だが、手垢のついた道具というのは、もはや心そそらぬものだ。ほかに良い使い道が見つからぬ限りはな。大体、僻地の酒場で飲む安酒を、己のいつもの食卓に並べたい者などいるか？　それしかない時以外」

「違う！」

「叔父は舌の肥えた男でな。ジョードとは違って」ローレントは続けていた。「そのジョードは中年男のみじめなお下がりをもらって、お下がりには勿体ないほど後生大事にしてやっている」

「やめろ――」

「叔父が、ありがたくもまたその手でお前を抱く前に、まず平民の兵をたらしこめとお前に命じたのはどうしてだと思う？　お前には、その程度が似合いだということだ。それがお前にあつらえ向きの役目なのだ。俺の兵たちに体を売る。結局、それすらうまくやれなかったわけだがな」

　デイメンが口をはさんだ。

「もう充分だ」

　アイメリックは泣いていた。聞き苦しい、苦悶のすすり泣きがその全身を揺らしていた。ジョードの顔は灰のような色をしていた。誰ひとり言葉も行動も失ったままのうちに、デイメンが命じた。

「アイメリックをつれて行け」

「この、冷血なクズ野郎――」

　ジョードがローレントへと吐き捨てる。その声は震えていた。ローレントは悠然と振り向き、ジョードと向かい合った。

「そして当然」と告げる。「次はお前だ」

「駄目だ」

デイメンが間へ割って入った。ローレントへ目を据える。険しい声で「行け」とジョードへ言葉を投げた。きっぱりした命令口調で。ジョードが従ったかどうか後ろを見てたしかめるような真似はしない。ローレントへ向けて、同じ口調で言った。

「落ちつけ」

ローレントが言い返した。

「まだ俺の話は終わっていない」

「何が終わってない？　ここにいる全員を打ちのめす気か？　そんな調子のお前に、ジョードなど歯も立たないのはわかっている筈だ。気を鎮めろ」

ローレントがデイメンに向けた目つきは、目の前に立つ無防備な敵を真っ二つに斬るかどうかはかる剣士の目だった。

「俺を相手にする気か？　それとも楽しいのは、自分を守る力もない相手をいたぶる時だけか？」

己の声の険しさが、デイメンの耳に響く。一歩も引き下がりはしなかった。二人を残して、部屋は無人になっていた。すでに全員を追い出した。

「前、お前がそんなふうだった時を覚えているぞ。お前はあの時大いにしくじって、叔父にそこをつけこまれ、領地を取り上げる口実をくれてやったのだったな」

そしてデイメンは殺されかけたのだ、その中で。覚えていたが、デイメンはその場にとどまった。空気は熱く、張りつめて濃く、ひりついていた。

突然に、ローレントがくるりと背を向けた。手のひらをテーブルに載せ、ふちをつかんで頭を垂れ、腕をこわばらせて立つ。背に力がこもっていた。デイメンが見つめる前で、息につれてその背が上がり、沈んだ。数回。

身じろぎもしなかったローレントが、次の刹那、前腕で鋭く卓上をなぎ払った。金鍍金の皿が宙に飛び、中身が床へぶちまけられた。転がるオレンジ。水差しからこぼれた水がテーブルから床へ滴る。乱れた息づかいが、デイメンの耳に届いた。

デイメンはただ、沈黙がのびていくにまかせた。テーブルの惨状には目もやらない——こぼれた肉片、散らばった皿、ひっくり返った下ぶくれの水差し。デイメンはローレントの背の輪郭を見つめていた。

皆をこの部屋から追い出すべき時だと感じとったように、今は話しかけるべきではないとわかっていた。

どれほどの時が経ったかわからない。ローレントの背のこわばりがほどけるには足りない時間。

ローレントは振り向かずに、言った。耳ざわりなほどに乱れのない声で。

「お前が言わんとしていることは、自制を失うと、俺は失敗を犯すということだ。叔父は無論、そこまで承知の上だ。アイメリックを送りこんで俺を相手取らせながら、あの男はさぞや愉しんだに違いない。貴様は正しい——貴様のその野蛮な物言い、粗野で度しがたいその横柄さは、いつも正しい」

テーブルをつかむローレントの手は白くなっていた。

「フォーティヌを叔父が訪れた時のことは、覚えている。城を二週に渡って留守にし、さらにもう一週滞在をのばすと知らせてきた。グイオンとの協議にまだしばらくかかるからとな」

そのローレントの声の響きが気にかかって、デイメンは一歩、前へ出た。

ローレントが言った。

「俺を落ちつかせたいのなら、ここから出ていけ」

第十九章

「隊長」

塔の部屋を出て三歩目で、グイマールがデイメンに呼びかけ、部屋の中へ向かうそぶりを見せた。

「アイメリックには見張りを付け、兵たちもおさまりました。今から王子にご報告を——」

いつのまにかデイメンは体を割りこませてグイマールの前をふさいでいた。

「駄目だ、誰も入るな」

怒りや苛立ちが胸に広がる。デイメンが背にした塔の部屋の扉は閉ざされていた。あの惨状を封じて。ここにずかずか入りこんでローレントの機嫌を今以上に損じるなど、グイマールはすべきでない。そもそもこの男は、まずローレントをそんな機嫌にする事態を持ちこむべきではなかったのだ。

「捕虜の扱いについての指示は、何か？」

アイメリックを胸壁の上から放り出してしまえ――。

「自室にとじこめておけ」

「はい、隊長」

「この一帯は人払いを。それと、グイマール？」

「はい、隊長？」

「今回は、本当の人払いだ。次は誰が慰みものにされそうだろうとかまわん。誰も、ここへ入れるな。いいか？」

「はい、隊長」

グイマールは一礼して下がった。

いつのまにかデイメンは狭間胸壁の石に両手をついて、無意識のうちにローレントの姿勢をそのままなぞっている自分に気付いた。そのローレントの背中の線を見たのを最後に、デイメンは扉を手のひらで押したのだった。

心臓が強く打っていた。とにかく誰だろうとローレントをわずらわすものを残らず閉め出す壁を作ってしまいたい。砦のこの一帯を、歩哨がわりに自ら歩き回ってでも、無人に保っておく覚悟だった。

ローレントについて、この点はよくわかっている。一人になる時間を作って考えさえすれば、いずれ理性が勝ち、己を取り戻す。

アイメリックを叩きのめしてやりたい一方で、デイメンは心の底ではアイメリックとジョードの二人ともに惨い犠牲者なのだとわかっていた。こんな惨状は引き起こさずともすんだ筈だ、あの二人がただ——清い仲でいられたなら。

友、とローレントは言った。それが俺たちのすべてか、と。デイメンは両手をきつく握りこんだ。アイメリックは相変わらず、実に間の悪い時にやらかしてくれるようだ。

いつしか階段の一番下に立ち、そこにいた兵たちに、グイマールと同じように一帯から人を引けと命じていた。

もうとうに、夜もとっぷりと暮れている。疲弊感と重さがずしりとのしかかってきて、突然に、朝までもう数時間もないのだと気付いていた。兵たちが去りはじめ、デイメンの周囲が虚ろになっていく。止まってはならない、自分に考える隙を与えるなど恐ろしくてできない。外には何もなく、ただあと数時間続く闇と、明け方に馬でゆく長い道のりだけ。

無意識のうちに、仲間について行こうとした兵の一人の腕をぐいとつかんでいた。

兵は足を止め、その場に残った。

「隊長？」

「王子から目を離すな」とデイメンは言っていた。「王子が何を望もうと、それをかなえてくれ。王子を守ってくれ」

自分が言っていることが奇妙に響くのはわかっている。こんなに強く兵の腕をつかんでいることも。止めようとしたが、手にはますます力がこもっただけだった。

「あの人は、忠誠に値する人だ」

「はい、隊長」

一つのうなずき、そして恭順。デイメンは、その兵が上へ向かうのを、立ち尽くして見送った。


仕度を終えるまで長い時間がかかった。それからまた自分の部屋まで案内してくれる召使いを見つけねばならなかった。浮かれ騒ぎの残骸を抜けていく——放り出された酒杯、いびきをかいているロシャール、椅子がいくつかひっくり返っているのは喧嘩か荒っぽすぎた踊りのせいか。

案内された部屋の調度はやたら過剰で、もはやヴェーレでは当然とも言えた。アーチの入り口からも、二つ以上は続き部屋があるのが見えるし、飾りタイル敷きの床にはいかにもヴェーレ風の低くゆったりした寝椅子が置かれていた。デイメンは上がアーチになった窓を、ワインや果物が入念に揃えられた卓を、そして寝台を——薔薇色の絹の襞が床にわだかまるほどたっぷりと敷かれた寝台を、眺めた。

召使いを下がらせる。扉が閉じた。銀の水差しからワインを注ぎ、一気に干した。杯を卓上に置く。テーブルに手をのせ、体重を預けた。

それから片手を肩に上げ、隊長の記章を外した。

窓は開いていた。南部らしい、甘くおだやかな夜だ。窓を覆う入り組んだ飾り格子や裾をねじって細く垂らした寝台の絹布まで、ヴェーレ風の装飾が四方を埋め尽くしていたが、国境の砦だけあって南部の様式の影響もある。アーチの形や、この空間の取り方。開かれていて仕切りがない。

デイメンは、手の中の記章を見下ろした。ローレントの隊長として短い勤めになった。ある一日の午後。そしてその夜、一晩だけ。それだけの間に皆で戦いに勝利し、砦を奪ったのだ。無謀だし、信じがたい。手の中にある金属の記章は金色で、ふちが鋭かった。

後任ならグイマールが適材だ、ローレントが己の顧問役をそろえて新しい隊長を指名するまでよく代役を務めてくれるだろう。それが最初の命令となるだろう、ここラヴェネルでローレントが足場を固める第一歩の。指揮官としてはまだ経験が浅いローレントだが、すぐに肩書きにふさわしく成長する。ローレントは自分の道を見つける筈だ、総大将である王子、そして王への変貌の道を。

デイメンは、記章を卓上へ置いた。

窓へと近づく。外を見やった。胸壁に点々ともった松明の列が見える。すでに青と金の旗がトゥアルス大守の旗にとってかわられていた。

いつも今宵とともにあの光景を思い出すだろう。胸壁の上を高くゆっくりとよぎっていく星たち。皆の扮装、そしてエンゲランの鎧。長い赤の羽飾りが一本ついた兜。踏み荒らされた大地と流血とトゥアルス——戦いの最後の瞬間に真実を見抜いた男。あの一瞬が、すべてを変えた。

トゥアルス大守は迷っていた。だが、グイオン元老によって戦いへと押し切られたのだ。

デイミアノス。王子殺し。

デイメンの背後で、扉が閉まった。振り向くと、そこにローレントが立っていた。

腹の底が落ちたような気がした。混乱と衝撃——ローレントをここで見るとは思いもしなかった。だがすぐに理由を悟り、この部屋の豪奢さと大きさにも合点がいった。この部屋にいる場違いな客は、ローレントのほうではなかったのだ。

二人は互いに向き合った。ローレントは、扉から四歩入ったところに立ち、飾り気のない服に地位を示す肩飾りひとつつけただけで、紐をきっちり締めこんで凛と身を包んでいた。驚きと、ローレントの存在とに、デイメンの鼓動がはねる。

「申し訳ない。召使いの手違いで、違う部屋へ案内されたようだ」

「いいや、手違いではない」

ローレントが答えた。

短い沈黙が落ちる。

デイメンはいつもの口調を心がけた。

「アイメリックは、部屋に戻して見張りを付けてある。もうこれ以上の騒ぎは起こせぬように」

「俺はアイメリックの話などする気はない」ローレントが答えた。「あるいは叔父の話も」

前へと、ローレントが歩み出した。デイメンは彼の存在を意識する――そして外した隊長の記章の存在を。まるで早く脱ぎ捨てすぎた鎧のように。

ローレントが言った。

「お前が明日、去るつもりなのはわかっている。国境を越え、戻らぬつもりだろう。言え」

「俺は――」

「言え」

「俺は明日、ここを去る」

デイメンはできる限り声を保って言った。

「もう戻らないつもりだ」息を吸うと胸がきしむ。「ローレント——」

「いいや、かまうか。お前は明日去る。だが今は俺のものだ。この夜、お前はまだ俺の奴隷だ」

その言葉にデイメンは息をつめたが、ローレントの手にふれられ、押された衝撃にすべて呑みこまれる。膝の後ろが寝台にぶつかった。世界が傾く。寝具の絹と薔薇色に染まった光の中に。太腿の横にローレントの膝が当たっている。胸にローレントの手がのっている。

「いや、駄目だ——」

「違うだろう」

ローレントがさえぎった。

その指が、デイメンの上着の前を開いていく。実に正確な指で、デイメンは心のどこかでちらりとそれを意識する——召使い並の技量を持つ王子。以前のデイメンよりはるかに慣れた指づかいだ。まるで誰かに教わったかのように。

「何をしている?」

デイメンの息が乱れた。

「俺が何をしていると? お前は、随分と鈍いな」

「分別を失っているだろう——たとえそうでないとしても、山ほどの目的がなければ何もしない性格だ」

ローレントはぴたりと動きを止め、半ば苦々しい言葉を吐いた。

「そうか？　俺にもほしいものがあるかもしれないぞ」

「ローレント——」

「また出すぎた真似をする。名を呼んでいいと、誰が許した」

「殿下」

その言葉はデイメンの口の中でいびつに、ぎこちなく響いた。言わなければ、やめてくれと。だが、あり得ないほど近くにいるローレントの存在以外何も考えられない。二人の間のわずかな距離の変化が、ローレントの肌が近づく禁じられたざわつきが、まざまざと感じられる。デイメンはその光景を目をとじて封じ、己の肉体にたぎる焼けるような切望を感じた。

「俺を欲しいわけではないのだろう。ただ、俺にこれを感じさせたいだけで——」

「ならば感じていろ」

ローレントが言い放つ。

そして手を、デイメンの開いた上着の内へ、シャツの内へ、腹の上へすべりこませた。

その瞬間、何ひとつできない。肌にふれるローレントの手の感触をただ味わうこと以外。震える息がデイメンの口からこぼれ、ローレントの手が臍（へそ）からさらに下へと熱くすべった。己の体勢をぼんやり意識する。乱れた襞の絹のシーツに、ローレントの両膝と片腕でとじこめられ、縫いとめられて。上着は脱がされ、シャツも半ば剝ぎとられた。股間の紐もローレントの指でたやすく解かれ、そしてそれで、デイメンのすべてがほどかれた。

デイメンが見ているのは、ローレントの顔だった。まるで初めて見るように、ローレントの目の表情を、かすかな息の変化を見つめる。ローレントの背がこわばっているのにも気付いた。ことさらに意識した動き方にも。塔の部屋で、テーブルに体重を預けていたローレントの背中を思い出していた。ローレントの声にも、同じ固さがあった。

「お前は全身、見事に釣り合いが取れているようだな」

デイメンは応じた。

「前にも俺が勃起したところを見たことはあるだろう」

「ああ、お前の好みも覚えているぞ」

ローレントがデイメンの先端を握りこむと、親指を割れ目に当て、少し強めになぶった。デイメンの全身がそり返る。ローレントの手は、愛撫というより所有の印のようだった。身を傾け、親指で濡れた小さな円を描いた。

「これも好きだったな。アンケルと」

「あれは、アンケルではなく……」デイメンの口からむき出しの本音がこぼれた。「お前だった、全部。わかっているだろう……」

アンケルのことなど考えたくはない。全身が、力をかけすぎた革紐のように張りつめている。手がごく自然な刺激を求めて動いたが、ローレントに「駄目だ」と制されて、己にふれることができなかった。

「覚えているだろう、アンケルは口を使っていた」

デイメンはほとんど脈絡なくそう言いながら、ローレントを、そして自分の気をどうにかそらそうとする。必死で、寝台から腰を浮かさぬように。

「その必要は俺にはなさそうだが？」

ローレントの手の上下の動きは、まるで彼のなめらかな言葉のようで、これまでデイメンが彼とかわしたすべての行きどころのない議論のようだ。いつもローレントの声に搦めとられ、せき止められて……ローレントの体に満ちる緊張を、己の鼓動と同じほど鋭く感じる。ローレントはさっきの緊張感をそのままに、それを押さえこんで別の何かに変えようとしている。

デイメンは抗った――身の内で高まっていくものに抗い、頭上の絹をつかんでこらえようとする。だがローレントが空いた手でその動きを封じ、熱く、高圧的な支配力で彼をねじ伏せる。うっかりローレントの目を見つめた瞬間、デイメンの抑制が一気にはじけた。自分の上で乱れのない着衣のローレントが、王子の正装をまとったまま、デイメンの太腿の横に輝くブーツを押しつけている。最初の痙攣がデイメンの身の内を駆けのぼり、その間も一瞬ずつが色を変え、二人の間で深く、濃密すぎる何かが行き交う。突然に、目をそむけるべきだと、止めて背を向けるべきだと感じた。だができない。ローレントの目は黒ずみ、大きく見開かれ、その瞬間、デイメンだけを見つめていた。

ローレントが身を引くのを感じる。距離をとり、一線を引き、冷たい壁を取り戻そうとして、だがうまくできずにいるのを。

「なかなかだな」とローレントが言った。

体を起こしたデイメンは息を荒げ、絶頂にまだ震える肌で、ローレントの目にあるその表情が消える前にと追う。

ローレントが寝台から起き上がるより早くその手首をつかみ、繊細な骨を、脈動を感じた。

「キスしてくれ」

デイメンの声は快楽にかすれ、悦びを分け与えたくてたまらない。肌に満ちる熱いざわめき。デイメンが体を起こすと、全身がたわんで、下腹部の筋肉が動く。ローレントの視線が反射的にさっと彼の肉体を眺めてから、目を合わせた。

以前にも、ローレントの手首をつかんだことがある。手の一撃を、あるいは短剣の一閃を防ごうとして。今またデイメンは手首を握る。引き下がりたい衝動がこみ上げたが、踏みとどまった。同時に感じる——ローレントが壁を作ろうとしていることを。まるで己の行為が終わった今、どうしていいかの指標を失ったように。

「キスを」ともう一度、デイメンは求めた。

いつもより濃い瞳で、ローレントは己の決心をつけようとするかのようにその場にとどまり、肌にまだ葛藤と緊張をにじませていた。視線がデイメンの唇へと落ちた瞬間、デイメンの全身を何かが貫いた。

キスするつもりなのだ、と悟ってデイメンは目をとじ、動きを完全に止めた。くちづけてくるローレントの唇はほんのかすかに開き、まるで何を求めているのか自分でもわかっていないかのようで、デイメンはそっとキスを返す。これが深まることを思うだけで、くらくらしてくる。

キスを深める前に小さく身を引いて、デイメンはローレントの目が開くのを見つめた。鼓動が高く鳴っている。その刹那、視線を交わすのは唇を交わすようなものだった。つながり合って何かを交わすのに、行為の形など問題ではないかのように。

デイメンはゆっくりと体を傾け、指先でローレントの顎をすくうと、その首筋にくちづけた。

それは、ローレントにとって予想外の行為だった。反応でわかる。驚きがローレントの身を小さく震わせ、体を固くして、彼はまるでどうしてデイメンがそんなことをするのかとまどうようにしていたが、ある一瞬から、その驚きが何か別のものへと溶けていく。デイメンは、少しだけ唇を這わせて己を楽しんだ。唇の下でローレントの鼓動が小さくにねた。

今回は、デイメンが身を引いても二人の体は完全には離れなかった。デイメンは片手でローレントの頬をなで、髪の間に指をすべりこませ——愛でる指の間で金髪を揺らす。それからローレントの頭を両手で優しく支え、望んでいたくちづけを与えた。長く、ゆったりと、深く。その下でローレントの口が開く。ローレントの舌にふれる感触に、ローレントの口腔にすべりこんだ己の舌の感触に、デイメンの情熱が否応なく高まった。

二人は、キスしているのだ。体の内にそれを感じた。抑えられない身震いのように。情動の激しさは己でも驚くばかりで、デイメンは目をとじてそれを抑えた。ローレントの体に手を這わせ、上着の皺を感じる。デイメンは裸だが、ローレントはいまだ潔癖にすべてをまとったままだ。

王宮の浴場で服を脱いだあの出来事以降、ローレントはごく慎重に、デイメンの前ですべての肌をあらわにすることはなかった。だがデイメンは、浴場で見たローレントの躰を覚えている。その肢体の傲慢なほどの見事さと、白い肌を透かしながら流れ落ちた湯のしぶきを。

あの時は、愛でもしなかった。王宮で、デイメンは知らなかったのだ、ローレントが滅多なことでは完璧な装い以外の姿を人前にさらしたりしないと。

今はもう、それを知っている。デイメンは、先刻ローレントの鎧を脱がせていた召使いたちを思った。どれほどあの光景に心乱されたか。

指で、ローレントの襟元を締めている紐にふれた。今はもう教えこまれて、この入り組んだ紐の絡み合いのひとつひとつを知っている。襟元をわずかに、そしてさらに広くくつろげると、デイメンの指がローレントの繊細な鎖骨をすべり、あらわにしていった。あまりに白い肌に、首筋の血管はうっすらと大理石の筋のように青く、絹の天幕や日よけや高襟の下で守られてきたその白さは一月にわたる行軍でも無垢なままだった。比べてデイメン自身の肌は、陽に焼けて、木の実のごとき焦茶に見えた。

二人の呼吸が揃う。ローレントは動きをすっかり止めている。デイメンが上着を押し開くと、白いシャツに薄く包まれた胸が上下していた。デイメンは両手でそのシャツをなめらかになで下ろし、それから前をくつろげ、開いた。

あらわにされたローレントの胸で、乳首が固く息づき、初めて見せた確たる快楽の証にデイメンは猛々しいほどの誇らしさを覚えていた。目を上げ、ローレントと視線を合わせる。

ローレントが言った。

「俺が石でできているとでも思っていたか？」

こみ上げる喜びを止められずに、デイメンは言った。

「あなたが望まぬことは、何も」

「俺がこれを望んでいないように見えるのか？」

ローレントの目の表情を見つめながら、デイメンはゆっくりと、彼の体を寝台の上へ押し倒した。

互いを、強く見つめ合う。ローレントは仰向けに体を倒し、やや乱れた姿で立てた片膝を少し外側へ押し出して、磨き上げられたブーツをまだ履いていた。その胸に両手を這わせたり両の手首を敷布に縫いとめて唇を奪いたくてたまらない。デイメンは目をとじ、己に高潔な自制心を求める。その目を開けた。

気怠げに、片手を頭上に、まさにデイメンが押しつけそうなところまで上げ、ローレントが長い睫毛ごしに見上げた。

「上に乗るのが好きだな、お前は？」

「ああ」

今ほどそれを望んだことはなかった。ローレントが自分の下に横たわっていると思うと頭がくらくらする。こらえきれずに引き締まった腹に手をすべらせ、ローレントの抑制の利いた呼吸の上下動を感じる。淡い体毛の流れを追い、指先でふれた。今やデイメンの指は、その流れが左右対称の結い紐の下へ消えていく場所までたどりついていた。顔を上げる。

次の瞬間、いきなりデイメンは後ろへつき倒され、気付けばローレントの足の間に尻をついて少し息を切らしていた。ローレントがブーツの靴底をデイメンの胸に当て、押したのだ。その靴をどかしもせず、デイメンをその場にとどめて、こもった力でそこから動くなと脅してくる。

つき上げてきた欲情の炎が、デイメンの瞳にもあらわだろう。

ローレントが言った。

「さて？」

警告ではなく、うながしている。ローレントが何を待っているのか、突然に理解できた。デイメンはローレントのふくらはぎに手を回し、もう片手で靴底をつかむと、ブーツを引き抜いた。

靴が寝台の脇に放り出されると、ローレントは足を引いて逆の足をまたデイメンの胸にのせた。こちらのブーツも同じほど丁重に脱がされる。

腰骨近くに、ローレントの呼吸の上下動が見える。冷ややかな口調と裏腹に、ローレントはこうまで己をさらし、ふれるデイメンの手を許している。それでもまだその肌には緊張がにじんで、うかつにふれれば両断されかねない剣の刃のきらめきのようだ。

己の望みに、欲に、デイメンは突如として溺れそうだった。優しくしたい、もっと強く奪いたい——唇がまた重なり、止められずにローレントにふれ、肌をゆるやかに愛撫した。愛撫の合間にもっと甘くやわらかなキスを浴びせる。指先に、服の縫い目や紐の交差のひとつずつを感じた。結い紐と布の間に指を差し入れ、一引きずつゆっくりと紐を抜いていく。終わりに近づくにつれその一引きが長くなった。

不意の欲求につき動かされて、デイメンは体を起こす。ローレントは半ばそれを追って、どこかぼんやりと片腕で身を起こし、何のための中断かとまどい気味だったが、それもデイメンがローレントのズボンの布地に指をかけてそのまま太腿へ、さらにその下へと押し下げるまでだった。

ズボンを引き下ろして脱がせると、腿にそって手を這わせ、小さな痙攣を感じた。脚が腰へつながっていくところへ達すると、親指でなで、抜けるように白い肌にひそむ乱れた脈を味わう。ローレントがそのひややかな抑制を裏切ってデイメンの口の中で欲望をあふれさせる様を想像すると、どれほどそそられるか、眩暈を覚えるほどだった。手をそれにかぶせ、熱い絹のようななめらかな感触を包んだ。

ローレントがぐいと体を起こす。上着とシャツがはだけて肘に引っかかり、腕を半ば搦めとっていた。

「俺は、返報はしないからな」

デイメンは顔をあげた。

「何？」

「俺は、お返しにそれをするつもりはないということだ」

「だから？」

「俺に一物をしゃぶってほしいか？」ローレントが几帳面に言葉にした。「俺にそのつもりはないからな。お前がもし相互の応報行為を期待してその行為に至るのであれば、事前にその点は通告しておいたほうが望ましい——」

闇での会話としてはあまりにもくどくどしい。デイメンは耳を傾け、一連の言葉が実際には何の拒絶でもないことに満足すると、さっさとローレントのものに唇をかぶせた。

慣れた態度のわりに、この快楽に対するローレントの反応はひどく初心(うぶ)なものだった。そっと、驚きの声をこぼし、デイメンに愛撫を加えられている場所を中心に体を丸めようとする。ローレントの腰をつかんでそれを押しとどめ、デイメンはただ楽しむ——ローレントが小さく、なすすべなく身をよじり、押しつけてくるのを。その驚きの気配を、それに続くかたくなな抑制でローレントが息を整えようとするさまを。

欲しくてたまらない。その押し殺された反応のすべてが。デイメン自身の屹立は半ば忘れられてシーツに押しつけられていた。頭を少し戻し、ローレントの先端を舌で包みこむようにして、楽しみながらゆったりと吸い上げ、また深く呑んだ。

ローレントは、これまでデイメンが寝床をともにしたどんな相手もはるかに及ばぬほど、抑制された恋人であった。のけぞる首やあからさまな声はなく、ただ一度の肌の震えや、かすかに詰めた息づかいだけがローレントの反応だ。それでもデイメンはいつしか、その反応のひとつひとつを味わっていた。腹筋にこもる力、太腿を走る小さな震え。デイメンの体の下で、ローレントの反応とそれを押しつぶす抑制がくり返され、高まり、ローレントの肌の内にひそやかにたぎっていく。

——そして、その熱が封じこまれていくのを感じた。その循環がめぐるにつれ、ローレントの身体が固くなり、反応を殺していく。デイメンが目を上げると、彼は両手に敷布をきつく握りこみ、目をとじて、片側に首を倒していた。快楽に打ち砕かれかかったそのふちで、ローレントは超然たる意志の力ひとつで己をそこから引き戻してのけたのだ。

デイメンは顔を上げ、体を起こしながら、ローレントの表情を探った。すっかり待ちわびている己の肉体のことなど半ば忘れ去って見つめていると、ローレントの目がふっと開いた。

長い沈黙の後、ローレントが言った。痛々しいほどに、素直に。

「俺には……自制を手放すのが、難しいのだ」

「だろうな」

また、沈黙がのびた。それから、

「お前は俺を抱きたいのだろう、男が少年を抱くように」

「男が男を抱くように」デイメンは答えた。「その体で悦びを味わいたいし、俺の体で悦ばせたい」

そしてそっと、率直に続けた。

「あなたの中で達したい」身の内の熱情とともに言葉が熱を帯びる。「俺の腕の中であなたをいかせたい」

「お前が言うと、実に単純に聞こえるな」

「単純なことだ」

ローレントの顎がこわばり、口元の形が変わる。

「上で励むほうにはそうなのだろうな、下でひっくり返されるほうはともかく」

「ならば、どんな悦びを望むのか俺に教えてくれ。俺が、ただその体をひっくり返してのしかかるとでも思っているのか？」

その言葉にローレントが反応したのがわかる。そしてデイメンの内に、理解がふっと芽生えた。何か、たしかなものが宙を伝わってきたかのように。

彼はたずねた。

「そうしたほうがいいのか？」

その問いが、二人の間の静けさに落ちた。ローレントの息は浅く、彼は頬を赤く染め、世界を締め出したいかのように目をとじた。

「俺は……単純なほうがいい」

「うつ伏せになれ」

その言葉は、デイメンの奥深くからわき出す、やわらかな、だが確信のこもった命令として出た。ローレントはまた、迷うように目をとじた。それから動き出す。

なめらかな、慣れた動きでうつ伏せに体を返すと、ローレントはデイメンのまなざしの前に背から尻への凛とした曲線をさらした。脚が開き、尻が少し上を向く。

これにはデイメンは虚を突かれた。こんなふうに、ローレントが四肢をはっきりと開いて己をさし出すとは。ローレントがまさか……たしかにデイメンはこれを、この形を望んだが——望むのもおこがましく思っていたが——それに二人ともが望んだことではあったが、誘いのつもりの言葉ひとつで、心の準備も足りぬうちにこの段階までとびこえてしまった。突然にデイメンはうろたえ、十三の時のようなおぼつかない気持ちになる――一瞬先に何が待つのか迷うばかりで、ただ相手を失望させぬよう願っていた頃の。

脇腹をやわらかになで上げると、ローレントの息が乱れた。不安の波が、ローレントの身体をよぎっていくのがわかる。

「緊張しているな。本当に、初めてではないんだな？」

「ああ」

ローレントが答える。その言葉には、どこかいびつな響きがあった。

「これもか？」

デイメンはさらに追及し、問いの意味がはっきりするよう、手をそこに置いた。

「ああ」とローレント。

「だが――そうなら――」

「その話はもう聞きたくない」

絞り出すように、ローレントが言った。デイメンはローレントの背をなでて首筋を愛撫し、うなじに顔をうずめて唇を押し当てたところだったが、今の言葉に顔を上げた。優しく、だが揺るぎない手でローレントをまた仰向けに転がすと、デイメンは彼を見下ろした。

表情があらわになったローレントは上気して息を荒げ、光る目は切羽つまった苛立ちをたたえて、その下に何かを隠していた。それでいて屹立は熱くそそり立ち、そればかりはデイメンの口の中にあった時と変わりない。奇妙な神経質さと裏腹に、ローレントはたしかに、肉体的には昂ぶっている。デイメンは青い目を読もうとした。

「矛盾の塊だな、まったく」

そう、そっと囁く。

「抱け」とローレントが言った。

「俺はそうしたい」デイメンは答える。「だがそっちが、させてくれるか?」

静かに、そう言って待つ。ローレントがまた目をとじ、顎の筋肉が動いた。明らかに、誰かに抱かれるという考えがローレントの心をかき乱しているのだ。欲望と、ローレントの頭の中にある複雑きわまりない異論とが——そもそもそんなものいらないだろうとデイメンは思うが——争っている。

「……させてやろうとしてるだろうが」ローレントの口から、張りつめた言葉が押し出された。

「先を続けたらどうだ」

目が開き、デイメンにまなざしを返す。そして今回、言葉に続く沈黙の中、頬を熱くして答えを待ったのはローレントのほうだった。彼の目の中、その抑えの利かないこわばりの中には、思いもかけぬ若さと無防備さがひそんでいた。それを見ると、まるで心臓が胸から引きずり出されたような気がする。

頭上に放り出されたままだったローレントの腕をずっとなで上げていくと、デイメンはローレントの手を取り、押し下げて、両手とも互いの手のひらを合わせた。

くちづけはゆったりと長く、念入りなものになった。ローレントが応えて唇を開いた瞬間、体を抜ける小さな震えがデイメンに伝わる。両手がひどくたよりない。ローレントのまなざしをたしかめる分だけ頭を引いて、デイメンはそこに受容の証を探した。

そして見つけた――新たな緊張感とともに。緊張感はもはや切り離せぬものなのだと、デイメンは悟る。次の瞬間、手の中にローレントから硝子の小瓶を押しこまれていた。

呼吸がひどく難しい。ローレントから目を離せない。互いを隔てるものが失せ、ローレントもそれを許した今。

指が、内側へとすべりこむ。あまりにもきつい。引き戻し、またゆっくりとさし入れた。

ローレントの顔を見つめ、淡い紅潮と、表情のわずかな変化、目の見開きや瞳の黒ずみの気配をうかがった。濃密でひそやかな瞬間。デイメンの肌も熱く張りつめていた。ローレントと同衾するというのがどんなことなのか、デイメンが思い描いていたのはただ優しくしたいという心のうずきばかりだったが、今やここにこうして体温がある。現実は、想像と違っていた。ローレントは、違っていた。こんなふうになれるとは思いもしなかった――こまやかでごく親密な、秘め事のように。

油のなめらかさと、ローレントの小さな、だがなすすべのない動きを感じる。そしてローレントの体が開きはじめる、その信じがたい感覚を。デイメンの胸で乱れる鼓動がローレントの耳にも届いているに違いない。二人は今や唇を重ね、ゆったりと体を重ねて濃密にキスをしながら、ローレントの両腕がデイメンの首を抱いていた。空いた腕をローレントの背へすべりこませ、しなやかな弧をなぞってなで下ろす。ローレントが片膝を立てたのを感じた。ローレントの内腿がふれるのを、その踵が背に押しつけられるのを感じた。

このままでいいと、デイメンは思う。唇と手でローレントをなだめ、愛撫を与えて。指に、濡れた熱がきつく絡みつく。ここが自分のものを受け入れられるとはとても思えない。それでも思い描かずにはいられなかった。デイメンは目をとじ、その場所を探る。二人がつながり合う、調和する筈のところへ。

「俺を……入れてくれ」

デイメンは囁いた。その声は情熱と、それを抑えようとする努力とでざらついていた。ローレントの身の内の緊張が高まったが、それをまた押しこめたのがわかった。瞬間、答えがあった。

「ああ」

胸に感情が押しよせ、締めつける。受け入れられようとしているのだ。ふれあう肌がどこもかしこも熱く、親密で、なのに今以上に近づこうとしている。ローレントが、デイメンを受け入れる——己の中に。あらためてそのことに圧倒されていた。

　そして、その段階に至ると、もはやデイメンにはローレントの体へ入っていくゆっくりとした動き以外、何も考えられなかった。

　ローレントが声を立て、口から出る言葉は切れ切れのかけらになる。油で濡れた熱い中にデイメンの屹立の先端が押し入り、同時にローレントの反応がある——体の大きな震え、上腕の筋肉の動き、顔の紅潮、半ば乱れて広がった金の髪。

　心のどこかで、このまま、とデイメンに何かが囁く。きつくつかんでもう離すなと。

　俺のものだ——そう言いたかったが、言えはしない。ローレントは彼のものなどではない。これは、ただ一度きり許された夜なのだから。

　胸が苦しかった。デイメンは目をとじて、ただこのゆっくりとした浅い突きこみを味わおうとする。小さく押して引くだけで、己をこらえる。しがみつくようにして衝動に抗った。今すぐ深く、感じたことがないほど深くまでローレントの体をうがってこの一瞬を永遠にしたいという衝動に。

「ローレント——」

　名を呼ぶと、心が崩れそうだった。

〈求めるものを手に入れるためには、どこまで犠牲を払う覚悟があるか、己を知らねばならぬ〉

　これほど何かを欲しいと思ったことはなかった。そして今、デイメンは腕の中に望みを抱いている――明日には失うと知りながら。これと引きかえにデイメンを待つのは、イオスの急峻と国境向こうの不確かな未来、そして兄の前に立って今やそう重要とも思えぬ答えを求める機会。

王国か、この一瞬か。

深く――と圧倒されるような衝動がつき上がり、こらえようとした。このまま、と抗うが、デイメンの肉体はすでに己のリズムを見つけ、ローレントの体に腕を回し、首筋に唇を当て、盲目的な情動にせき立てられてありえないほどに近づこうとする。

「ローレント」

そう囁き、デイメンはついに根元まで己を沈めていた。ひと突きごとに、体の中で高まるものが限界へ近づいていくのに、まだ深くなりたい。

デイメンの全身の重みがローレントを包み、屹立がローレントの内を擦り上げ、すべてが感覚に支配される。ローレントのこぼす乱れた声、そこに加わった不明瞭な言葉、頬の赤らみ、頭をのけぞらせる仕種。音と光景が溶け合う。ローレントの肉体への熱い突き上げ、デイメン自身の脈動、己の筋肉の震え。

さっと、脳裏に光景がよぎっていった。もし二人に時間が許されていたならば、そんな世界で彼らはどんなふうだったのか。何にせき立てられることも終わりの刻限もなく、甘い日々をともにすごし、何時間もこもって、ゆるやかにいつまでも愛を交わし――。

「駄目だ――もう――」

そんな言葉がこぼれたかと思うと、デイメンの言葉は故郷のものに変わっていた。ぼんやりと、それにローレントがヴェーレ語で答えたのを聞き、彼が達しかかっているのがわかった。ローレントの体が細かく震え、最初の滴りがあふれる。血のように熱く。デイメンの下でローレントは絶頂を迎え、デイメンはそのすべてを味わおうと、その一瞬にしがみつこうとしたが、彼の肉体もあまりに限界に近く、ローレントから切れ切れに命じられるままにすべてをその体の奥に放っていた。

第二十章

時おりに、ローレントは眠ったままデイメンのそばで身じろいだ。

ぬくもりと添い寝するデイメンの首筋をやわらかな金髪がくすぐり、体がふれ合うところにはローレントのかすかな重みがあった。

扉の外では、すでに砦の時間が新たな区切りに入り、召使いたちが起き出して、火を整え、鍋をかき混ぜはじめていた。扉の外では、一日が始まり、その日を迎えるためのすべてが始まっている。歩哨も馬丁も馬たちも兵も起き出し、戦いのために武装する。遠く、どこかの中庭からの掛け声が聞こえた。もっと近くでは、扉がバタンと閉まる音も。

あと少しだけ、とデイメンは思う。ありふれた朝のまどろみの呟きのようでもあったが、胸の痛みがそれを裏切る。すぎゆく時が、まるでそのままのしかかってくるようだった。一瞬ずつを意識する。一瞬ごとに、残された時が減っていく。

デイメンの隣で眠るローレントの姿は、また新たな発見でもあった。引き締まった腰、剣士の筋肉をそなえた上半身、あらわになった喉仏の形。ローレントはまるで本来の彼に見えた——ひとりの若者に。ひとたび服をきっちりとまとって紐を締めれば、危険な優雅さが彼をほとんど中性的に見せる。いやむしろ、ローレントが肉体の存在を感じさせること自体が稀だというべきか。彼と向き合う者は、常に彼の精神と向き合わされている。戦いのさなかでさえ、馬を駆って妙技をこなす時でさえ、その肉体は精神によって支配されている。

その肉体を、デイメンはもうよく知っていた。やさしい愛撫に驚いたように応えることも。その気怠く危険な余裕も、彼のためらいも……甘く脆い、あのためらい。ローレントがどう愛を交わすのかも——露骨なほどの知識と、ほとんどはにかんだような気後れ。

まどろみの中で身じろぐローレントが、ほんのわずか身を寄せてくると、そっと、無防備な声を満足げにこぼした。デイメンの心に一生刻まれるだろう声を。

それから、ローレントは眠たげにまばたきし、デイメンは腕の中で覚醒しながら状況を把握していく彼を見つめた。

どうなるのか、不安はあった。だが隣にいるデイメンに気付いた時、ローレントは微笑んだ。少し内気な、だが心底からの笑みで。

予期していなかったデイメンは、ドクンと、痛むように心臓が打つのを感じる。ローレントがこんなまなざしで誰かを見るなど、思いもしなかった。

「朝だな」ローレントが言った。「眠ってたな？」

「眠っていた」

デイメンも答えた。

二人は、互いを見つめた。ローレントが手をのばしてデイメンの胸の中央にふれる間、デイメンはじっと動かずにいた。夜明けにもかかわらず二人で唇を重ね、ゆったりと心地よいキスを、あちこちさまよう手を愉しむ。脚が絡み合った。デイメンは心に刺さるものを無視して、目をとじた。

「衰えぬ意気込みぶりがうかがえるぞ」

そう指摘されたデイメンはつい「閨でもその口のきき方は変わらないんだな」と言い返していたが、その言葉はほとんど今の気持ちそのままに響いた――どうしようもなく愛しげに。

「もっといい言い方を思いつけるか？」

「あなたが欲しい」

「それはかなえただろう」ローレントが応じた。「二度も。まだ、その……感覚が残っているぞ」

身じろぎしてみせた。デイメンがローレントの首筋に顔をうずめて呻くと、今度は笑い声が聞こえ、幸福感に似たものがデイメンの心の奥を痛むほどに圧迫する。

「よせって。歩けなくなるぞ」とデイメンは言った。

「歩けるほうがありがたい。俺は馬に乗らねばならないしな」

「その……俺も気をつけようと――できれば――」

「この感覚は、気に入っている」ローレントがさえぎった。「昨夜の感覚も。お前は寛容で情の深い相手だ、俺はまるで――」

言葉を切り、ローレントは己の言葉に、揺れる息をこぼした。

「……まるで、ヴァスクの部族のような気分だった。ひとつの体に入ったような。よく、あんなふうに感じるものなのだろう？」

「いいや」デイメンは否定する。「いや、あんなのは――」

――一度もあんなふうに感じたことはない。

ローレントが別の誰かとあんな時間を持つかもしれないと思うだけで、苦しくなる。

「俺の経験の浅さが見抜かれてしまうかな？　評判は知っているだろう。十年に一度」

「俺には無理だ」デイメンは呟いた。「これが……ただ一夜だけのことだなんて」

「一夜と、その朝と」
ローレントがそう囁く。そして今回、寝台に押し倒されたのはデイメンのほうだった。

その後デイメンはまどろみ、早朝の光の中でぼんやり眠って、そして目覚めた時、寝台は空だった。

眠ってしまった驚きと、差し迫る時間への焦燥でデイメンはさっと起き上がった。召使いたちが部屋へ入ってくるところで、彼らは扉を開け放ち、部屋の空気を乱して無機質な動きでてきぱきと働きはじめた。燃え尽きた蠟燭を片づけ、香気のある油を燃やしていた容器を空ける。

本能的に、デイメンは窓から太陽の高さを仰いだ。昼が近い。一時間ほどうたた寝してしまっていた。もっと長くか。残り時間はあまりに少ない。

「ローレントはどこだ?」

部屋係が、寝台へ歩み寄ってきた。

「あなたはラヴェネルから、まっすぐ国境まで護送されます」

「護送?」

「起きてお仕度を。その首枷と手枷も外されます。その後、砦をお発ち下さい」

「ローレントはどこだ?」

デイメンはまたたずねた。

「王子はほかで手が離せませぬ。王子のお帰りより前にどうぞ出立を」

心が定まらない。眠りの内に逃してしまったものは約束の刻限ではなかったのだと、デイメンは思い知っていた。逃したものはローレントとすごす最後の一瞬、最後のキス、最後の別れ。ローレントが今ここにいないのは、あえて選んだことだ。そしてきっと別れの場は、言えない言葉に満ちた沈黙でしかなかっただろう。

デイメンは、立ち上がった。湯浴みをして着替えた。召使いたちはデイメンの上着の結い紐を締め、部屋を片付けていった。ひとつずつ。昨夜の脱ぎ散らされた服、放り出されたブーツ、丸まったシャツ、上着、絡まった結い紐。それから寝具をすっかり換えてしまった。


枷を外すのには鍛冶職人を要した。

職人の名はグリン、まっすぐで平たい黒髪が、薄い帽子でもかぶっているように見える男だった。離れ屋にこの男がやってくると、何の見物人や儀式もなくあっさりと事が済んだ。石の掛台がひとつ、それに鍛冶場から持ちこまれた鍛冶道具が雑に置かれている。デイメンは小さな部屋を見回し、別に何の不足もないと己に言い聞かせた。予定通りこっそり去っていたら、やはりこんなふうに、人目もなく国境向こうの鍛冶屋で行われた筈のことだ。

最初は首枷だった。グリンが首から枷を取り去ると、首の軽さに枷の喪失を感じた。デイメンの背すじがのび、肩の位置が定まる。

まるで嘘が暴かれるように、割れ、デイメンの首から落ちた枷。

グリンの手で作業台に置かれた、二つに開いた黄金の輝きへ目をやった。ヴェーレの首枷。その金属の弧の中にはデイメンがこの国で味わったすべての屈辱が、ヴェーレに自由を奪われた鬱屈が、ヴェーレ人に仕えるアキエロス人としての恥辱があった。

それでありながら、デイメンの首にこの枷をかけたのはカストールで、枷から解き放ったのはローレントなのだった。

枷はアキエロスの黄金で作られていた。引き寄せられるように近づき、ふれてみる。デイメンの首のぬくもりが残って温かく、まだ彼とつながっているかのようだ。どうしてそんなことに動揺を覚えたのかはわからない。指先で枷の表面をなぞり、えぐれた痕にふれた。トゥアルス大守がその剣をデイメンの首へ叩きこもうとした時、黄金の輪に阻まれた深い傷。

手を引くと、デイメンは左手首をグリンへさし出した。掛け金のついた首枷は鍛冶職人にとってはたやすい仕事だったが、手枷には鏨（たがね）と木槌を要した。

この砦へ、デイメンは奴隷としてやってきた。そしてアキエロスのデイミアノスとして去るのだ。まるで皮膚を一枚脱ぎ捨てるような、その下にあったものに光が当たったような気分だった。

最初の手枷が勢いよく割れ、デイメンは新たな己と向き合う。もはやアキエロスにいた頃のような頑ななだけの王子ではない。アキエロスにいたあの男ならば、決してヴェーレ人の主には仕えず、ヴェーレ人とともに戦いはしなかった。

あの頃の自分の目には、ローレントの素顔も見えなかっただろう。ローレントへの忠義を抱くことも、ほんの一瞬でもローレントからの信頼を手にすることも。

グリンが逆の手枷を外そうと動いたが、デイメンは右手を引いていた。

「いいや」と口から言葉がこぼれる。「こっちはこのままでいい」

グリンは肩を揺らして、背を向けると、首枷と手枷のかけらを手際よく布にのせ、包んでデイメンへ渡した。デイメンは即席仕立ての袋を受けとる。驚くほど重かった。

グリンが言った。

「その黄金は持ってゆけ」

「贈り物か？」

デイメンは、ローレントに返しただろう同じ言葉を口にする。

「王子には不要のものだ」とグリンが答えた。


国境までデイメンに同伴する面子がやってきた。

全部で六名、すでに馬上にいる男たちのうち一人はジョードであった。ジョードはまっすぐデイメンを見下ろして、言った。

「約束を守ったな」

デイメンの馬が引かれてきた。乗馬用の馬だけでなく、荷馬に、剣と衣服、糧食まで。何か望むものはあるか、とローレントはかつてデイメンにたずねたのだった。

この荷物の中にヴェーレの凝った別れの品などしのばせていないだろうなとデイメンは思い、本能的にあり得ないと悟る。彼ははじめから、望みは自由になることだけだと言ってきた。そしてまさに、その自由をこうして得たのだ。

「俺はずっと、去るつもりだった」とデイメンは答えた。

馬上にひらりとまたがる。砦の大きな中庭にさっと目をよぎらせた。巨大な門から、浅く幅広の階段のついた演壇まで。ここに到着した時のことを思い出す——トゥアルス大守による冷ややかな出迎え、ヴェーレの要塞の中に初めて立った時の思い。持ち場についた門番たちや任務に向かう兵の姿が見えた。ジョードが横に馬をつけるのを感じた。

「あの人は遠乗りに出た」ジョードが言った。「王宮でもよくそうしていた、頭を整理したい時に。別れに顔を見せるようなたちではない」

「そうだな」

デイメンはうなずいた。

馬を出そうとしたが、ジョードが彼の手綱を押さえた。

「待て。言っておきたい——ありがとう。アイメリックのために進み出てくれて」

「アイメリックのためにしたわけではない」

ジョードはうなずいた。それから、言った。

「お前がここを発つと兵たちが聞いて、あいつらは——俺たちは——見送りをしたいと。こうして」

彼が手を一振りすると、兵たちが——王子の兵たちが——砦の巨大な中庭へ次々と押し寄せ、昇っていく陽の下で一斉に演壇の前へ整列した。一糸乱れぬ列を見やり、デイメンは驚いたような、そして胸につのる思いを吐き出すような息をついた。全員、装備のすべての留め革まで磨かれ、鎧のすみずみまで光り輝いている。デイメンは一人ずつ、彼らの顔に目をやり、それから中庭の残りを見た。砦の男女が好奇心から集まってきている。その中にローレントの姿はない。その事実を深く噛みしめた。

ラザールが前へ進み出て、言った。

「隊長。共に仕えられたことを誇りに思います」

共に仕えられたことを誇りに思います——その言葉がデイメンの心に響く。

「いいや」彼は答えた。「俺のほうこそ、誇りに思う」

そしてその時、小門のほうが一気に騒がしくなったかと思うと、一騎の馬が中庭へ走りこんできた。

ローレントだ。

寸前の心変わりで戻ってきたわけではない。ローレントの顔を一目見るだけで、デイメンが去るまで戻ってくる気などまるでなかったのだとわかる。それが不本意にもこうして戻らざるを得なかったのだと。

ローレントは騎乗用の革服姿だった。その革装はまさに吊り上げられる門の機構のごとくぴんと張り、長い乗馬の後でさえ一つの留め革のゆるみもなさそうであった。背すじが固くのびている。きつい手綱の下で馬が首を曲げ、まだここまでの走りの分の息を鼻から吹き出していた。ローレントは中庭ごしにデイメンへ冷たい一瞥をくれてから、馬を一気に進めた。

そしてその時、デイメンはローレントが戻ってきた理由を目にした。

まず胸壁の上での兵の動きが聞こえ、掛け声が次々と渡っていったかと思うと、馬上のデイメンの目に合図の旗が振られるのが見えた。それはデイメンが定めた合図で、一体何者が訪れたのかデイメンは即座に悟る――ローレントが片手を上げ、城門を開いてやむなく客を迎えろと命じるよりも前に。

門の巨大な機構が動き出し、巻き上げ機と人間たちの筋肉が絞り出す力が伝わり、歯車や黒い木材がきしみを上げて回転すると、複雑に絡み合う機械の歯が息吹を得た。

それにかぶせるように叫びがあった。「開門せよ！」と。

ローレントは下馬せず、ただ演壇の足元でぐるりと馬を回頭させて、訪れるものと向き合った。

中庭へと、彼らは緋の奔流となって流れこんできた。旗は赤く、軍装も赤く、三角旗と馬具の金具と鎧は金と白と赤。角笛をトランペットのように甲高く響かせ、ラヴェネルの砦に足を踏み入れてきたのは、盛装に身を包んだ執政の使節団であった。

兵士たちが二つに割れて使節団に場所を空け、そして、ローレントと叔父の使者たちが対峙する。その横手には先太りの回廊が延び、端に衛兵が立つばかりの板石の歩廊は無人であった。静けさが広がった。デイメンの馬が身じろぎし、それから動きを止める。王子の兵たちの顔には敵意がにじんでいた。執権側へ元から抱いてきた反発が、今や大きく育っている。砦の住人たちの表情はもっと多様で、驚きや慎重な中立、むき出しの好奇心などが見てとれる。

執政の使節団は総勢二十五名——使者が一人に二十四名の兵士。対するローレントは、馬上にただ一人。

使節団の到着を外で見たのだろう、追いこして砦へ駆け戻ってきたのかもしれない。そしてローレントは、こういう形での対面を選んだ。馬上の若者として。砦を支配する王族として演壇に立つのではなく、トゥアルス大守のように壇上にずらりと味方の非難がましい顔を並べて出迎えるのでもなく。執政の使節団の壮麗さを前にして、ローレントは軽装の一人の騎手。しかし思えば、彼の身分などその髪色だけで明らかだ。

「ヴェーレの王よりお言葉を預かってきた」

使者が告げた。

鍛えられたその声は、中庭のすみずみまで、集う男女すべての耳に届いただろう。彼は続けた。

「王子を偽詐するこの者は、アキエロスと通じて逆叛を企み、ヴェーレの村を襲わせた上、ヴェーレの国境城主の命を奪ったものである。ゆえに即刻その継承権を剝奪し、自国の民への叛逆者として弾劾する。ヴェーレの国土や自由領アクイタートに対してのこの者の権利は、今を限りに失効となる。この者をさし出せばすみやかに、そして莫大な報賞を与えられるであろう。この者をかくまったならば、同様に、すみやかで甚大な処罰が待つと知れ。以上、王よりのご下命である」

中庭に沈黙が広がる。誰ひとり声を出さなかった。

ローレントが言葉を発する。

「だが王などおらぬぞ。ヴェーレの国には」

その声もまたよく響きわたった。

「ヴェーレの王、我が父はすでに亡くなられている。名を申せ、王の名を騙り父の名を汚す簒奪者は誰ぞ?」

「国王陛下」使者が答えた。「そなたの叔父上だ」

「叔父は、一族に汚辱をもたらしたか。父上のものであった王の称号――我が兄上に継がれるべき、そして血統によって私に継承された王の称号を僭称するとは。そのような汚辱を私が黙って見ていると？」

使者はふたたび丸覚えの口上を述べた。

「国王陛下は気高き方であらせられる。ゆえにこの一度、そなたに正々堂々たる戦いの場を与える。もしその身に、兄と同じ血が真実流れているというのであれば、三日後にシャルシーの地で王と相見よ。その地で好きにパトラスの兵たちを用い、善良なるヴェーレの兵士たちを打ち倒そうとするがいい」

「叔父とはいずれ戦う。だが、そちらの言いなりの時と場所でではない」

「それが答えと取ってよいか？」

「そうだ」

「なれば、叔父から甥への個人的な言付けを持参した」

使者が左側の兵士にうなずくと、兵が自分の鞍から、黒茶けて血で汚れた布袋を外した。

血の染みたその袋を兵士が高々とかかげた時、デイメンの腹の底に粘るような吐き気が動いた。そして、使者が告げる。

「これなる者は、そなたを救うよう願い出た。罪なる側に立とうとした。偽りの王子に味方し王に逆らう者は、残らずこの者と同じ運命を迎えるであろう」

兵士が袋をさっと取った下には、斬首された人の頭があった。

二週間の荒い騎乗、それもこの暑さの中だ。その肌からは、若さが持つかつての瑞々しさはすべて失われていた。その目、いつも何より目を引いた青い瞳も、もはやない。だが亜麻色の巻き毛には星のような真珠がきらめき、その顔貌にもかつての美しさがうかがえた。

デイメンは、この少年に太腿へフォークを突き立てられたことを思う。ローレントを侮辱し、意地悪く目をきらめかせていた彼を。廊下にただ一人、迷いながら、寝着姿でたたずんでいた彼を。成長期への不確かなふちにさしかかり、その日を恐れ、不安に揺れていた幼い少年を。

僕が来たと彼には言わないでくれ――少年はそう言った。

ローレントと彼の間にはいつも、初めて見た時から、不思議な親しさがあった。

〈これなる者はそなたを救うよう願い出た〉

おそらくはその口出しによって、執政相手の最後の手札を使い切った。どれほど自分の猶予が残り少なかったのか、気付きもせずに。

その美貌が成長しても保たれたかどうか、もはや誰にもわからない。もうニケイスが十五歳の日を迎えることはない。

中庭に照りつける陽光の下、デイメンはローレントが反応するのを、そしてその反応を押し殺すのを見た。ローレントの馬が主人の動揺を感じ、突然神経質に大きく身じろいだが、ローレントは馬をも手綱できつく制した。

使者はまだそのおぞましい手土産をかかげていた。ローレントがこんな目をした時は逃げるべきだと知らないのだ。

「叔父が、己の稚児を殺したとな」ローレントが言った。「それも我らへの言付けとして。一体、何を告げんとして？」

その声は遠くまで響きわたる。

「告げたいのは、叔父の寵愛が当てにならぬものだということか？　それとも、叔父の閨に侍る子供すら、王位を言い立てる叔父の強弁がでたらめだと知っていたということか？　あるいは、幼い淫売の言葉にすら怯えるほど叔父の権威が薄っぺらいということか？　よかろう、シャルシーへ来るがいい、その理も来し方もひっくるめて、その地で我らはまみえるだろう。我が王国の威光をもって叔父を誅罰してくれよう。

そして、個人的な言付けがほしくば、子供殺しの我が叔父上に伝えるがいい。ここから王都まですべての子供の首を好きにはねろとな。それで王にはなれぬ、ただおのれが犯す相手が一人もいなくなるだけだ」

ローレントはさっと馬首をめぐらせ、そしてデイメンはそこに、彼の目の前にいた。中庭では対面を切り上げられた執政の使節団が去りはじめ、人々がたった今見聞きしたものに興奮して群れている。

その一瞬、二人は見つめ合った。ローレントからのまなざしは凍るようで、馬にまたがっていなければデイメンは一歩後ずさっていたかもしれない。ローレントの手は手綱を握りしめ、手袋の下の拳は白くなっているだろうとデイメンは気付く。息が苦しかった。

「お前はもう長居しすぎだ」とローレントが言った。

「やめるんだ。策もなく執政の前に乗りこめば、ここまで勝ちとってきたすべてのものを失うだけだぞ」

「策ならある。可憐で愛らしいアイメリックに知ることを洗いざらい吐かせてやる。最後の一言まで絞り尽くしたら、奴の残りを叔父に送りつけてやるか」

デイメンは言葉を返そうと口を開けたが、ローレントが先んじてデイメンの護送役へ「こいつをここから出せと言った筈だ」とぴしりと言い放った。そして馬の腹に踵を入れてデイメンの馬の横を駆け抜け、演壇の階段を上ると、見事な一動作で馬からとび下りてアイメリックの部屋へ向かって消えていった。

デイメンの前にジョードが立ちはだかっていた。空を仰いで太陽の位置をたしかめるまでもない。

「俺は王子を止める」とデイメンは告げた。「お前はどうする?」

「もう昼だ」

ジョードがそう答えた。ざらついた声だった。その言葉が喉を刺すかのように。

「彼には俺がついていないと」デイメンは言い返した。「お前が世界中に告げようがかまうものか」

そして馬でジョードの横を抜けると、壇上へと上った。

ローレントと同様に馬を下り、手綱を近くの兵士へ投げてからローレントを追って砦へ入り、一段とばしで二階へ駆け上がった。アイメリックの部屋の番兵は何も言わずに道を開け、その向こうの扉はすでに開かれていた。

その部屋は、当然のように美しかった。アイメリックは兵卒ではなく貴族の家柄だ。ヴェーレの国境城主の中でもひときわ権勢を誇る男の四男坊という身分に、つり合った部屋だった。寝台、寝椅子、柄模様の色タイル、丈高のアーチ窓とその下に合わせてしつらえられた長椅子にたっぷりのクッション。向かいの壁側には机が置かれ、アイメリックには食事やワイン、紙やインクが与えられていた。着替えに至るまで。行き届いた手配りであった。

机の前に座ったアイメリックは、鎧の下に着ていた土まみれの内着姿のままではなかった。宮廷人のごとく装っている。湯浴みもすませたのだろう、髪も清潔だった。

アイメリックから二歩のところにローレントが立ち尽くしていた。全身が固い。

デイメンは足を動かして前へ出ると、ローレントの隣へ立った。音のない部屋で、動くものはデイメンだけだった。心の隅で、小さなことにいちいち気付いていた。左下の硝子が割れた窓の一角。皿に手つかずで残された昨夜の肉料理。誰も眠った気配のない寝台。

塔の部屋で、ローレントはアイメリックの右頬を殴りつけたが、その右頬は今のアイメリックの体勢からは見えない——髪のもつれた頭を腕に預けていた。そのためデイメンから見える彼は、以前のままだった。腫れた目も頬の痣も血で汚れた口元もなく、ただ乱れのないアイメリックの横顔。それと、投げ出された手のそばに落ちている、割れた窓の破片。

血がアイメリックの袖に染み、机に溜まってタイルの床へ滴った痕もあったが、もう古い。何時間もこうしていたのだろう。血が黒く乾くまで。その体が動きを止めるまで。静けさが部屋を押しつつむまで。空気が、そこに立つローレントと同じほどに凍りつくまで。見えぬ目で見つめて。

アイメリックは何か書いていた。曲げられた指先のほど近くに紙が置かれ、デイメンは、そこに書き残された二つの言葉を見る。美しい筆致に驚くべきではないのだろう、彼は常に己の勤めをうまく果たそうと懸命だった。行軍中、自分より強靱な男たちに遅れをとるまいと、倒れ伏すまで全力を尽くした。

四男坊——とデイメンは思う。誰かに認めてもらえる日をただ待ち望んでいた四人目の息子。誰かの期待に応えようと奮闘している時以外は、いつも目上に楯突いていた。まるで、非難の目を集めることで、賞賛を欲する心の穴を埋められるかのように。賞賛——かつて一度、ローレントの叔父によって与えられたそのまなざしを。

〈すまない、ジョード〉

そこに記された以上の言葉を、アイメリックが語ることはもう二度とない。彼は自死していた。

第二十一章

アイメリックが横たえられた部屋は静かだった。自室から小部屋へと移され、石の上に寝かされた彼の体は上等の布で覆われていた。十九歳、とデイメンは思う。こんな静かに。

扉の外では、ラヴェネルの砦は戦いの準備に追われていた。

砦を上げての大奮闘だ。武具庫から物資倉庫まで。ローレントがあの血の染みた机から振り返って「馬の仕度を。シャルシーへ出撃する」と告げた瞬間、準備が始まった。ローレントは止めようとしたデイメンの手を肩から叩き落とした。

デイメンは追おうとしたが、邪魔された。ローレントが一時間を費やして指示を下す間、デイメンは近づくこともできなかった。それがすむとローレントは自室へ引き上げ、扉は固く閉ざされた。

その部屋へ入室しようとした召使いの一人を、デイメンは体を割りこませて止めた。「駄目だ」と命じる。「誰ひとり入ってはならん」

扉の前に二人の兵を立たせて同じ命令を与えると、周囲一帯の人払いをした。前にも塔でそうしたように。ローレントを邪魔するものが何もないよう手配をすませると、デイメンはシャルシーについてわかることを学びに去った。

そこで学んだ事柄に、胃がずしりと重くなる。

フォーテイヌの砦と北へ向かう交易路の間にあるシャルシーは、二つの部隊が第三の軍勢を挟み打ちにするのに最適の地勢と言えた。そのために、執政はローレントを挑発して砦から引きずり出したのだ。シャルシーの地は死の罠だ。

デイメンは歯がゆい思いで地図を押しやった。それが二時間前のことだ。

今、デイメンは小さな、牢にも似た無骨な石壁の部屋に立っている。アイメリックの横たわる部屋に。視線を上げ、彼をここへ呼びつけたジョードを見た。

「お前は、あの人の情人なのだな」とジョードが言った。

ジョードには真実を言うべきだろう。

「昨夜はな。俺たちは……あれが初めてだった。一晩だけ」

「じゃあ、打ち明けたのか」

デイメンは答えず、その沈黙がそのまま答えとなった。ふうっと息を吐き出したジョードに、デイメンは語りかける。

「俺はアイメリックとは違う」

「お前は一度でも考えたことがあるのか、兄を殺した男に股を開いたと知ったらどんな気分になるか？」

ジョードは小さな部屋を見回した。アイメリックの横たわる場所を見下ろして呟く。

「きっと、こんな気分になるだろうよ」

ひとりでに、記憶の中の言葉がデイメンの内に浮かんでくる。〈かまうか。この夜、お前はまだ俺の奴隷だ〉――デイメンはきつく目をとじた。

「昨夜の俺は、デイミアノスではない。俺はただの――」

「ただの男？　アイメリックもそう信じていたと思うか？　二人の自分がいると？　そんなものはないぞ。常に一人しかいない……見ろ、そのアイメリックがどうなったかを」

デイメンは沈黙した。

それから、ジョードにたずねる。

「この先、お前はどうする？」

「わからん」

「王子の元を去る気か？」

今回沈黙したのはジョードだった。

「誰かがローレントに、執政と戦いにシャルシーへなど行くなと言わないと」

「あの人が俺の言葉に耳を貸すと思うか？」

ジョードの声は苦々しかった。

「いや」

とデイメンは答える。閉ざされた扉を思い、ごく正直に告げた。

「もう誰の言葉も届かないだろう」


二人の番兵にはさまれた両開きの扉の前に立って、デイメンは、固く閉ざされた仰々しい木の飾り板を見つめた。

デイメンがここに二人の兵を置いたのは、誰かがローレントに些細な用で、いやどんな用であれ、会いに行くのを防ぐためだ。一人になりたいローレントの邪魔をしたせいで理不尽に酷い目に遭う人間が出ないように。

背の高いほうの兵士がデイメンに報告した。

「司令、先刻から誰も部屋には入っておりません」

デイメンの目はまた扉を眺める。

「よろしい」

それから、扉を押し開けた。

室内は覚えている通りで、すっかり元通りに整えられ、卓上の皿に盛られた果実、ワインや水の入った水差しまで補充されている。扉が閉まっても、中庭での戦支度の音はまだ遠く聞こえていた。デイメンは部屋の半ばで足を止めた。

　ローレントは騎乗服から着替えて、飾り気がなく格式ばった王子の衣装をまとい、首から足先まできっちりと結い紐が締めこまれていた。彼は窓の前に立ち、石壁に当てた片手の指が、何か握っているように曲げられている。そのまなざしは中庭の動きを凝視し、砦じゅうが己の命令のもとで戦いの準備にかかる様を見つめていた。

　振り返らず、ローレントは言った。

「別れの挨拶か？」

　短い沈黙の中、ローレントが振り向く。デイメンは彼を見つめた。

「残念だ。ニケイスがあなたにとってどんな存在だったか、知っている」

「たかが叔父の淫売だ」

「それだけではないだろう。あなたにとって、彼はまるで自分の——」

「弟か？」ローレントが問い返した。「だが思えば、俺は兄弟には縁が薄くてな。お前はここに憐憫だの感傷だのを述べにきたわけではないだろうな。そうなら放り出すぞ」

　今度は長い沈黙が落ちた。二人は互いを直視する。

「感傷？　いいや。そんなつもりはない」

　デイメンは応じた。外から聞こえてくるのは、号令と金属音。

「隊長を欠いて進言する者がいない以上、俺から言いにきた。シャルシーへ向かってはならない」

「隊長ならいるぞ。エンゲランを任命した。用はそれだけか？　明日援軍が着く予定だし、俺は部隊をつれてシャルシーへ向かわねば」

ローレントはテーブルへと向かう。話は終わりだと、その声が示していた。

デイメンは口を開く。

「ならばその手で兵たちを殺すことになるぞ、ニケイスを殺したように。皆を、子供じみたきりのない挑発ごっこに巻きこんで――戦いとは呼んでいるが、実のところお前は叔父の注目を引こうとしているだけだ」

「出ていけ」

ローレントが言う。その顔は白くなっていた。

「真実を聞かされるとこたえるか？」

「出ていけ、と言った」

「それとも、シャルシーへの行軍にほかのどんな大義名分がある？」

「これは王座を懸けた戦いだ」

「そう思っているのか？　その言葉で兵たちはうまくおだてたな。だが俺はだまされないぞ。何故なら、お前と叔父の間にあるものは、決して、戦いなどではないからだ」

「はっきり教えてやるが」ローレントの右拳が知らずに固く握りしめられていた。「これは、戦いだ」

「戦いならば、敵を打ち負かそうとする。せっせと敵の言いつけを守ったりはしない。シャルシーのことだけではないぞ。お前は、叔父に対して一度も自ら手を打ったことがない。舞台を決めるのもあちら、ルールを決めるのもあちら。お前はただ叔父の示す勝負の盤上に乗ってきただけだ。まるで自分にも太刀打ちできると誇示するように、叔父にそうほめてもらいたいかのように。違うか？」

デイメンはさらに踏みこんだ。

「向こうのやり方で、その盤上で勝たねばならないのか？　相手にそれを見せつけてやりたいのか？　己の玉座と、従ってきた兵の命を犠牲にしてまで？　そこまで叔父の目を引きたくてたまらないのか？」

じろじろと、ローレントの全身を上から下まで眺めた。

「なら、それは叶ったぞ。よかったな。さぞや満足しただろう、お前を引っぱり出すために執政は自分のお気に入りの子供まで殺したのだからな。お前の勝ちだ」

ローレントは一歩後ろへ、まるで吐き気に襲われたかのようによろめき下がった。デイメンを見つめる、その顔は虚ろだった。

「お前は、何も知らない——」ローレントがやっと、冷えきった、ぞっとするような声で言った。「お前は、わかってない。俺のことも。叔父のことも。本当に鈍い。見えていやしない。お前の——すぐ目の前にあったものを——」

いきなりの笑い声は低く、嘲りに満ちていた。

「あなたが欲しい？　お前は俺の奴隷だ？」

デイメンの顔が熱くなる。

「そんな手は効かん」

「お前など、ただの興醒めな期待外れにすぎん。情婦を閨で満足させられずに、王の私生児から鎖につながれた愚か者」

「そんな手は」デイメンはくり返す。「効かん」

「叔父についての真実を聞きたいか？　なら話してやろう」

ローレントの目に新たな光がともった。

「聞かせてやろう、お前が止められなかったことをな。お前が愚かにも見えずにいたことを。お前は、カストールによって王家の人間が切り刻まれる間、鎖につながれていた。カストールと俺の叔父によって」

言葉が耳に届いて、その挑発に乗せられてはならないとわかっていた。わかっていて、デイメンの一部はローレントの仕打ちに痛む。口が動いていた。

「一体、執政とあれに何の関係が——」

「カストールが、弟を支持する勢力を押さえこむだけの軍事力をどこから手に入れたと思っている？　ヴェーレの大使が和平協定を引っさげて、まさにカストールが王位に就いた瞬間に現れたのはどうしてだと思う？」

デイメンは息を吸おうとした。自分の声が聞こえる。「違う」と。

「テオメデス王が本当に病死だったと思うのか？　医師たちの幾度とない来診にも、王の病は重くなるばかりだったろう？」

「違う！」

デイメンは声を上げた。頭蓋の中の激しい脈動が、続いて体の中で荒れ狂い、その猛々しさを震える肉体に押さえこんでおくことができない。ローレントはさらに話しつづけている。

「カストールを疑いもしなかったのか？　この間抜けで愚かな獣（けだもの）め。カストールが王を殺したのだ、そして叔父の兵を使って都を奪った。叔父はただ、のんびりと座してその日を待っていただけだ」

デイメンは父を思った。病の床で医師に囲まれていた父を、こけた頰と落ちくぼんだ目を、獣脂の蠟燭と死のにおいがむっと立ちこめたあの一室を。あの時の無力さを、死にゆく父を見ているしかなかった無念を。そしてカストールを――この上ない心痛のおももちで父のかたわらに跪いていた彼を。

「そ、それを知っていいいたのか、か？」

「知っていたか？」ローレントが答えた。「皆が知っていた。俺は大喜びだったぞ。その場を見たかったものだ。カストールの雇われ兵に囲まれた時のデイミアノスの顔を見てやりたかった。その面を笑ってやりたかったね。あの男の父親には動物のような死がお似合いだ、どうせ連中には何も止められない。しかし思えば、テオメデスもその一物を妻だけに使っておけばすんだものを。それを情婦などにつっこんだせいで――」

そこでローレントの言葉が途切れた――デイメンに殴りつけられて。体重をのせた拳がローレントの顎に叩きこまれていた。拳が肉と骨を打つ。ローレントの首ががくりと横を向いて、体が背後の机に激しくぶつかり、載っていたものが床に散乱した。タイルの床に金属の皿がけたたましくはね、ワインと料理がまき散らされる。倒れかかったローレントは咄嗟にのばした手で机をつかんでいた。

デイメンの息は荒く、両手はきつく握りしめられていた。父上のことをそんなふうに言うな――そう唇まで出かかっている。思考がドクドクと脈打っていた。

ローレントは体を起こし、ギラリと勝ち誇った目でデイメンを見やりながら、右手の甲で血がべったりとついた口元を拭った。

その時、デイメンは床にひっくり返った皿の間に何かを見た。タイルの上の輝き――まるで星を散らしたような。それは、デイメンが部屋に入ってきた時にローレントが右手に握っていたものだった。

ニケイスの、青いサファイアの耳飾り。

背後で扉が開き、振り向かずとも今の物音でやってきた兵たちだとわかる。デイメンはローレントに目を据えたまま、命じた。

「俺を捕らえろ。今、王子に手を上げた」

兵たちはためらった。捕らえて当然の状況だが、デイメンは彼らの隊長だ——少なくとも隊長だった。デイメンは命令をくり返さなければならなかった。

「捕らえろ」

黒っぽい髪の兵が前へ踏み出し、デイメンはその手につかまれる。ローレントがぐっと顎をこわばらせた。

「駄目だ」と言った。それから「俺が仕掛けたのだ」と。

またもや、兵たちがためらう。二人の兵は見るからに状況を扱いかねていた。室内には暴力の気配が濃く立ちこめ、取り散らかった机の前に立つ王子は切れた唇から血を滴らせている。

「離してやれと言った」

それは王子から直に下された命令であり、今回は兵たちも従った。デイメンは、兵の手が離れるのを感じる。ローレントは兵たちが一礼して去り、扉が閉まるまでじっと目でそれを追っていた。それから、デイメンへまなざしを向けた。

「ではお前も出ていけ」と命じる。

デイメンは短く目をとじた。父のことを聞いた今、心がむき出しにされたようだ。ローレントの言葉のせいで目の裏がずしりと重い。

「断る。シャルシーへ行かせるわけにはいかない。どうあっても、説き伏せる」

ローレントの笑い声は奇妙で、息が切れたような響きがあった。

「俺の今の話を、お前は何も聞いてなかったのか？」

「聞いた」デイメンは答える。「そうやって俺を傷つけようとしたな。ああ、成功だ。だからこそ気付いてくれ、たった今俺にした、まさに同じことを、執政はあなたにしているのだと」

その言葉はローレントを、すでに限界にいた人間へのさらなる一撃のように、打った。

「どうして――」言葉がこぼれる。「お前は――どうしていつも――」

声を呑みこんだ。ローレントの胸の上下動は浅く、速かった。

デイメンは語りかけた。

「俺は戦争を止めるためにここまでともに来た。アキエロスと執政の間に唯一立ちふさがるのがあなただから、ここまで来た。それを見失ったのはそっちだろう。あなたは叔父と、自分の盤上で戦わなければ。向こうの呼吸に合わせるのではなく」

「俺は……無理だ」それはむき出しの告白だった。「考えられないんだ」

絞り出されるような言葉だった。静寂の中、目を見開いて、ローレントは別の口調でくり返す。青い瞳は黒ずみ、真実がさらけ出されていた。

「今は、何も考えられない」

「わかっている」

デイメンは答えた。そっと。ローレントの言葉の中には、いくつもの告白がこめられていた。それもデイメンにはわかっていた。

膝をつくと、彼は床からニケイスの耳飾りのきらめきをすくい上げた。

繊細なつくりで、見事な品だった。ひと揃いのサファイア。立ち上がると、デイメンはそれを卓上に置いた。

やがて、背を丸めて机の端を指でつかんでいるローレントから一歩下がる。息を吸い、デイメンはもう一歩下がった。

「行くな」とローレントが低く言った。

「頭をすっきりさせてくるだけだ。護送の者たちにも、明日の朝まで用はないと言ってある」

そしてまた、ただならぬ沈黙が落ち、デイメンはローレントの言葉の本当の意味に気付いた。

「そうではない、俺が言いたいのは——ずっとではなく——ただ——」とローレントが声を途切らせた。「……三日間」

念入りに考え抜かれた問いに答えるような、深みからの言葉を絞り出す。

「これは、俺ひとりでもできることだ。俺だけで。ただ、今の俺はどうしても……考えられないし、俺にはっきり物を言えるのはお前しかいない。俺が……こんなふうでは。もしお前が、三日の猶予をくれるなら——」

　ローレントは言葉をきつく断ち切り、呑みこんだ。

「俺はここに残る」デイメンは答えた。「わかっているだろう、望まれるならずっと——」

「やめろ」ローレントがさえぎった。「嘘は言うな。お前だけは」

「ここに残る。三日間。三日がすぎたら、南へ発つ」

　ローレントはうなずいた。ひと呼吸置いて、デイメンはローレントの隣に歩みよると、机にもたれかかった。ローレントがいつもの己を取り戻していくのを見つめた。

　やがて、ローレントは話しはじめる。整然とした、揺れのない言葉で。

「お前の言った通りだ、俺が半端に手出ししたせいで、ニケイスを殺してしまった。あれには関わらずにいるか、さもなくば、あれの叔父への信頼を叩き壊しておくべきだった。俺は策を講じるでもなく、ただ流れにまかせた。考えていなかったのだ、あれのことを、そんなふうに考えようとしなかった。俺はただ……単に、彼が好きだっただけだ」

　冷静な言葉の裏で、どこかうろたえているようですらあった。

　ひどく痛ましい。

「さっき——あなたにあんなふうに言うべきではなかった。ニケイスが自分で選んだことだ、彼があなたを守ろうと訴え出たのは、友だったからだ。そのことは悔やんではならない」

「あれが訴え出たのは、叔父に酷い目に遭わされるわけがないと信じていたからだ。皆、そう信じるのだ。叔父から愛されていると思いこむ。たしかに見た目は愛のようでもある。最初のうちはな。だがあれは愛などではない、あれは……偏執だ。育てば失われてしまう。一人ひとりの子供たちはいくらでも替えがきく」

ローレントの声は変わらなかった。

「あの子はそれをわかっていた、心の底ではな。いつも、ほかの者たちより賢かった。自分が育ちすぎれば、いずれ誰かとすげ替えられるとわかっていた」

「アイメリックのように」とデイメンは言った。

二人の間にのびた長い沈黙の中、ローレントが呟いた。

「アイメリックのように」

デイメンは、ニケイスの刺々しく攻撃的な物言いを思い起こす。ローレントの冴えた横顔を見やり、あの少年とこの男をつないでいた奇妙な親しみを理解しようとした。

「ニケイスが、好きだったのだな」

「叔父はあれの最悪の部分を育んだ。それでもたまに、染まっていないところを見せる時があった。あれほど幼くして鋳型にはめられると、それを壊すには時間がかかるものだ。俺は、もしかしたら……」

「彼を助けられるかもしれないと思ったのだな」

デイメンはそっと言った。

ローレントの顔を見つめる。注意深く装われた無表情の下に、真実のかけらがよぎるのを。

「彼は、俺の味方だった」ローレントが呟いた。「だが最後の時、あの子は誰の支えもなく、ひとりきりだった」

今手をさしのべたりふれようとするのが愚かなことだと、デイメンはわかっていた。机まわりのタイルの床に様々な残骸が散っている。ひっくり返った皿や杯、遠くにまで転がった林檎、水差しからワインがあまりにも勢いよくとび散ったせいで床が赤く染まっている。沈黙がのびた。

ローレントの指先を手首の背に感じて、デイメンはぎくりとした。親しみや愛撫の仕種かと思ったが、すぐにローレントの手がデイメンの袖を動かし、袖口を小さく引き上げているのに気付く。下にある金色が——デイメンが鍛冶職人にそのままにさせた手枷が、二人の間であらわになるまで。

「感傷か？」とローレントが問いかけた。

「そんなようなものだ」

二人の視線が絡み、デイメンは鼓動のひとつひとつを感じる。数瞬の沈黙、それがのびて、やがてローレントが言った。

「もう片方は俺がもらおう」

デイメンの顔がゆっくり紅潮し、胸からじわりとした熱が広がって、鼓動が耳ざわりだった。

いつもの声で応じようとする。

「あなたがあれを着けるところは、想像できないが」

「持っておくだけだ、着けたりなどするか。とは言え、お前にとって想像は難しくなかろうと思うがな」

言われた通りだったので、デイメンは浅い、不安定な笑いの息をこぼした。少しの間、おだやかな沈黙が二人を包む。ローレントはほとんどいつも通りの彼に戻り、力の抜けた居ずまいで、机についた両腕に軽く体重を預けて、時おりそうするようにまたデイメンを眺めていた。だがこれは、新しい彼の姿——一枚殻が剝がれたその下にいた若く、少し物静かな彼だ。これがローレントが守りを脱ぎ捨てた姿なのだとデイメンは気付く。少なくとも一枚か二枚は。それを目にすると、まだなじみのない、どこか脆い思いがこみ上げた。

「カストールについて、お前にあんな形で言うべきではなかった」

ローレントの口調は静かだった。

赤ワインが床のタイルに染みていく。デイメンはいつしかたずねていた。

「あれは本心か？　大喜びだったと言ったのは」

「ああ」ローレントが答える。「俺の家族を殺した奴らだ」

デイメンの指が机にくいこんだ。この一室で、今や真実はあまりにも近く、まさにデイメンは真実を、己の名を告げそうになる。肌に迫る真実の重みを感じる。彼ら二人ともが家族を失ったのだ。

そして思った。マーラスでローレントと執政をつないだのもそれだったのかと。双方ともに、あの地で兄を失って。

だがその執政こそが、国境を越えて謀略の手を組んだ。カストールに王座を倒すための力を、執政が与えたのだ。ゆえにテオメデス王は死に、デイミアノスは異国へと——。

そこに思い至った瞬間、足元から地面が引き抜かれて、すべての景色が裏返ったかのようだった。

カストールには、デイメンを生かしておく理由などなかった筈だ。カストールは己の逆叛が洩れぬよう、念入りにあらゆる証拠を消しにかかっていた。証人を、奴隷からアドラストスのような高位の男まで一人残らず殺させて。それなのにデイメンを生かしておくのはあまりにも危険で、まともな所業ではない。命ある限り、デイメンが逃げ出して帰還し、王位奪還を挑んでくる危険は常に残るのだ。

だがカストールは、執政と同盟を結んでいた。そして兵力の見返りに、カストールは執政に奴隷たちを贈った。

とりわけ、ある一人の奴隷を。

全身が熱を持ち、続いて凍りつくかのようだった。まさか、それこそが執政の要求だったなどということがあるだろうか？　兵力を与えるのと引き替えに、執政は言ったのだろうか——

デイミアノス王子を甥の閨奴隷として送ってもらいたい、と？

　何故なら、ローレントとデイミアノスを共にすれば二人して殺し合うか、あるいは……デイメンが己の正体を隠し通し、いかにしてか二人が共闘するようなことになれば……デイメンが、争うのではなくローレントを助け、そしてローレントがその芯に秘めた誠実さによってデイメンに応えて助けたならば……二人を信頼が結び、もしかしたら友人に――いやそれ以上の関係になることも……。

　もしローレントが、その閨奴隷を実際に寝床に入れたならば――。

　デイメンは執政からさりげなく、あざとく、匂わされたことを思い出す。

〈ローレントにとって、傍らにいる者からのよい感化はなにより貴重なものだ。ローレントを思いやり、判断をあやまたず、惑わされることなくあの子を導ける者は〉

　そして、行き過ぎとも思える幾度ものほのめかし。

〈お前は、甥を抱いたか？〉

　ローレントは言った――〈自制を失うと、俺は失敗を犯す。叔父は無論、そこまで承知の上だ。アイメリックを送りこんで俺を相手取らせながら、さぞや愉しんだに違いない〉

　ならば、今の二人の状況から、執政はどれほど歪んだ愉悦を得る？

「お前に言われたことを、俺は全部聞いていたからな」とローレントが言っていた。「シャルシーに慌てて軍を引きつれて乗りこみはしない。だが、戦いには臨むつもりだ。叔父から挑まれたためではなく、俺からの一手として。ここは俺の国なのだからな。お前と二人ならばシャルシーを有利に使う手を見つけられる筈だ。独力ではできぬことでも、二人揃えばかなう」

そう、はじめからカストールのやり口ではなかった。怒りや荒っぽさはあるが、カストールはまっすぐ行動に出る男だ。このような歪んだ残酷さは、誰か別の人間のものだ。

「叔父はすべてのことを計画する男なのだ」

ローレントが、まるでデイメンの心を読んだかのように言っていた。

「勝利を企てながら、敗北の策も講じる。その計画におさまりきらなかったのはお前だけだ……お前の存在はいつも、叔父の描く絵図の外にいた。叔父とカストールですべてを仕組みながら、なのにあの二人はわかっていなかったのだ――」

ローレントの言葉を聞きながら、デイメンは血が凍るのを感じた。

「お前を俺に贈るということの、本当の意味をな」

外――デイメンが部屋から外へと出ると、兵たちの声、馬勒（ばろく）や拍車のぶつかる音、石床にはねる車輪の音が耳に届いた。呼吸が乱れている。デイメンは壁に手を置いて、体重を少し預けた。
活気に満ちた砦の中で、デイメンはまさに己が盤上の駒のひとつであると悟っていた。そしてその盤がどこまで広がっているのか、今やっと、わずかに見えはじめていた。

執政が為したことだ。しかしデイメン自身も加担したことであり、責任はある。ジョードの言葉は正しい。せめてデイメンはローレントに真実を明かすべきだったのに、できなかった。今やその選択がどんな結果を生みかねないか、つきつけられている。それでも、あったことを悔やむ思いにはなれない――昨夜のことはあまりにもまばゆく、どんな曇りも届かない。

あれは、あの時の二人の真実だった。デイメンの鼓動は乱れ、もう一つの真実がどうにか形を変えて、すべてを壊さぬようにと祈るが、そんなことはあり得ないとわかっていた。

己が今十九歳であったなら、と思う。今と同じことを知っていたら、あの遠い戦いの日、勝利をヴェーレにゆずっただろうか？　オーギュステを生かしただろうか？　軍を呼集する父の号令を無視して、かわりにヴェーレ側の本陣を訪れ、オーギュステと顔を合わせて互いに通ずるものを見出そうとしただろうか。ローレントは十三歳だった筈だが、デイメンの心に浮かぶ彼は少し年嵩の十六か十七歳くらいで、十九歳のデイメンが――若さの勢いにまかせて――求愛できるだけの姿だった。

今はもう、どれもかなわぬことだ。だが今のローレントに願いがあるなら、それを叶えてはやれる。執政に、致命的な一撃をくらわせてやれる。

執政が、甥の隣にアキエロスのデイミアノスを立たせたいというのならば、その通りにしてやろう。そしてローレントに真実を与えられないのであれば、せめてヴェーレ南部でのたしかな勝利を与えられるよう、己のすべてを尽くそう。

　この三日間を使って。


　青い瞳はすっかり冷静に戻り、剣と鎧をまとったローレントは出撃準備を整えて中庭の演壇に立っていた。

　中庭では、部隊の兵たちが騎乗して彼を待っていた。デイメンはその百二十騎を見やる。王宮からこの国境まで共に行軍してきた兵たちだ。共に汗を流し、夜には火のそばでパンとワインを分かち合った皆の顔。そこにははっきりと欠けた顔もあった。オーラント。アイメリック。ジョード。

　計画は地図の上で練られた。デイメンは、ローレントへごく端的に説明した。

「シャルシーの位置を見てくれ。フォーテイヌの砦が出兵の拠点となるだろう。シャルシーの戦いの相手は、グイオンだ」

「グイオンと、あの男のほかの息子たちと」とローレントが答えた。

「今こちらが打てるもっとも強い手は、フォーテイヌの砦を奪うことだ。それで南部を完全に支配できる。ラヴェネルとフォーテイヌ、そしてアクイタートを手中にすれば、ヴェーレ南部の交易路を、アキエロス側もパトラス側もこちらが押さえることになる。すでにヴァスクへ通じる南の要路は支配しているし、フォーティヌの砦によって港への道が開ける。これで、北へ兵を挙げる準備が整う」

沈黙が落ち、やがてローレントがそれを破った。

「お前が言った通りだな。俺はこれまで、こんな形で考えてみたことはなかった」

「どんな形で？」

「戦争として」

そして今、二人は壇上で向き合い、デイメンの唇から言葉が出かかる。個人的な言葉が。

だが結局は、こう言った。

「本当に、敵国の人間に自分の砦をまかせていく気か？」

「ああ」とローレントが答えた。

二人は、互いを見つめた。公の場での別離。兵たちが見る前で。ローレントが片手をさし出した。それは跪いてくちづけを要求する王子の手ではなく、友としての手であった。その仕種の中にはどこか伝え合うものがあり、デイメンが皆の前でその手を取ると、ローレントは彼の目をのぞきこんだ。

ローレントが言った。

「俺の砦をたのんだぞ、司令」

公然の場で、デイメンに言える言葉はなかった。握る手に少しだけ力がこもっていた。一歩前に出てローレントの顔を両手で包めたなら。続いて己の存在の意味を、今見えてきた真実を思う。己を抑えて、デイメンはローレントの手を離した。

ローレントは侍従にひとつうなずき、馬にまたがった。デイメンが声をかける。

「時をうまく合わせるのが肝要だ。二日で援軍が着く。俺は……遅れるなよ」

「信じろ」

ローレントはそう、輝くまなざしを残すと、手綱の一引きで馬の向きを正し、すぐさま号令を放った。そして彼と兵たちは進み出した。


ローレントのいない砦は、虚ろに感じられた。だがきりつめた人員配置であっても、砦はどんな攻撃もよせつけぬだけの兵力をそなえていた。ラヴェネルの城壁はこの二百年、堅固にそびえ立ってきた。そもそも、二人の計画は兵を二手に分けるところが肝心なのだ。ローレントが先に発ち、残ったデイメンはローレントの手配した増援の合流を待ってから、一日遅れで追う。

そしてなにしろ、どんな言葉があろうとローレントを完全には信用できかねる以上、朝から薄い緊張感がデイメンにまとわりつき、締めつけてくるようだった。人々はすっかり南らしい気候の中で準備をしていた。つき抜けるような青空を隠すものは、狭間胸壁だけだ。

デイメンは城壁へ上がった。眼下に丘陵地帯から地平線までの景色が広がる。燦々とふる陽光のもと、見渡す限り軍勢の姿はなく、デイメンはあらためてこの砦を自分たちが、攻城戦で大地を荒らすことなく無血で占拠できたことに驚嘆した。

自分たちが為したことをこうして振り返り、それがまだ第一歩なのだと知るのは気分がよかった。執政をいつまでも優位に立たせてなるものか。フォーテイヌの砦を陥落させ、ローレントがヴェーレ南部を支配するのだ。

その時、地平にうごめくもやを見た。

赤い。暗い赤。続いて六騎の馬が地平を横切り、押し寄せる赤に先んじて駆け戻ってくる。こちら側の斥候が砦を全速で目指している。

デイメンの眼下で、その光景は縮んで見えた。軍勢はまだ進軍の音も聞こえぬほど遠く、斥候たちもただ砦へのびる六本の線の先端でしかない。

赤は、常に執権の色であった。だがデイメンの鼓動が速まったのはそのせいではない——はるかな角笛の音が聞こえるよりも前に。今、象牙の角笛が高く宙に上がり、空気を裂いて鳴りひびく。

乱れなき赤いマントの軍勢の行進に、デイメンの心臓は荒々しく鳴った。彼らを、デイメンは知っている。最後に見た時のことを覚えている。張り出した岩の裏に体を押しつけ、隠れながら。彼らをかわそうと何時間も流れに沿って馬を進め、鞍の後ろ側ではローレントが水を滴らせていた。「直近のアキエロスの部隊は俺の予想より近くまで来ていたな」と、ローレントは言ったのだ。

近づいてくるのは執政の軍勢ではなかった。

彼らはデルファの首長ニカンドロスの、そしてその将マケドンが率いる軍だった。

中庭が一気に慌ただしくなり、轟く馬蹄と警告の叫びが交錯し——。

まるで自分を遠くから見下ろしているかのように、デイメンはほとんど茫然と振り向いていた。足音を鳴らして石段を一段とばしに駆け上がってきた使者がデイメンの目前に倒れこむように片膝をつき、喘ぎながら言葉を発した。

アキエロスの軍勢が砦へ向かっています——デイメンはそう言われるだろうと予期していた。

そして、男はたしかにそう告げた。が、それからさらに言った。

「これを砦の司令に渡しに参りました」

そう言って男は、何かを必死でデイメンの手へ押しつけた。

デイメンは、それを見つめた。背後ではアキエロス軍が砦へと迫ってくる。デイメンの手の中にあるのは金属の輪だった。彫り飾りの宝石がはめこまれている。刻まれているのは、星光の紋章。

目の前にあるのは、ローレントの印章指輪であった。

全身が総毛立っていた。最後にこの指輪を見たのはネッソンの宿で、ローレントが使者に命じていたのだった——これを先方に渡せ。そして彼に伝えよ。ラヴェネルで待っていると。

ぼんやりと、デイメンはグイマールが兵を引きつれて胸壁まで上がってきていたことに、話しかけられているのに気付く。

「司令、アキエロス軍が砦に向かって進軍しています」

手の中に印章指輪を握りこみながら、デイメンはグイマールへ向き直った。グイマールは言葉を止め、自分が話している相手が何者なのかはっと気付いた様子だった。グイマールの顔にはっきりそれが刻まれている——アキエロスの軍勢が大挙して城壁に押し寄せるこの時、砦の総司令がアキエロス人であると。

グイマールは躊躇を振りきって、続けた。

「砦の城壁はなにものにも耐えますが、アキエロス軍の存在は援軍到着の妨げになります」

デイメンは、ローレントが初めて彼とアキエロス語で話をした夜のことを思い出していた。アキエロス語で語り合ったいくつもの長い夜を。ローレントが語彙を増やし、流暢さに磨きをかけていったこと、そのローレントの選んだ話題——国境地帯の地理、協定、軍略……。

すべてが身の内でほどけていく。それを感じながらデイメンは告げた。

「彼らが、我々の援軍なのだ」

真実が、軍勢の形をとって近づいてくる。彼の過去がラヴェネルの砦へ、たゆみない、もはや押しとどめられない足取りでやってくる。デイメン、そしてデイミアノス。そう、ジョードは正しい。いつでも一人しか存在していなかった。

デイメンは命じた。

「開門せよ」


アキエロス軍は砦の内へ、赤い一本の河となって流れこんだ。水の流れは渦巻き広がるものだが、彼らの列はまっすぐでたゆみない。

アキエロス兵の四肢はむき出しで、まるで戦争というものは肉と肉のぶつかり合いでしかないと言わんばかりだった。武器は簡素で、殺すために必要でないものはすべて削ぎ落としたかのようだ。列また列、幾何学的で正確無比な陣形。足並みまで規律正しく揃った行進は、まさに力の誇示であった。猛々しい肉体と精神の。

デイメンは壇上に立ち、行進のすべてを見つめていた。ずっと彼らはこんなふうだったのか？　実用でない部分をすべてはぎ取り、捨て去って？　こうも血に飢えて？

砦に住む男女は中庭の隅に身を寄せ合い、彼らを囲んでデイメンの兵たちが配置されていた。群衆がその兵列を押し、広がろうとする。アキエロス軍の入城の噂はすでに流布していた。人々はざわつき、兵たちは己の任務に不服顔だった。執政の言葉は真だったのだと、皆がささめき交わす——ローレントは最初からアキエロスと通じていたのだと。実のところ、それがまさに真実なのだから、正気の沙汰ではない。

デイメンはヴェーレ人の男女の顔を見やり、狭間胸壁から下へ狙いをつけられた矢を見やる。巨大な中庭の端では、足にしがみついてくる息子を抱いた女が子供の頭をかかえこんでいた。彼らの目の中に何があるか、デイメンは知っている。敵意の下に、今やそれははっきりと透けて見える。恐怖。

アキエロスの軍勢の間に張りつめた緊張も感じとった。罠と裏切りではないかと身がまえている。誰かが剣を抜くか矢を放てば、ここは一瞬で殺戮の場と化す。

甲高い角笛の、この中庭には大きすぎる音が耳を裂く。四方の石の表面で跳ね返ったそれは、行軍停止の合図だ。瞬時に軍勢が止まった。金属音や力強い足音が、一瞬にして凍りつく。角笛のこだまも消え失せ、弓の弦の張りつめる音さえ聞こえそうな静寂が満ちた。

「やはり間違っている」剣の柄を握りしめたグイマールが言った。「こんなのは――」

デイメンは、強く手で制した。

今や一人のアキエロスの男が馬を下りていた。軍旗の真下で。そしてデイメンの心臓が強く打つ。いつしか彼は前へ進み出て、グイマールやほかの者を置き去りに、浅い階段を地面まで下りていた。

静まり返った中庭で、あらゆる目がデイメンに注がれ、一歩ずつ刻まれる歩みを見つめているのがわかる。作法からは外れている。ヴェーレ人は壇上で待って客のほうから来させるものだ。今のデイメンにはどうでもいいことだった。目を、まっすぐ男に据えた。男は近づくデイメンを見つめ返していた。

デイメンがまとっているのはヴェーレの服だ。体がそれを意識する。高い襟元、肌に沿ってきっちりと締めこまれた結い紐、長い袖、輝くブーツ。髪すらヴェーレ風に切りそろえられている。

男が、まずそのすべてを見たのがわかった。それから彼が、デイメン本人を見たのがわかった。

「最後に言葉を交わしたのは、杏が熟れる季節だったな」

デイメンは、アキエロスの言葉で話しかけた。

「夜の庭園を歩いた。お前は俺の腕をつかみ、忠告を与えてくれたが、俺は耳を貸そうとしなかった」

そして今、デルファのニカンドロスは彼を凝視し、うちふるえる声で、半ば己に、言葉を洩らした。

「まさか、ありえん……」

「なつかしき友よ、お前が来たのは、見たままのものなど何ひとつない世界なのだ」

ニカンドロスにはすでに言葉がない。彼は一撃を受けたかのように蒼白になり、口をつぐんでただデイメンを凝視していた。そして、不意に片膝が、そしてもう片膝も崩れたかのように、ゆっくりと跪く。アキエロスの将が、ヴェーレの砦の踏み荒らされた石床へ膝をついていた。

ニカンドロスが言った。

「デイミアノス」

立て、とデイメンがうながすより早く、別の声のこだまがその名を呼ぶ。そしてまた別の声が。その名は中庭に居並ぶ兵たちの間をわたり、驚愕と畏怖をこめて囁かれた。

ニカンドロスの横で従者が膝を折った。続いて、列の先頭にいる四人の兵が。さらに大勢がそれに続き、次々と、兵士の列が跪いていった。

デイメンの目の前で、軍勢はその膝をつき、そして中庭は垂れた頭で埋め尽くされていった。

静寂を、今や囁きが満たしていく。くり返し、くり返し。

「生きていた。王の御子が生きておられた。デ、イ、ミ、ア、ノ、ス、」

叛獄の王子 2
高貴なる賭け

2018年 3 月25日　初版発行
2021年12月10日　第 2 刷

著者　C・S・パキャット［C.S.Pacat］
訳者　冬斗亜紀
発行　株式会社新書館
〒113-0024 東京都文京区西片2-19-18
電話：03-3811-2631
［営業］
〒174-0043 東京都板橋区坂下1-22-14
電話：03-5970-3840
FAX：03-5970-3847
https://www.shinshokan.com/comic

印刷・製本　株式会社光邦

Printed in Japan　ISBN 978-4-403-56032-3

NOW ON SALE

All's fairシリーズ

All's fair1

「フェア・ゲーム」

ジョシュ・ラニヨン

〈翻訳〉冬斗亜紀　〈イラスト〉草間さかえ　〈解説〉三浦しをん

もとFBI捜査官の大学教授・エリオットの元に学生の捜索依頼が。ところが協力する捜査官は一番会いたくない、しかし忘れることのできない男だった。

All's fair2

「フェア・プレイ」

ジョシュ・ラニヨン

〈翻訳〉冬斗亜紀　〈イラスト〉草間さかえ

FBIの元同僚で恋人のタッカーと過ごしていたエリオットは、実家焼失の知らせで叩き起こされた。火事は放火で、エリオットと父・ローランドはボウガンで狙われる——。

All's fair3

「フェア・チャンス」

ジョシュ・ラニヨン

〈翻訳〉冬斗亜紀　〈イラスト〉草間さかえ

元同僚で収監中のシリアルキラー、コーリアンが共犯の存在をほのめかした。捜査に乗り出したエリオットだったがその矢先、タッカーと連絡が完全に途絶える。彼に一体何が——?

モノクローム・ロマンス文庫

定価：本体720〜1300円＋税

「狼を狩る法則」

J・L・ラングレー

〈翻訳〉冬斗亜紀 〈イラスト〉麻々原絵里依

人狼で獣医のチェイトンが長い間会いたかった「メイト」はなんと「男」だった!? 美しい人狼たちがくり広げるホット・ロマンス!!

「狼の遠き目覚め」

J・L・ラングレー

〈翻訳〉冬斗亜紀 〈イラスト〉麻々原絵里依

父親の暴力によって支配されるレミ。その姿はメイトであるジェイクの胸を締め付ける。レミの心を解放し、支配したいジェイクは ――!? 「狼を狩る法則」続編。

狼シリーズ

狼の見る夢は
With Abandon
J・L・ラングレー
訳：冬斗亜紀
絵：麻々原絵里依

「狼の見る夢は」

J・L・ラングレー

〈翻訳〉冬斗亜紀 〈イラスト〉麻々原絵里依

有名ホテルチェーンの統率者であるオーブリーと同居することになったマットはなんとメイト。しかしオーブリーはゲイであることを公にできない……。人気シリーズ第3弾。

NOW ON SALE

ヘル・オア・ハイウォーターシリーズ

ヘル・オア・ハイウォーター1
「幽霊狩り」
S・E・ジェイクス
〈翻訳〉冬斗亜紀　〈イラスト〉小山田あみ

元FBIのトムが組まされることになった相手・プロフェットは元海軍特殊部隊でCIAにも所属していた最強のパートナー。相性最悪のふたりが死をかけたミッションに挑む。

ヘル・オア・ハイウォーター2
「不在の痕」
S・E・ジェイクス
〈翻訳〉冬斗亜紀　〈イラスト〉小山田あみ

姿を消したプロフェットは、地の果ての砂漠で核物理学者の娘の保護をしていた。もうEEに戻ることはない——そんな彼を引き戻したのは、新たなパートナーを選びながらもしつこく送り続けてくるトムからのメールだった。

ヘル・オア・ハイウォーター3
「夜が明けるなら」
S・E・ジェイクス
〈翻訳〉冬斗亜紀　〈イラスト〉小山田あみ

EE社を辞めトムと一緒に暮らし始めたプロフェットは昔の上官・ザックからの依頼を受け、トムとともにアフリカのジブチに向かった。そこで11年前CIAの密室で拷問された相手、CIAのランシングと再会するが——。

定価：本体720〜1300円＋税

「恋人までのA to Z」

マリー・セクストン

〈翻訳〉一瀬麻利　〈イラスト〉RURU

ビデオレンタルショップ「A to Z」の経営に苦戦するかたわら、新しいビルのオーナー・トムとの虚しい恋に悩んでいたザックはクビにしたバイトの代わりに映画好きの客、アンジェロを雇い入れる。他人を信用せず、誰も愛したことのないアンジェロだったが——。

「ロング・ゲイン」

マリー・セクストン

〈翻訳〉一瀬麻利　〈イラスト〉RURU

ゲイであるジャレドはずっとこの小さな街で一人過ごすんだろうなと思っていた。そんな彼の前にマットが現れた。セクシーで気が合う彼ともっと親密な関係を求めるジャレドだったが……。